编委会

新时代中国优秀新闻作品案例库

第32届中国新闻奖
获奖作品新媒体展示手册

殷陆君 曾祥敏 ◎ 主编

中国传媒大学出版社
·北京·

目录

特别奖

一等奖/

二等奖/

三等奖/

中国新闻奖

特别奖

百年辉煌，砥砺初心向复兴
——写在中国共产党成立100周年之际

作品信息

作品类型：特别奖·评论
刊播单位：人民日报社
报送单位：人民日报社
作　　者：集体
编　　辑：陈家兴、范正伟
作品字数：10 212字
刊播版面：要闻1版转4版
首发日期：2021年6月28日

作品简介

文章从百年历程的历史主脉切入，回望我们党百年苦难辉煌、百年风雨兼程的执着前行，宣示我们党在新起点上继往开来、继续前进的坚定决心，展现了中国共产党的大历史观、大时代观、大世界观。

获奖理由

文章主旨鲜明、立意高远、气势雄浑，既充分展现成就也深刻阐释经验，既有严密精当的逻辑结构，又有感性生动的创新表达，展现出任仲平这一大型政论品牌的眼界、格局和历久弥新的生命力。

新媒体展示

使用手机扫描下方二维码，即可观看本条获奖作品的新媒体展示。

砥柱人间是此峰

——以习近平同志为核心的党中央引领亿万人民走向民族复兴纪实

作品信息

作品类型:特别奖·通讯
刊播单位:新华通讯社
报送单位:新华通讯社
作　　者:集体
编　　辑:集体
作品字数:12 515 字
刊播版面:新华社通稿
首发日期:2021 年 6 月 29 日

作品简介

建党百年前夕,新华社播发此重磅文章。写作团队认真梳理党的十八大以来,习近平总书记赴地方考察调研的故事,独家披露了十余个未公开的故事细节,成为稿件的亮点和看点。

新媒体展示

使用手机扫描下方二维码,即可观看本条获奖作品的新媒体展示。

获奖理由

稿件主题深刻、梳理到位、采写深入,充分展现了习近平总书记强大的战略定力、高超的政治智慧、卓越的领导能力、深厚的为民情怀,书写了"直挂云帆济沧海"的时代新篇。

庆祝中国共产党成立 100 周年大会特别报道

作品信息

作品类型：特别奖 · 新闻直播
刊播单位：中央广播电视总台
报送单位：中国广播电视社会组织联合会
作　　者：集体
编　　辑：集体
作品时长：3 时 41 分
刊播频道：综合频道、新闻频道等
首发日期：2021 年 7 月 1 日

中央广播电视总台
CHINA MEDIA GROUP

作品简介

直播实现了“首次在重大时政直播中使用阿莱摄影机作为直播讯道，拍摄总书记单人镜头”等“十个首次”，记录了“国旗护卫队穿越巨型党徽行进的长镜头”等众多经典瞬间。

获奖理由

该特别报道精益求精、浓墨重彩地完成了庆祝中国共产党成立 100 周年大会的直播，完美呈现了庄严、隆重、热烈的庆典盛况，生动展示了总书记的核心地位和领袖风范，收到极佳的收视与传播效果。

新媒体展示

使用手机扫描下方二维码，即可观看本条获奖作品的新媒体展示。

中国新闻奖

一等奖

中国人首次进入自己的空间站

作品信息

作品类型：一等奖·消息
刊播单位：人民日报社
报送单位：人民日报社
作　　者：余建斌、吴月辉、刘诗瑶
编　　辑：李仕权、张帅祯、赵政
作品字数：459 字
刊播版面：要闻 1 版
首发日期：2021 年 6 月 18 日

人民日报

作品简介

这是一则具有重大新闻价值和历史意义的新闻消息，记者组成航天报道一线团队，通宵达旦值守，见证和记录中国航天大事件，并第一时间精心撰写稿件，展现了新时代新闻工作者的使命担当。

获奖理由

这则消息的突出特点是“短、实、精、重”。报道仅 459 字，但片言居要，字字都有含金量；字数不多，但内容信息量大，专业性强，表述准确，新闻要素齐全。这则消息是记者深入践行强“四力”要求的充分体现。

新媒体展示

使用手机扫描下方二维码，即可观看本条获奖作品的新媒体展示。

大庆发现超大陆相页岩油田

作品信息

作品类型：一等奖·消息
刊播单位：黑龙江广播电视台
报送单位：黑龙江省新闻工作者协会
作　　者：向国锐、曲芳林、李永和、姜禹
作品时长：3 分
刊播栏目：黑龙江卫视《新闻联播》
首发日期：2021 年 8 月 25 日

作品简介

作者全方位、深层次报道了大庆发现超大陆相页岩油田这一重大事件，不仅让观众了解了页岩油，更是站在全国和全球的视角，从理论突破、技术引领等角度深刻阐释了大庆发现超大页岩油田对保障国家能源安全的重要意义。

新媒体展示

该消息主题重大，新闻性强，挖掘深刻。作者跳出新闻事件本身，站在更高的视角，抽丝剥茧、层层递进，揭示了在我国石油对外依存度居高不下的严峻形势下，大庆发现超大页岩油田对于保障国家能源安全的重大意义。

获奖理由

使用手机扫描下方二维码，即可观看本条获奖作品的新媒体展示。

美不行待客之道，中方严正回应！

作品信息

作品类型：一等奖 · 消息
刊播单位：中央广播电视总台
报送单位：中央广播电视总台
作　　者：集体
编　　辑：肖振生、张勤
作品时长：35 秒
刊播平台：央视频客户端“玉渊谭天”
首发日期：2021 年 3 月 19 日

作品简介

2021 年 3 月 19 日，中美外交高层在安克雷奇举行线下会晤。会晤开始后，美方开场发言超时并干涉中国内政，妄图占据对华舆论优势。视频截取中方一锤定音的片段，以小见大，极致呈现了人物、事件等最核心新闻要素。

获奖理由

这是一则现象级的短视频消息。35 秒独家画面和珍贵同期声一气呵成，现场感极强，既充分还原了中美会晤现场矛盾的集结点，又突出放大了核心新闻要素，采编巧思兼备，极具新闻价值。

新媒体展示

使用手机扫描下方二维码，即可观看本条获奖作品的新媒体展示。

六盘山与秦岭之间形成动物迁徙通道
秦岭 53 种珍稀野生动物来六盘山安家落户

作品信息

作品类型:一等奖·消息
刊播单位:宁夏广播电视台
报送单位:宁夏回族自治区新闻工作者协会
作　　者:杨治宏、韩笑、项晖、虎妍萍
编　　辑:马雯丽、杨新竺、李峙
作品时长:2 分 31 秒
刊播平台:黄河云视
首发日期:2021 年 11 月 28 日

宁夏广播电视台

作品简介

2021 年 11 月,六盘山野生动物资源调查报告发布,引发了记者的深度思考,经过采访课题组专家,记者得出秦岭与六盘山之间已形成野生动物迁徙通道的结论,并围绕生态文明建设取得积极成效这一主题进行了细致采访。

新媒体展示

使用手机扫描下方二维码,即可观看本条获奖作品的新媒体展示。

获奖理由

这条消息首次播发了六盘山珍稀野生动物的大量视频画面,用生动幽默的语言描述了不同野生动物的特点,通过对专家的采访,运用影像生动展示了六盘山与秦岭之间形成野生动物迁徙通道结论的科学性、权威性。

“我长大后也要当一名英雄”

作品信息

作品类型：一等奖·消息
刊播单位：新疆广播电视台
报送单位：新疆维吾尔自治区新闻工作者协会
作　　者：李维、马宁
编　　辑：肖亚丽、宋林遥
作品时长：3 分
刊播栏目：汉语新闻广播《现在播报》
首发日期：2021 年 1 月 7 日

作品简介

稿件讲述了全国劳动模范拉齐尼·巴依卡的救人事迹，以拉齐尼·巴依卡的儿子在缅怀爸爸时的典型音响“我长大后也要当一名英雄，像他一样”有力落笔，充分展现了英雄精神薪火相传、爱国情怀融入血脉的强大精神力量。

获奖理由

稿件主题鲜明、立意深远，以小切口反映了铸牢中华民族共同体意识这个大主题；采访扎实深入，细节生动感人，尤其是对拉齐尼·巴依卡生前当选全国劳动模范时接受采访的珍贵录音使用得恰到好处，直击人心。

新媒体展示

使用手机扫描下方二维码，即可观看本条获奖作品的新媒体展示。

舍弃八亿收入，换来鸥翔水美

作品信息

作品类型：一等奖 · 消息
刊播单位：大众日报社
报送单位：山东省新闻工作者协会
作　　者：王金龙、曹儒峰
编　　辑：梁旭日、蒋兴坤
作品字数：977 字
刊播版面：要闻 1 版
首发日期：2021 年 3 月 15 日

大众日报

作品简介

东平湖是黄河下游最大的湖泊，也是京杭大运河复航和国家南水北调东线工程的重要枢纽。近几年，记者一直追踪该选题，积累了大量素材。稿件内容丰富，层次清晰，是一篇有思想、有温度、有深度的新闻作品。

新媒体展示

使用手机扫描下方二维码，即可观看本条获奖作品的新媒体展示。

获奖理由

作品虽然简短，但写得深、写得透。新闻具有“标本”意义。东平湖综合治理，正是山东深入贯彻习近平生态文明思想的一个缩影。

时政现场评丨跟随总书记的脚步到塞罕坝看树看人看精神

作品信息

作品类型：一等奖·评论
刊播单位：中央广播电视总台
报送单位：中央广播电视总台
作　　者：集体
编　　辑：杨禹、史伟、贾林
作品时长：7分
刊播平台：央视新闻客户端
首发日期：2021年8月25日

作品简介

2021年8月23日，习近平总书记来到河北省塞罕坝机械林场考察。总台特约评论员杨禹深入总书记重点考察的塞罕坝机械林场月亮山、尚海纪念林，进行现场评论、采访和制作，重点阐释和解读总书记考察期间的重要讲话精神。

获奖理由

该节目评论员第一时间在核心现场围绕总书记重要指示精神展开评论，创新了国内时政现场评论形式。节目整合运用时政新闻资源和特约评论员资源，起到“1+1大于2”的效果。

新媒体展示

使用手机扫描下方二维码，即可观看本条获奖作品的新媒体展示。

没有共产党就没有中国人民的幸福生活

作品信息

作品类型：一等奖·评论
刊播单位：《求是》杂志社
报送单位：《求是》杂志社
作　　者：宋维强、孙煜华
编　　辑：宋维强、孙煜华
作品字数：3782 字
刊播版面：2021 年第 13 期
首发日期：2021 年 7 月 1 日

求是
QStheory.cn

作品简介

文章思想深刻、逻辑严密、论述有力、感情炽热、语言平实、结构新颖，是主流媒体庆祝中国共产党成立 100 周年、学习宣传习近平总书记“七一”重要讲话精神的重量级作品。

新媒体展示

使用手机扫描下方二维码，即可观看本条获奖作品的新媒体展示。

获奖理由

刊发于建党百年之际的这篇社论，高屋建瓴，政治性强，视野开阔，历史感厚重，以深刻的论述、严谨的逻辑、鲜明的对比、生动的故事，有力回答了中国共产党为什么能、中国特色社会主义为什么好、马克思主义为什么行等问题。

决不允许“鸡脚杆子上刮油”

作品信息

作品类型：一等奖·评论
刊播单位：湖北日报社
报送单位：湖北省新闻工作者协会
作　　者：湖北日报评论员（李保林）
编　　辑：陈剑文、张晓峰
作品字数：594 字
刊播版面：要闻 1 版
首发日期：2021 年 2 月 2 日

作品简介

评论直言基层“微腐败”问题不容小觑，痛陈有的“官”小“胃口”大。为防止“堤溃蚁穴，气泄针芒”，必须斩断伸向群众“奶酪”的各种黑手，让人民群众在正风肃纪反腐中增强获得感、幸福感、安全感。

获奖理由

稿件言辞犀利，对群众身边的腐败和作风问题大张挞伐；标题直接使用俚语“鸡脚杆子上刮油”，新颖且有深意；虽只有 594 字，却锋芒毕露，充分彰显了“坚持以人民为中心是全面从严治党的动力源泉”这一重大主题。

新媒体展示

使用手机扫描下方二维码，即可观看本条获奖作品的新媒体展示。

三观岂能跟着五官走

作品信息

作品类型:一等奖·评论
刊播单位:光明日报社
报送单位:光明日报社
作　　者:牛梦笛
编　　辑:集体
作品字数:1401 字
刊播平台:光明日报客户端
首发日期:2021 年 8 月 6 日

光明日報

作品简介

《三观岂能跟着五官走》把论点放在三观上,一针见血地指出,“颜值即正义”背后是价值理念的跑偏,倡导“少谈一点颜值,多谈一点文化;少做一些伪流量,多传播一些正能量”,最终提出用精品力作回馈粉丝期待的主张。

新媒体展示

使用手机扫描下方二维码,即可观看本条获奖作品的新媒体展示。

获奖理由

该评论题目亮眼,论点直接、正确,论据扎实,论证有力,抨击了时下流行的“颜值即正义”的畸形价值观。作品准确把握“时度效”,在文娱领域综合治理中起到正面且积极的舆论引导作用,意义非凡。

砥柱人间是此峰
——写在中国共产党成立100周年之际

作品信息

作品类型：一等奖·评论
刊播单位：南方日报社
报送单位：广东省新闻工作者协会
作　　者：集体
编　　辑：集体
作品字数：11 516字
刊播版面：封面AT01版转AT02版
首发日期：2021年6月23日

南方日報

作品简介

文章坚持运用习近平总书记强调的正确党史观、大历史观，将党的百年征程分为四个历史阶段，指出自我革命对于破解“历史周期率”的决定性作用，体现了深厚的理论素养和敏锐的洞察力。

获奖理由

在全国主流媒体中，这篇庆祝建党百年的长篇宏论刊发时间早，而且规模大、篇幅长，以全国站位响亮发出地方媒体的声音，在舆论场上先声夺人，取得了良好的传播效果。

新媒体展示

使用手机扫描下方二维码，即可观看本条获奖作品的新媒体展示。

到处人脸识别，有必要吗？

作品信息

作品类型：一等奖・评论
刊播单位：解放日报社
报送单位：上海市新闻工作者协会
作　　者：朱珉迕
编　　辑：朱泳武
作品字数：1477 字
刊播平台：上观新闻
首发日期：2021 年 1 月 26 日

解放日报

作品简介

本文从上海“两会”上关于人脸识别等技术问题的讨论展开，抓住新技术发展过程中的衍生问题，探讨如何遏制“负的外部性”，真正以人为本，促进新兴技术健康有序发展。

新媒体展示

使用手机扫描下方二维码，即可观看本条获奖作品的新媒体展示。

获奖理由

本文聚焦经济社会重大变革中的热点现象，由点及面、理性辩证地作出深度剖析和阐释，并提出冷静的思考和建设性批评；表达娓娓道来，理性清晰，适合互联网传播，体现了主流媒体的前瞻视野、深度思考和人文关怀。

英雄屹立喀喇昆仑

作品信息

作品类型：一等奖·通讯
刊播单位：解放军报社
报送单位：解放军新闻传播中心
作　　者：王天益
编　　辑：柳刚、周猛、林飞
作品字数：5230 字
刊播版面：头版
首发日期：2021 年 2 月 19 日

作品简介

2020 年 6 月的高原边防斗争中，涌现出以祁发宝、陈红军、陈祥榕、肖思远、王焯冉为典型的新时代卫国戍边英雄群体。《解放军报》在头版刊发此稿，首次独家报道英雄群体的感人事迹，回应关切，有力回击外媒的不实报道和恶意诋毁。

获奖理由

稿件刊发后，"清澈的爱，只为中国"感染激励了亿万国人，成为新时代中国青年家国情怀的深情告白。习主席指出，"清澈的爱，只为中国"，是当代中国青年发自内心的最强音。

新媒体展示

使用手机扫描下方二维码，即可观看本条获奖作品的新媒体展示。

“生活在这样的国家，太幸福了”

作品信息

作品类型：一等奖 · 通讯
刊播单位：新疆日报社
报送单位：新疆维吾尔自治区新闻工作者协会
作　　者：集体
编　　辑：石锋、方云静、杨英春
作品字数：3948 字
刊播版面：要闻 1 版
首发日期：2021 年 5 月 12 日

作品简介

救助断臂男孩，是 2021 年新疆发生的在全国很有影响力的新闻事件。为全景式还原这一事件，新疆日报社全媒体采访小分队深入采访参与救助的村民、驻村干部、航空公司空管员、主治医生等，全方位展现事件发生的每一个细节。

新媒体展示

使用手机扫描下方二维码，即可观看本条获奖作品的新媒体展示。

获奖理由

作品主题重大、思想深刻、文字洗练、现场感强，有力彰显了社会主义制度的无比优越性，集中展示了新疆各族儿女铸牢中华民族共同体意识、手足相亲的生动画面，真实反映了新疆各族群众基本人权得到充分保障的实际情况。

煤炭问题调查

作品信息

作品类型:一等奖·通讯
刊播单位:经济日报社
报送单位:经济日报社
作　　者:集体
编　　辑:代明、周剑
作品字数:6925 字
刊播版面:要闻 1 版
首发日期:2021 年 12 月 13 日

作品简介

采访小组深入主要能源企业,了解煤炭产能供应情况,参与国家煤电油气运保障工作部际协调机制会议,并多次与煤炭领域专家学者交流沟通。文章客观理性地分析了煤炭产销方面的问题,并就构建新型能源系统提出了建议。

获奖理由

该文针对受众关注的煤电领域热点话题,从多个视角对煤炭市场存在的问题、煤炭保供稳价、“双碳”目标下行业高质量发展等议题进行了系统分析,观点鲜明、文字流畅、论证充分,产生了强烈的社会反响,体现了中央党报的责任担当。

新媒体展示

使用手机扫描下方二维码,即可观看本条获奖作品的新媒体展示。

“祝融”轧下中国印

作品信息

作品类型：一等奖·通讯
刊播单位：中国航天报社
报送单位：中国行业报协会
作　　者：赵聪
编　　辑：贺喜梅
作品字数：3443 字
刊播版面：3 版
首发日期：2021 年 5 月 26 日

作品简介

2021 年 5 月 22 日，中国首个火星车“祝融号”行驶到火星表面。记者以“脚印”为切口起笔，写下通讯《“祝融”轧下中国印》。该篇报道从意义、过程、难点等角度深入解读了“祝融号”的开创性任务。

新媒体展示

使用手机扫描下方二维码，即可观看本条获奖作品的新媒体展示。

获奖理由

2021 年 5 月 22 日，中国首个火星车“祝融号”行驶到火星表面，这是具有重大历史意义的时刻。该篇报道从意义、过程、难点等角度深入解读了“祝融号”的开创性任务。文章立意高远、语言凝练、逻辑清晰。

记者手记：美国大选认证“终章”突变骚乱时刻

作品信息

作品类型：一等奖 · 通讯
刊播单位：中国新闻社
报送单位：中国新闻社
作　　者：陈孟统
编　　辑：陈立宇、马佳佳、孙翔
作品字数：1224 字
刊播版面：电讯通稿
首发日期：2021 年 1 月 7 日

作品简介

此篇通讯以记者亲历的视角，完整记录了 2021 年 1 月 6 日美国国会山骚乱当天，美国首都华盛顿从清晨到午夜近 15 个小时所发生的事情，以一位中国记者的视角，用白描的笔触记录下发生在美国政治心脏的重大历史事件。

获奖理由

该作品的写作风格简练而充满力量感，贵在以中国记者的“亲眼所见”记录下国际新闻中重大事件的历史瞬间；冷静平实的行文背后，可见记者临危不乱，始终保持新闻工作者的位置感和距离感；报道基调的把握亦体现了中国视角，平稳而恰到好处。

新媒体展示

使用手机扫描下方二维码，即可观看本条获奖作品的新媒体展示。

人间正道是沧桑
——留声复兴之路

作品信息

作品类型：一等奖 · 新闻专题
刊播单位：重庆华龙网集团股份有限公司
报送单位：重庆市新闻工作者协会
作　　者：周勇、康延芳、刘颜、佘振芳、易华、曾雯、李文科
编　　辑：集体
作品时长：14 分
刊播平台：华龙网、新重庆客户端
首发日期：2021 年 7 月 16 日

作品简介

该专题以习近平总书记重要讲话精神为纲领，对重庆革命文物文献的历史内涵、时代价值进行通俗化、年轻化、网络化解读，实现轻量化、移动化、碎片化传播，在庆祝建党百年之际讲好、讲活重庆红色故事。

新媒体展示

使用手机扫描下方二维码，即可观看本条获奖作品的新媒体展示。

获奖理由

该新闻专题探索出一条符合移动互联网时代、符合大众阅读习惯的传播路径，让广大受众从党史中汲取奋进力量，在立意、内容、技术、传播等方面均实现了大胆探索、积极创新，是新媒体开展党史宣传的一次成功实践。

老唐卖“碳”记

作品信息

作品类型：一等奖 · 新闻专题
刊播单位：安徽广播电视台
报送单位：安徽省新闻工作者协会
作　　者：史巍、任荣荣
编　　辑：王雷
作品时长：13 分
刊播栏目：安徽生活广播频率《徐徐时光》
首发日期：2021 年 12 月 31 日

作品简介

2021 年，安徽省林业碳汇交易第一单在宣城市签约，这迈出了探索林业碳汇交易的第一步。作品以直接经办该项工作的宣城市林业局工作人员老唐为切入点，用讲故事的方式回顾了全省林业碳汇第一单的探索过程。

获奖理由

涉及人类生存与发展的全球气候变化已成为当今世界最受关注的生态环境问题，碳达峰、碳中和更是当下舆论热点。作品围绕安徽林业碳汇第一单展开，主题重大、叙事清晰、采访翔实，有较好的收听感受。

新媒体展示

使用手机扫描下方二维码，即可观看本条获奖作品的新媒体展示。

诞生地
——不能忘却的纪念

作品信息

作品类型：一等奖·新闻专题
刊播单位：上海广播电视台
报送单位：上海市新闻工作者协会
作　　者：集体
编　　辑：朱宏
作品时长：57 分
刊播栏目：纪实人文频道《精品纪录片》
首发日期：2021 年 10 月 6 日

SMG

作品简介

大型新闻纪录片《诞生地——不能忘却的纪念》是上海广播电视台庆祝建党百年重大主题报道的标杆之作，通过众多鲜活的故事，使革命先辈坚守理想、追求真理、不畏牺牲的品格得以立体展现，也阐释、弘扬了伟大建党精神。

新媒体展示

使用手机扫描下方二维码，即可观看本条获奖作品的新媒体展示。

获奖理由

该片具有历史维度、思想深度与现实观照，选材得当，结构严谨，叙事生动，影像扎实，用精美的影像、珍贵的史料，讲述了一代代优秀共产党人的感人故事，真实生动地呈现了中国共产党人的精神谱系。

数字化改革之道:省市场监管局——"闪电速度"的背后

作品信息

作品类型:一等奖·新闻专题
刊播单位:浙江卫视
报送单位:浙江省新闻工作者协会
作　　者:杨川源、许勤、马思远、王西、孙汉辰
编　　辑:邵一平、周文
作品时长:13 分
刊播栏目:浙江卫视《浙江新闻联播》
首发日期:2021 年 11 月 9 日

作品简介

该组报道精巧整合数字化改革场景,直面问题,深入剖析,真实记录了数字化"改革尖兵"——浙江省市场监管局的破题之路,观察改革带来的政府之变、治理之变、群众之变,生动、精准地提炼了"闪电速度"背后数字化改革之"道"。

获奖理由

该报道深入浅出、生动鲜活,通过及时、平实的改革记述,见人、见事、见方法、见思考、见温度,用改革的普遍性困惑引出典型破题的意义,提振了加速推进数字化改革的精气神,为改革走向纵深提供了有效助推。

新媒体展示

使用手机扫描下方二维码,即可观看本条获奖作品的新媒体展示。

老表们的新生活
——鸟哥“打”鸟

作品信息

作品类型：一等奖 · 新闻专题
刊播单位：江西广播电视台
报送单位：江西省新闻工作者协会
作　　者：王子荣、何梁、王建国、张涛伟、巫宜淞、何威、黄文锋
编　　辑：袁学林、陈美华、朱嘉丽
作品时长：8 分
刊播栏目：江西卫视《老表们的新生活》
首发日期：2021 年 3 月 4 日

江西广播电视台

作品简介

节目讲述了江西婺源县农民余鹏海发现家乡生态变美、珍稀鸟类增多后，趁势当上职业“鸟导”的故事。这是江西农民在生态产业化道路上的一次有益尝试，是“绿水青山就是金山银山”理念在江西乡村振兴过程中的生动实践。

新媒体展示

使用手机扫描下方二维码，即可观看本条获奖作品的新媒体展示。

获奖理由

节目以“新农民的新生活”这一小切口折射整个江西乡村的巨大变迁，充分展现了江西践行生态产业化的脱贫智慧和创新特色，长时间、原生态地记录了许多鲜活自然的语言和真实情感，彰显了乡村振兴的累累硕果。

《百炼成钢:中国共产党的100年》之第三集《改造中国与世界》

作品信息

作品类型:一等奖 · 新闻纪录片
刊播单位:江苏省广播电视总台(集团)
报送单位:江苏省新闻工作者协会
作　　者:集体
编　　辑:曹海滨、戴波
作品时长:8 分
刊播频道:江苏卫视
首发日期:2021 年 3 月 29 日

江苏省广播电视总台(集团)
JiangSu Broadcasting Corporation

作品简介

该系列纪录片撷取中国革命、建设、改革、新时代各时期的重要事件,用生动的党史故事,形象反映百年大党的光辉历程和伟大成就。该片分革命、建设、改革、新时代四个篇章,2021 年播出前三个篇章共 70 集,每集 8 分钟。

获奖理由

该片是献礼建党百年的重大主题创作,在江苏卫视、湖南卫视、东方卫视等十余家省级卫视陆续播出,累计网络播放量突破 30 亿,实现重大主题宣传的破圈传播,为庆祝建党百年营造了浓厚的舆论氛围。

新媒体展示

使用手机扫描下方二维码,即可观看本条获奖作品的新媒体展示。

《新兵请入列》之《180 日的蜕变,新兵已入列》

作品信息

作品类型:一等奖 · 新闻纪录片
刊播单位:中央广播电视总台
报送单位:中央广播电视总台
作　　者:集体
编　　辑:集体
作品时长:35 分
刊播平台:央视网
首发日期:2021 年 7 月 7 日

中央广播电视总台
CHINA MEDIA GROUP

作品简介

节目真实记录了海陆空三军 00 后新兵在部队脱胎换骨的全过程。节目组与海、陆、空三大军种协作拍摄,根据作战任务、作战方式、作战环境的不同,多角度、多侧面、多环境、多人物地对不同军种新兵的训练进行跟踪拍摄,展现其成长历程。

新媒体展示

使用手机扫描下方二维码,即可观看本条获奖作品的新媒体展示。

获奖理由

本片不见金戈铁马,却足以让观众热血沸腾。大跨度多场景拍摄、全程贴身跟拍、融合创新的传播方式,将“主流话语”和“年轻表达”巧妙融合,实现了军事纪录片传播热度与网友口碑双“入列”。

习近平经济思想的生动实践系列述评

作品信息

作品类型：一等奖・系列报道
刊播单位：新华通讯社
报送单位：新华通讯社
作　　者：集体
编　　辑：集体
作品字数：18 331 字
刊播平台：新华社通稿
首发日期：2021 年 12 月 4 日

作品简介

这一组述评聚焦“美”“实”“效”“协”“共”五个字，以通俗易懂的方式，传递鲜明观点：新时代中国经济创造的奇迹，根本在于遵循习近平经济思想的指引。中国经济长期向好之势不可逆转，中华民族伟大复兴历史进程不可逆转。

获奖理由

该组报道深度解析习近平经济思想重要内涵，高屋建瓴、格局宏大，富有哲理性和思辨性，通过深入阐释习近平经济思想回应发展关切，传递出迎难而上的正能量，有助于提振各方信心。

新媒体展示

使用手机扫描下方二维码，即可观看本条获奖作品的新媒体展示。

沿着高速看中国

作品信息

作品类型：一等奖·系列报道
刊播单位：中央广播电视总台
报送单位：中央广播电视总台
作　　者：集体
编　　辑：集体
作品时长：5 时 29 分
刊播频道：新闻频道特辟时段
首发日期：2021 年 4 月 10 日

中央广播电视总台
CHINA MEDIA GROUP

作品简介

该报道紧扣庆祝建党 100 周年主题，采用行进式报道，以高速公路为骨架，沿路走访山河湖海，云游城镇乡野，品味风土人情，串联经济动脉，全景呈现百年大党光辉奋斗历程，生动展现充满发展活力的中国。

新媒体展示

使用手机扫描下方二维码，即可观看本条获奖作品的新媒体展示。

获奖理由

作为建党百年报道的开篇之作，《沿着高速看中国》具有重要的现实意义和时代价值。节目既注重思想性、主题性，又体现出知识性、可看性，形式清新活泼，多平台传播大小屏融合，是不可多得的主题系列报道。

国之大者

作品信息

作品类型：一等奖·系列报道
刊播单位：湖南广播电视台
报送单位：湖南省新闻工作者协会
作　　者：集体
编　　辑：集体
作品时长：24 分
刊播栏目：湖南卫视《湖南新闻联播》
首发日期：2021 年 5 月 17 日

作品简介

该系列报道聚焦种业安全，以我国在种业科学攻关上取得的重大突破为主线，致敬长年累月奋战在科研一线，较少为观众所知晓，但为粮食安全、种业安全作出重要贡献的科学家和科研团队，谱写了一曲矢志打赢种业翻身仗的动人赞歌。

获奖理由

该系列报道对于致力打赢种业翻身仗、推动中国从种业大国迈向种业强国，对于提振民族精神、坚定“四个自信”，特别是在国际形势发生深刻复杂变化的当下，具有重大的现实意义和深远的政治意义。

新媒体展示

使用手机扫描下方二维码，即可观看本条获奖作品的新媒体展示。

习近平法治思想系列解读报道

作品信息

作品类型：一等奖·系列报道
刊播单位：中国日报社
报送单位：中国日报社
作　　者：曹音、杨泽坤、张怡
编　　辑：雷蕾
作品字数：3253 字
刊播版面：1 版转 3 版、1 版转 4 版
首发日期：2021 年 8 月 16 日

作品简介

为对外讲好中国法治故事，向读者全方位展示习近平法治思想的深刻内涵，策划团队围绕习近平法治思想的核心要义“十一个坚持”，推出了十一篇报道，展现了我党在革命、建设、改革实践中探索出的适合自己的法治道路。

新媒体展示

使用手机扫描下方二维码，即可观看本条获奖作品的新媒体展示。

获奖理由

该系列报道结构完整、逻辑清晰，首次用英文全面阐释了习近平法治思想的核心要义。稿件侧重小切口，通过案例讲故事说道理，以小见大，深入浅出，用国际受众能够理解的语言和叙事手法，通过讲好中国法治故事，向世界传递有力的中国声音。

生命缘·百年协和

作品信息

作品类型：一等奖·系列报道
刊播单位：北京广播电视台
报送单位：北京市新闻工作者协会
作　　者：杨懿丁、郭洪泷、章铎、王瑜、王美、毛雪
编　　辑：徐滔、邵晶、赖一锐
作品时长：1时48分
刊播栏目：北京卫视《生命缘》
首发日期：2021年9月14日

BRTV
北京广播电视台
BEIJING RADIO & TELEVISION STATION

作品简介

该系列纪录片以时间为轴，以人物群像志的方式，呈现出栉风沐雨、接续奋斗的跨时代图景；以细分学科多个具有代表性的“历史一笔”，书写出近现代医学的宏大变迁，全景式回顾与呈展百年协和的历史荣光。

获奖理由

该系列报道用声用画为协和存史立传，用心用情诉说红色传承，精心打造有温度的中国近现代医学影像志，总结具有中国特色的科学医学道路的成功经验，探索新时代纪实美学范式之路，是献给伟大时代的影像赞歌。

新媒体展示

使用手机扫描下方二维码，即可观看本条获奖作品的新媒体展示。

习近平向全国脱贫攻坚楷模荣誉称号获得者颁奖

作品信息

作品类型：一等奖 · 新闻摄影
刊播单位：中国日报社
报送单位：中国新闻摄影学会
作　　者：冯永斌
编　　辑：杜涟猗
幅　　数：1 幅
刊播版面：要闻 A1 版
首发日期：2021 年 2 月 26 日

作品简介

2021 年 2 月 25 日，全国脱贫攻坚总结表彰大会在人民大会堂隆重举行。摄影记者敏锐捕捉到习近平总书记俯下身，郑重地为坐在轮椅上、已经 97 岁的夏森老人佩挂奖章、整理绶带的画面，反映了习近平总书记尊老敬老又和蔼可亲的领袖风范。

新媒体展示

使用手机扫描下方二维码，即可观看本条获奖作品的新媒体展示。

获奖理由

这幅图片呈现了党的领袖与基层脱贫攻坚模范生动温馨的互动场面，尤其是抓拍到总书记弯腰俯身为老人颁奖，以及老人努力想从轮椅上起身的动作瞬间。作品构图均衡、稳重，又充满了动感。

《学习故事绘》第三话：半条被子

作品信息

作品类型：一等奖 · 新闻漫画
刊播单位：新华通讯社
报送单位：中国新闻漫画研究会
作　　者：集体
编　　辑：集体
幅　　数：7 幅
刊播平台：新华社微信公众号
首发日期：2021 年 4 月 15 日

作品简介

作品讲述了湖南汝城沙洲村“半床棉被”的红色经典故事——3 名女红军离开沙洲村时，把自己仅有的一床被子剪下一半给借宿的房东徐解秀留下。作品重温感人历史场景，形象地解释了共产党人的初心，生动地回答了“中国共产党为什么行”的世界之问。

获奖理由

作品以适合新媒体传播的条漫形式，讲述“半条被子”这个红色经典故事。作品绘制精美、大气，主题充满正能量，具有思想性、故事性、时代性、艺术性，受到年轻受众的欢迎，成为在青年一代中进行红色教育的一个成功范例。

新媒体展示

使用手机扫描下方二维码，即可观看本条获奖作品的新媒体展示。

风卷红旗再出发

作品信息

作品类型：一等奖・副刊作品
刊播单位：江西日报社
报送单位：中国报纸副刊研究会
作　　者：集体
编　　辑：李滇敏、罗翠兰
作品字数：5228 字
刊播版面：10 版“井冈山”
首发日期：2021 年 5 月 14 日

江西日報

作品简介

文章聚焦革命战争年代与新时代中国共产党人如何为人民谋幸福这一重大主题，深入赣南革命老区，以宏大的手法和极高的政治站位，契合中国共产党成立 100 周年这一重大历史事件，表现中国共产党人百年不变的初心使命。

新媒体展示

使用手机扫描下方二维码，即可观看本条获奖作品的新媒体展示。

获奖理由

该作品题材重大、气势恢宏、结构严谨、文笔细腻、语言流畅、故事生动、现场感强，集可读性、思想性于一体，极具感染力，传播效果极佳，是一篇向建党百年华诞献礼的佳作。

吾家吾国丨科学精神就是老老实实地干活 独家专访百岁院士陆元九

作品信息

作品类型：一等奖·新闻访谈
刊播单位：央视新闻客户端
报送单位：中国广播电视社会组织联合会
作　　者：王宁、沈公孚、杨帆、车黎、张雪、王若璐、杨瑜婷
编　　辑：米莎、马玮璐、孙雪
作品时长：29 分 10 秒
刊播平台：央视新闻客户端
首发日期：2021 年 10 月 1 日

作品简介

作品镜头对准“两弹一星”功勋人物“七一”奖章获得者陆元九，传播了“烈士之爱国也如家”的大者情怀，兼具纪录片与人物访谈的优点，以具象事物为勾牵，找到人物的锚定点一探到底，串联起先生们人生的绵延伏线。

获奖理由

作品成功地树立起陆元九院士可爱而伟大的科学家形象，融入了纪录片特色，将主人公感人的生活细节展示给观众，以艺术之美，弥补了老科学家的表达之弱。

新媒体展示

使用手机扫描下方二维码，即可观看本条获奖作品的新媒体展示。

白岩松专访香港特区行政长官林郑月娥

作品信息

作品类型：一等奖·新闻访谈
刊播单位：中央广播电视总台
报送单位：中国广播电视社会组织联合会
作　　者：集体
编　　辑：集体
作品时长：26 分 26 秒
刊播栏目：新闻频道《新闻 1+1》
首发日期：2021 年 5 月 10 日

作品简介

节目围绕香港社会稳定、经济恢复、大湾区发展建设、青年发展四个热点议题，全面、客观展现了香港两年来经历的变化和挑战，回答了一系列公众疑问，聚焦香港未来发展前景，也从一个独特角度，观察了大湾区的建设。

新媒体展示

使用手机扫描下方二维码，即可观看本条获奖作品的新媒体展示。

获奖理由

节目以独特视角全面、客观展现香港两年来经历的变化和挑战，聚焦热点问题，解答公众疑问。作品采用大屏节目和新媒体融合传播，充分利用多媒体不同的传播优势，取得了良好的传播效果。

突发！两岁女孩碎玻璃入眼 交警媒体紧急护送

作品信息

作品类型：一等奖·新闻直播
刊播单位：江西广播电视台
报送单位：中国广播电视社会组织联合会
作　　者：郑祎、熊芳荣、李雪锋、谢莉芳、陶国平、秦志成、翁文荣、黄恬恬
编　　辑：熊亚芝、金石明、李彬
作品时长：1时15分
刊播频道：江西广播电视台都市频道
首发日期：2021年10月28日

作品简介

直播团队记录了江西省吉安市一名两岁女孩碎玻璃入眼，交警、媒体紧急护送就医的突发事件，呈现了紧张、揪心但感人、温暖的全过程，彰显出交警、媒体记者、医护工作者在人民群众危急之时的担当与责任。

获奖理由

江西广播电视台直播团队全程实时记录、实时传输、实况呈现，事件整体衔接有序，内容扣人心弦，展现出较高的综合素质和应变突发事件的能力，也讲述了一个有温度的、感人至深的中国故事。

新媒体展示

使用手机扫描下方二维码，即可观看本条获奖作品的新媒体展示。

一路奔冬奥　一起向未来

——北京冬奥会开幕倒计时 100 天现场直播

作品信息

作品类型：一等奖・新闻直播
刊播单位：北京广播电视台
报送单位：中国广播电视社会组织联合会
作　　者：集体
编　　辑：蔡明可、李哲勇、曹僖
作品时长：1 时 40 分
刊播栏目：交通广播中心《一路畅通》
首发日期：2021 年 10 月 27 日

作品简介

作品以冬奥交通基础设施建设运营情况为明线，以冬奥建设带动区域发展惠及百姓为暗线，通过移动直播的方式将冬奥交通建设、场馆建设、冬奥文化传播、冬奥遗产规划有机结合，既有大而厚的宏观叙事，也有小而美的百姓故事。

新媒体展示

使用手机扫描下方二维码，即可观看本条获奖作品的新媒体展示。

获奖理由

本期直播新闻性强、构思巧妙、编排精巧、内容丰富、节奏流畅、清晰生动，直播手段兼具内容与技术创新，表现出较强的现场感与代入感，收听覆盖面大、传播优势强、传播效果好，充分体现了主流媒体的专业性和责任感。

2021年7月19日《人民日报》要闻2版

作品信息

作品类型：一等奖·新闻编排
刊播单位：人民日报社
报送单位：中国新闻漫画研究会
作　　者：集体
编　　辑：韩晓丽、彭俊、杨义
刊播版面：要闻2版
首发日期：2021年7月19日

人民日报

作品简介

2021年7月19日的《人民日报》以数据可视化形式刊发专版“中华大地全面建成小康社会”，该版站位高、分量重、呈现巧，以大气灵动、清新隽永的表达独树一帜。该版聚焦重大主题，标刻辉煌节点；紧扣权威指标，梳理关键数据；创新视觉体验，彰显文化自信。

获奖理由

该版面是反响报道，其文字与数说、图表结合的呈现方式独具特色。版面编排独具匠心、打破传统、详略得当。版面简洁生动、含蓄淡雅，创新融合水墨画、印章等中国元素，凸显中国特色，帮助读者增强“四个自信”。

新媒体展示

使用手机扫描下方二维码，即可观看本条获奖作品的新媒体展示。

坐上火车去老挝

作品信息

作品类型：一等奖 · 新闻编排
刊播单位：湖南广播电视台
报送单位：中国广播电视社会组织联合会
作　　者：集体
编　　辑：集体
作品时长：32 分
刊播栏目：湖南卫视《午间新闻》
首发日期：2021 年 12 月 4 日

湖南广播电视台
Hunan Broadcasting System

作品简介

中老铁路正式载客运营，《午间新闻》栏目全版面关注这一重大事件，融合时政消息、现场报道、图片故事、海采、地方新闻报道、本台短评等，通过与老挝国家电视台、国铁集团老挝公司等单位合作，实现了跨国采访。

新媒体展示

使用手机扫描下方二维码，即可观看本条获奖作品的新媒体展示。

获奖理由

作品聚焦中老铁路正式载客运营这一重大新闻事件，以集中编排的方式，通过多种报道形式，深刻阐述了中老铁路开通的重大意义，突出了中国持续推动共建"一带一路"高质量发展、构建人类命运共同体的主题。

时习之

作品信息

作品类型：一等奖 · 新闻专栏
刊播单位：人民网
报送单位：中国记协新媒体专业委员会
作　　者：何晶茹、申亚欣、邓志慧、秦华、任一林、黄子娟、宋子节
编　　辑：集体
作品字数：4111 字
刊播平台：人民网
首发日期：2020 年 8 月 1 日

作品简介

专栏紧密围绕习近平总书记治国理政新理念新思想新战略，通过多元融媒体形式创新报道语态，把宣传好习近平总书记重要讲话精神作为核心要义，通过全媒体视听交融的形式，深入阐释系列核心思想的丰富内涵。

获奖理由

专栏结合宏大叙事与微观视角，立意高远，细节感人，融合哲思与融媒呈现创意，兼具权威性与生动性。专栏紧跟热点巧设看点，多元呈现突出重点，融媒联动打造亮点，承担起宣传总书记治国理政新理念新思想新战略的使命任务。

新媒体展示

使用手机扫描下方二维码，即可观看本条获奖作品的新媒体展示。

全球连线(GLOBALink)

作品信息

作品类型：一等奖 · 新闻专栏
刊播单位：新华网
报送单位：中国记协新媒体专业委员会
作　　者：集体
编　　辑：集体
作品字数：10 000 字
刊播平台：新华网
首发日期：2020 年 12 月 28 日

作品简介

2021 年，新华社“全球连线”中外文融媒旗舰报道在美国国会山骚乱、缅甸政局突变、美军仓促撤离阿富汗等重大国际突发事件中多次抢占第一落点，采制独家报道，在传播中国声音、讲好中国故事中取得突出实效。

新媒体展示

使用手机扫描下方二维码，即可观看本条获奖作品的新媒体展示。

获奖理由

该专栏运用多种形式采制热点报道，观点鲜明、结构清晰、逻辑严谨、论据有力，平实语言与真实画面相结合。专栏作品契合国内外受众的信息接收习惯，以客观、科学、专业的视角展开国际报道，讲好中国故事。

主播说联播

作品信息

作品类型：一等奖·新闻专栏
刊播单位：央视新闻客户端
报送单位：中国记协新媒体专业委员会
作　　者：集体
编　　辑：集体
作品时长：3 分
刊播平台：央视新闻客户端
首发日期：2019 年 7 月 29 日

作品简介

产品内容立足《新闻联播》的重点报道，特别是重大时政报道、当天重大事件和热点新闻，用年轻人喜爱的通俗语言传递主流声音、宣传主流价值。

获奖理由

专栏内容立足《新闻联播》的重点报道，特别是重大时政报道、当天重大事件和热点新闻，采取日更和竖屏形式，给电视新闻的转型“出圈”以启示，放大了《新闻联播》IP 效应，并带动《新闻联播》其他内容在新媒体平台的传播。

新媒体展示

使用手机扫描下方二维码，即可观看本条获奖作品的新媒体展示。

国际观察

作品信息

作品类型：一等奖·新闻专栏
刊播单位：中国新闻社
报送单位：中国报纸副刊研究会
作　　者：集体
编　　辑：集体
作品字数：3244 字
刊播版面：电讯通稿
首发日期：2010 年 6 月 1 日

中国新闻社
CHINA NEWS SERVICE

作品简介

栏目始终针对重大国际新闻及涉华重要议题进行分析评论，有力有效开展舆论引导，秉持中国立场，展现国际视野，追踪国际热点、舆论焦点，回应外界关切，理性剖析，客观阐释，有广度、有深度、有力度、有态度。

新媒体展示

使用手机扫描下方二维码，即可观看本条获奖作品的新媒体展示。

获奖理由

栏目创办十二年来，针对重大国际新闻及涉华重要议题积极发声，回应关切，坚持中国立场，展现国际化视野，持续性强，涉及主题广泛。栏目作品被境外新媒体平台大量转发，在海外舆论场获得较好的传播效果。

军事最前沿

作品信息

作品类型：一等奖·新闻专栏
刊播单位：中国军网
报送单位：中国记协新媒体专业委员会
作　　者：李东航、李鹏、何友文、李小琳、王玉、刘福生
编　　辑：集体
作品时长：2 分
刊播平台：中国军网
首发日期：2012 年 10 月 1 日

作品简介

专栏定位军营新视窗、军事新视点、军人新视角，每日发布原创军事短视频，海选创意、指尖制作、多屏联动，力求短、实、新、活，已发布原创作品近 8000 条，累计播放量 147 亿次。

获奖理由

专栏以原创短视频形式，展现新时代革命军人的精气神，传递新时代强军实践成效。作品强化话题设置，善于捕捉细节，有效运用网络特色视听语言与传播技术，创意策划、多维呈现、跨屏联动，立体展现了国威军威。

新媒体展示

使用手机扫描下方二维码，即可观看本条获奖作品的新媒体展示。

直通 990

作品信息

作品类型：一等奖 · 新闻专栏
刊播单位：上海广播电视台东方广播中心
报送单位：中国广播电视社会组织联合会
作　　者：集体
编　　辑：杨叶超、范嘉春、陈霞
作品时长：60 时 39 分
刊播频道：FM93.4 上海新闻广播
首发日期：2011 年 5 月 27 日

作品简介

《直通 990》栏目已创办 11 周年，致力于倾听民声、解读政策、纾解民忧。2021 年以来，这档上海广播老牌民生节目在媒体融合之路上再下一城，通过新媒体矩阵实现联动，打造“可以看的广播”。

新媒体展示

使用手机扫描下方二维码，即可观看本条获奖作品的新媒体展示。

获奖理由

栏目用足广播新媒体矩阵，彰显传播力、服务性；实现广播和视频直播的融合，音视频直播轻量化，打造“可以看的广播”；衍生融媒体产品，与广播完成“反哺”与“造血”，达到网络与广播相互引流、共享受众资源的效果。

民生调查

作品信息

作品类型：一等奖·新闻专栏
刊播单位：北京日报社
报送单位：中国报纸副刊研究会
作　　者：集体
编　　辑：集体
作品字数：6749 字
刊播版面：政府与市民版
首发日期：2006 年 3 月 1 日

作品简介

《民生调查》是《北京日报》专门承担舆论监督报道的民生新闻专栏，在全国党报中率先构建起媒体反映问题的“闭环”报道落实机制。专栏关注民生，聚焦群众“急难愁盼”，其探索实践是北京市“接诉即办”机制的雏形。

获奖理由

栏目长期担负舆论监督责任，回应群众关切，作品以全媒体的方式呈现，连续十多年获得北京新闻奖一等奖，被读者赞为“树立了党报舆论监督的新标杆”，并入选中宣部“走好网上群众路线典型案例”，具有一定影响力。

新媒体展示

使用手机扫描下方二维码，即可观看本条获奖作品的新媒体展示。

今日海峡

作品信息

作品类型:一等奖·新闻专栏
刊播单位:福建省广播影视集团
报送单位:中国广播电视社会组织联合会
作　　者:李灿宇、李宏、林祥雨、陈裕平、吴呈思、钟健、林晔
编　　辑:施吴雯、柴华、黄渝
作品时长:1 时 24 分
刊播频道:海峡卫视
首发日期:2020 年 1 月 1 日

福建省广播影视集团
FUJIAN MEDIA GROUP

作品简介

栏目依托福建独特的区位优势,致力于打造"现场+舆论场"的对台新闻品牌栏目。栏目以敏锐的新闻嗅觉,紧抓新闻时效,及时、有力地针对"台独"分子和外部势力干涉的言行开展舆论斗争,并为两岸交流鼓与呼。

新媒体展示

使用手机扫描下方二维码,即可观看本条获奖作品的新媒体展示。

获奖理由

栏目运用区位优势,聚焦热点问题,在新闻敏感性、报道时效性、舆论斗争性和区位独特性上下足功夫,兼具时效强和观点独特的明显特征。栏目在全媒体同步发力,充分发声,成为两岸沟通交流的关键桥梁。

军情直播间

作品信息

作品类型：一等奖·新闻专栏
刊播单位：深圳广播电影电视集团
报送单位：中国广播电视社会组织联合会
作　　者：徐华强、钟铮、钟剑文、罗施安、朱延瑞、李明臻、童迪
编　　辑：李锋、匡添扬、陈宇航
作品时长：1 时 36 分
刊播频道：深圳卫视
首发日期：2011 年 6 月 2 日

作品简介

栏目于 2011 年 6 月 2 日开播，是全国省级卫视第一档涵盖全球军情、防务态势、军工科技的军事类周播新闻专题栏目。栏目以第一时间汇聚全球军情动态、酷炫虚拟技术解码武器装备、专家智库深入剖析事件前因后果为特色。

获奖理由

作为一档军事类新闻栏目，《军情直播间》一直以理性、多元的视角传播军事知识、解析热点军事防务话题，还注重普及正确的国防理念，开展国防教育。该栏目是国内传播效果好、最有口碑的电视军事栏目之一。

新媒体展示

使用手机扫描下方二维码，即可观看本条获奖作品的新媒体展示。

村村响大喇叭

作品信息

作品类型：一等奖·新闻专栏
刊播单位：湖南广播电视台广播传媒中心
报送单位：中国广播电视社会组织联合会
作　　者：钟启华、蒋岚、郑妙、郝爽、张楠、童琳、周眉
编　　辑：钟启华
作品时长：59 分
刊播频道：潇湘之声
首发日期：2020 年 1 月 26 日

作品简介

《村村响大喇叭》是一档面向基层、面向农村，传递党的声音，发挥应急功能，助力脱贫攻坚、乡村振兴的栏目。栏目每个工作日通过湖南电台潇湘之声及覆盖全省 101 个县、1740 个乡镇、27 421 个村级广播室的 40 多万只大喇叭播出。

新媒体展示

使用手机扫描下方二维码，即可观看本条获奖作品的新媒体展示。

获奖理由

栏目紧跟时代发展需求，特色鲜明，敏锐抓住新时期宣传工作的需要、传播对象的需求，将触角通过乡村大喇叭延伸到广大农村，直达中国最基层，用一种新颖的节目方式为推进乡村振兴履行了媒体的责任。

全媒体传播体系建设的重要力量

作品信息

作品类型：一等奖 · 新闻业务研究
刊播单位：《传媒》杂志社
报送单位：中国地市报研究会
作　　者：覃进、刘紫荣、秦明瑛
编　　辑：左志新、孙莹
作品字数：5891 字
刊播版面：2021 年 11 月(下)第 22 期
首发日期：2021 年 11 月 25 日

作品简介

本文源于研究解决当前地市媒体转型重大现实问题的调研成果，研究目标聚焦服务全国地市媒体融合发展重大需求。课题组历经 3 个多月并十易其稿，向中国记协和中宣部呈报了近 1.2 万字的调研报告，并梳理提炼后形成论文，公开发表。

获奖理由

本文站在夯实党的执政根基、推进国家治理现代化的高度，放眼全国，研究地市党媒的改革发展之路，客观、全面、真实、准确地梳理了新时代全国地市报整体情况，对引导全国地市党媒改革发展具有重大意义。

新媒体展示

使用手机扫描下方二维码，即可观看本条获奖作品的新媒体展示。

媒体融合视角下
主流媒体的话语表达创新

作品信息

电视研究

作品类型：一等奖 · 新闻业务研究
刊播单位：《电视研究》杂志社
报送单位：中央广播电视总台
作　　者：汪文斌、唐存琛、马战英
编　　辑：姜洁
作品字数：5839 字
刊播版面：2021 年第 8 期“探讨与争鸣”
首发日期：2021 年 8 月 1 日

作品简介

本文紧密结合总台的系列创新实践，明确提出主流媒体话语体系创新必须稳、准、狠地找到用户接收信息的“痒点”即关键要素，架起联通媒体与用户之间的传播桥梁，即以 IP、新技术和人为桥梁。

新媒体展示

使用手机扫描下方二维码，即可观看本条获奖作品的新媒体展示。

获奖理由

2022 年正值中央广播电视总台成立四周年，文章以内容实践作为研究切口，系统梳理了总台在话语体系创新方面的优秀案例与经验做法，对于进一步提炼概括总结媒体融合“总台模式”具有较大参考价值。

总书记心中的“国之大者”

作品信息

作品类型：一等奖·重大主题报道
刊播单位：人民日报社
报送单位：人民日报社
作　　者：杜尚泽、邝西曦、林小溪
编　　辑：集体
作品字数：11 444 字
刊播版面：要闻 1 版转 2 版
首发日期：2021 年 11 月 9 日

人民日报

作品简介

“国之大者”关乎发展全局、事业根本，本篇稿件立足高站位、聚焦大选题、寄寓大情怀，从人民至上、经济发展、生态文明、系统思维、理想信念等多个角度展开叙事，深刻揭示习近平总书记反复强调“国之大者”的深远意义。

获奖理由

稿件逻辑清晰、层次分明，把高屋建瓴的宏大叙事和见人见物的故事细节结合起来，以高远立意、深邃思想、鲜活视角、真挚情感深入宣传习近平总书记大党大国领袖风范和深厚人民情怀。

新媒体展示

使用手机扫描下方二维码，即可观看本条获奖作品的新媒体展示。

摆脱贫困

作品信息

作品类型:一等奖·重大主题报道
刊播单位:中央广播电视总台
报送单位:中央广播电视总台
作　　者:集体
编　　辑:肖振生、郑秀国、岳群
作品时长:2 分 42 秒
刊播频道:综合频道
首发日期:2021 年 2 月 18 日

作品简介

作品全景呈现了以习近平同志为核心的党中央带领全国各族人民精准扶贫、精准脱贫,全面建成小康社会的恢宏历史进程,并以国际视角鲜明阐述了中国“精准扶贫”对人类减贫事业的卓越贡献。

新媒体展示

使用手机扫描下方二维码,即可观看本条获奖作品的新媒体展示。

获奖理由

这是一部用心用情用力打造的中国脱贫攻坚影像志,是一部兼具国家高度与学术品格、坚守艺术品位与人文情怀、用纪实影像向全世界讲述中国故事的现象级作品,受到中央领导肯定,被业界誉为“记录中国奇迹的影像史记”。

战贫之路

作品信息

作品类型:一等奖·重大主题报道
刊播单位:新华通讯社
报送单位:新华通讯社
作　　者:李忠发、饶力文、徐泽宇、武笛、
侯雪静、申铖、郑晓奕
编　　辑:集体
作品时长:12分
首发日期:2021年2月23日

作品简介

本片全景式展现了习近平总书记自十八大以来带领全党全国人民打赢脱贫攻坚战的奋斗历程。全片强化以外宣手法讲故事的创作理念,展现人物情感和内在动力;聚焦领袖人物塑造,挖掘鲜为人知的故事细节,推动影片叙事。

获奖理由

该作品用富有创意和冲击力的表现形式,全景式展现了习近平总书记自十八大以来带领全党全国人民打赢脱贫攻坚战的奋斗历程,用真实的细节、质朴的感情打动了亿万海内外网友。

新媒体展示

使用手机扫描下方二维码,即可观看本条获奖作品的新媒体展示。

号角催征

——解码《新华日报》老报纸里的百年初心

作品信息

作品类型：一等奖 · 重大主题报道
刊播单位：新华日报社
报送单位：江苏省新闻工作者协会
作　　者：集体
编　　辑：王晓映
作品字数：11 982 字
刊播版面：头版等
首发日期：2021 年 4 月 12 日

新華日報

作品简介

推出"号角催征"系列报道，用独特报史资源宣传阐释党的奋斗历程，是《新华日报》庆祝建党百年"奋斗百年路 启航新征程"主题宣传、党史学习教育宣传报道的创新策划。该系列总计 28 篇，从 4 月持续至 8 月底。

新媒体展示

使用手机扫描下方二维码，即可观看本条获奖作品的新媒体展示。

获奖理由

"号角催征"系列报道是《新华日报》推出的独树一帜的代表性作品，主题重大、气势恢宏、采访扎实、写作过硬、社会反响好。作品用独家报史讲党史，具有唯一性、独特性、创新性，实现了跨时空的党史新闻叙事。

建功新时代系列评论：《躺平不可取》《躺赢不可能》《奋斗正当时》

作品信息

作品类型：一等奖 · 重大主题报道
刊播单位：光明日报社
报送单位：光明日报社
作　　者：集体
编　　辑：集体
作品字数：10 223 字
刊播版面：要闻 1 版、综合新闻 4 版
首发日期：2021 年 12 月 27 日

光明日报

作品简介

该系列评论通过新媒体矩阵，以更加贴近青年的方式进行互动，将评论观点发散成讨论性和参与性更强的网络议题，让青年群体在参与讨论的过程中产生共鸣，增强主流价值的感召力。

获奖理由

该系列评论有三个特质，即抓住党的百年奋斗史这个说理关键点，直面想成功却不想奋斗的舆情敏感点，吸引青年多平台平等讨论寻找共鸣点。评论聚焦重大主题，落实中央要求，回应社会诉求，政治性、思想性、新闻性强。

新媒体展示

使用手机扫描下方二维码，即可观看本条获奖作品的新媒体展示。

“兴发”转型：从按“吨”卖到按“克”卖

作品信息

作品类型：一等奖 · 重大主题报道
刊播单位：湖北广播电视台
报送单位：湖北省新闻工作者协会
作　　者：李鹏、胡芳、屈晓平、刘莹、李琪
编　　辑：张文科、舒宏志、刘孝桐
作品时长：4 分
刊播栏目：湖北经视《咵天》
首发日期：2021 年 12 月 29 日

湖北广播电视台
HUBEI MEDIA GROUP

作品简介

作品敏锐地抓住了“中国芯”的重要原材料——磷酸蚀刻液产品第一万吨下线这一新闻线索，深入挖掘背后的故事，将习总书记对长江经济带“共抓大保护，不搞大开发”的重要讲话精神和长江沿线化工企业的绿色转型有机结合。

新媒体展示

使用手机扫描下方二维码，即可观看本条获奖作品的新媒体展示。

获奖理由

作品主题鲜明、立意新颖、简明扼要、表述准确、时效性强、新闻要素齐全，体现了“短、实、新”的文风要求；画面清晰、采访挖掘深入、制作精良、感染力强，是一篇难得的精品佳作。

Looking for Answers: An American Communist Explores China
(求索:美国共产党员的中国行)

作品信息

作品类型:一等奖·国际传播
刊播单位:中国日报社
报送单位:中国日报社
作　　者:王浩、伊谷然、王建芬、郭凯、马驰、张文芳、王成孟
编　　辑:韩蕾、张春燕
作品时长:17 分
刊播平台:中国日报网站、客户端
首发日期:2021 年 6 月 7 日

作品简介

该系列视频通过美国共产党员在中国的探索过程,深刻阐释中国共产党百年成功之道,充分发挥"联接中外、沟通世界"的作用,在建党百年之际取得了非常突出的国际传播效果,有效地增进了国际社会对中国共产党的认识和了解。

获奖理由

作品以微纪录片的方式呈现,采访对话了众多海内外人士,内容丰富,环环相扣,镜头语言和剪辑风格国际化,得到了海外受众的认可,是建党百年对外报道中非常有特色、传播效果显著的精品力作。

新媒体展示

使用手机扫描下方二维码,即可观看本条获奖作品的新媒体展示。

习近平带领百年大党奋进新征程

作品信息

作品类型：一等奖 · 国际传播
刊播单位：新华通讯社
报送单位：新华通讯社
作　　者：集体
编　　辑：无
作品字数：12 384 字
刊播版面：新华社通稿
首发日期：2021 年 11 月 6 日

作品简介

这篇特稿通过披露总书记九年执政心路历程以及他对中国和世界走向的思考，有效传播中国主张、中国智慧，揭示中国共产党带领人民在新时代创造奇迹的思想力量和精神力量。

新媒体展示

使用手机扫描下方二维码，即可观看本条获奖作品的新媒体展示。

获奖理由

稿件用高端报道正面回应海外关注的热点焦点问题，将舆论引导到我方轨道；生动地刻画了我党领袖人物，在增强报道亲和力和实效性上有新的突破，成为近年来我国播发的最具境外传播力、影响力的作品之一。

没有任何力量能够阻挡中国前进的步伐

作品信息

作品类型：一等奖·国际传播
刊播单位：人民日报社
报送单位：人民日报社
作　　者：马小宁、裴广江、王远
编　　辑：陈家兴、范正伟
作品字数：994 字
刊播版面：要闻 1 版
首发日期：2021 年 9 月 26 日

人民日报

作品简介

这篇文章创新传播方式，先网后报发表，“时、度、效”俱佳，在重大事件中发挥了党报评论的关键舆论引导作用，客观上使孟晚舟事件成为一次无形的、效果显著的爱国主义教育，产生了振奋人心的传播效果和舆论影响力。

获奖理由

这篇文章是《人民日报》评论员就孟晚舟回国撰写的独家评论，文章为这一全球关注的事件定性定调，先网后报刊发，“时、度、效”俱佳，在国内外产生了极佳的传播效果，凸显了党报引导舆论的关键作用。

新媒体展示

使用手机扫描下方二维码，即可观看本条获奖作品的新媒体展示。

非凡的领航

作品信息

作品类型:一等奖・国际传播
刊播单位:中央广播电视总台
报送单位:中央广播电视总台
作　　者:集体
编　　辑:集体
作品时长:1 时 17 分
刊播频道:新闻频道
首发日期:2021 年 1 月 1 日

中央广播电视总台
CHINA MEDIA GROUP

作品简介

节目以两集的篇幅,通过重大事件回顾、专家访谈等形式,全景展现以习近平同志为核心的党中央在 2020 年带领全国人民攻坚克难,在非凡之年引领“中国号”巨轮乘风破浪、坚毅前行所取得的辉煌成就。

新媒体展示

使用手机扫描下方二维码,即可观看本条获奖作品的新媒体展示。

获奖理由

作品全景展现了 2020 年以习近平同志为核心的党中央在非凡之年的治国理政实践。作品发挥视频优势,展现大国领袖形象,极具感染力,引发国际主流媒体高度关注和热烈反响,是面向世界讲好中国故事、传播好中国声音的代表作品。

“东西问”之“观中国”系列报道

作品信息

作品类型：一等奖·国际传播
刊播单位：中国新闻社
报送单位：中国新闻社
作　　者：集体
编　　辑：董会峰
作品字数：8819 字
刊播版面：电讯通稿
首发日期：2021 年 6 月 9 日

中国新闻社

作品简介

该系列报道重在阐释中外热点话题背后的深层逻辑，邀请多位国际知名专家撰稿或接受专访，形成一组兼具学理性与可读性的深度文章，客观公正地诠释中国取得举世瞩目发展成就的文明基因。

获奖理由

作品通过海外知名专家“外眼观中国”，构思巧妙、立意高远，以客观平实的视角回应国际社会对中国的关注与疑问，提升了中国议题在国际舆论场的整体声量，为进一步弘扬中华优秀传统文化、促进东西方文明交流互鉴作出了贡献。

新媒体展示

使用手机扫描下方二维码，即可观看本条获奖作品的新媒体展示。

“Daka! PLA”（打卡！中国军队）

作品信息

作品类型：一等奖 · 国际传播
刊播单位：中国军网
报送单位：中国人民解放军新闻传播中心
作　　者：集体
编　　辑：集体
作品时长：19 分
首发日期：2021 年 12 月 3 日

作品简介

“Daka！PLA”（打卡！中国军队）是为庆祝党的百年华诞，由军委政治工作部网络舆论局牵头、解放军新闻传播中心时政部具体组织实施的大型网宣活动。该活动带领观众进行“沉浸式”体验，充分展现部队官兵风采和大国重器的震撼力量。

新媒体展示

使用手机扫描下方二维码，即可观看本条获奖作品的新媒体展示。

获奖理由

作品以“宣传习近平强军思想”为出发点，主题重大、内容鲜活、形式新颖，国内外传播效果良好，是一次对外讲好中国故事、强军故事的成功实践。

杂交水稻之父——袁隆平

作品信息

湖南广播电视台
Hunan Broadcasting System

作品类型：一等奖·典型报道
刊播单位：湖南广播电视台
报送单位：湖南省新闻工作者协会
作　　者：集体
编　　辑：集体
作品时长：1 时 13 分
刊播频道：湖南卫视
首发日期：2021 年 5 月 26 日

作品简介

作品分为《大地赤子》《男攀高峰》《追梦人生》《造福世界》四集，分别讲述了袁隆平的童年岁月、科研历程、业余生活和全球影响，立体呈现了袁隆平不懈追梦、造福人类的壮阔一生和朴实无华、风趣可爱的多彩性格。

获奖理由

该片主题鲜明、思想深刻、情感饱满、内涵丰富，把袁隆平的经历、成就和生活结合起来，并将其形象放到中国从站起来、富起来到强起来的民族发展大背景下加以刻画，是对袁隆平同志最好的缅怀与纪念。

新媒体展示

使用手机扫描下方二维码，即可观看本条获奖作品的新媒体展示。

焦裕禄精神的新时代回响

作品信息

作品类型:一等奖·典型报道
刊播单位:《瞭望新闻周刊》杂志社
报送单位:新华通讯社
作　　者:集体
编　　辑:集体
作品字数:12 622 字
刊播版面:2021 年第 52 期
首发日期:2021 年 12 月 27 日

瞭望
OUTLOOK WEEKLY
给你权威的新闻洞察力

作品简介

这组稿件是由中央领导同志点题,以辉映焦裕禄精神、定格新时代坐标为宗旨的重大人物典型报道。文字视频真实可感、细腻生动,并辅以新闻海报等融媒产品进行多元呈现,彰显了新时代优秀共产党员的鲜明特点与优秀品质。

新媒体展示

使用手机扫描下方二维码,即可观看本条获奖作品的新媒体展示。

获奖理由

报道创新采用"双线并举"的叙事结构、穿插跳跃的蒙太奇手法进行故事记述和情节铺陈,使两位典型人物的形象性格相互映衬、交叠呼应,让高大的典型有了共情点,可敬也可爱。

体育老师王红旭生命中最后一次百米冲刺

作品信息

作品类型：一等奖 · 典型报道
刊播单位：华龙网
报送单位：重庆市新闻工作者协会
作　　者：张一叶（张勇）、康延芳、刘颜、佘振芳、易华、谭苏菲、谢鹏飞
编　　辑：吴太亮、余志斌、姜念月
作品时长：5分
刊播平台：华龙网、新重庆客户端
首发日期：2021年11月3日

作品简介

本报道聚焦被誉为“新时代‘四有’好老师的典范”的“时代楷模”王红旭的故事，讲述细腻、画面感人、表达创新，体现了师者仁心、人间大爱，弘扬了正能量。

获奖理由

作品聚焦“时代楷模”王红旭老师的典型事迹，将一位凡人英雄的大爱呈现得淋漓尽致，营造了学习英雄的浓厚氛围，弘扬了伟大时代中的英雄精神，彰显了主流媒体在典型人物报道中的人文关怀。

新媒体展示

使用手机扫描下方二维码，即可观看本条获奖作品的新媒体展示。

东北黑土保护调查系列报道

作品信息

作品类型：一等奖 · 舆论监督报道
刊播单位：新华通讯社
报送单位：新华通讯社
作　　者：集体
编　　辑：集体
作品字数：5283 字
刊播平台：新华社客户端
首发日期：2021 年 4 月 1 日

作品简介

记者以高度的政治责任感和历史使命感忠实履职，两赴中国黑土核心区，行程上千公里，冒险暗访，揭开黑土盗卖产业黑幕。

新媒体展示

使用手机扫描下方二维码，即可观看本条获奖作品的新媒体展示。

获奖理由

作品以媒体职责使命捍卫中国粮食安全。记者深度调查、暗访，揭开地方承包土地被“采矿式”疯狂盗采、售卖的黑幕，展现黑土盗卖者的猖獗和黑土地被破坏的惨状，引发中央和地方高度关注，推动相关部门为黑土地保护立法。

多地清洁取暖被指“一刀切”：禁柴封灶致部分群众挨冻

作品信息

作品类型：一等奖·舆论监督报道
刊播单位：中央广播电视总台
报送单位：中央广播电视总台
作　　者：管永超（管昕）、李行健、杜希萌、宝音、贺威通
编　　辑：李宇飞、刘黎黎
作品时长：24 分
刊播栏目：中国之声《新闻纵横》
首发日期：2021 年 12 月 20 日

作品简介

记者独家调查发现，河北、内蒙古、山西等个别地区在推行清洁取暖过程中，简单一刀切，漠视群众冷暖，甚至采取禁止烧柴、封堵炉灶等极端手段，导致部分老人孩子和困难群众挨冷受冻。

获奖理由

这组舆论监督报道反映的问题典型，有一定普遍性，选用的音响鲜活，调查深入，证据扎实。报道客观全面，富有建设性，有力地促进了实际问题的解决。

新媒体展示

使用手机扫描下方二维码，即可观看本条获奖作品的新媒体展示。

向前一步

作品信息

作品类型：一等奖·舆论监督报道
刊播单位：北京广播电视台
报送单位：中国社会科学院新闻与传播研究所
作　　者：集体
编　　辑：徐滔、邵晶、李潇
作品时长：57 时 43 分
刊播频道：卫视频道
首发日期：2021 年 1 月 3 日

作品简介

节目将录制设置在“问题现场”，正视真实矛盾，直面激烈情绪，引导理性分析，促进问题解决。节目敢于营造“官民对话”的平等氛围，以“面对面”的创新表达推动“现场解决”，真正诠释什么是群众利益无小事。

新媒体展示

使用手机扫描下方二维码，即可观看本条获奖作品的新媒体展示。

获奖理由

《向前一步》栏目围绕“建设一个什么样的首都”这一时代课题，通过百姓喜闻乐见的形式，以电视特有的呈现方式，搭建起城市治理的沟通桥梁，积极探索中国式现代化多元共治的城市治理经验。

2021，送你一张船票

作品信息

作品类型：一等奖·融合报道
刊播单位：新华通讯社
报送单位：中国记协新媒体专业委员会
作　　者：李忠发、焦旭锋、周年钧、梁恒、马发展、殷哲伦
编　　辑：集体
刊播平台：新华社客户端
首发日期：2021 年 1 月 2 日

作品简介

《2021，送你一张船票》是新华社 2021 年首个“爆款”产品。产品以南湖红船为线索，将文字、插画、闯关游戏、音乐音频文献融合到 H5 之中，让网民领取船票，感受在中国共产党的领导下，中国百年来发生的翻天覆地的巨大变化。

获奖理由

作品以南湖红船为线索，综合运用手绘 H5、游戏、音视频等形式，再现了中国共产党波澜壮阔的百年历程，以精准表达和裂变传播的方式实现了重大主题和创新表达的统一。

新媒体展示

使用手机扫描下方二维码，即可观看本条获奖作品的新媒体展示。

复兴大道 100 号

作品信息

作品类型：一等奖 · 融合报道
刊播单位：人民日报社
报送单位：中国记协新媒体专业委员会
作　　者：集体
编　　辑：集体
刊播平台：人民日报微信公众号
首发日期：2021 年 6 月 3 日

人民日报

作品简介

作品以历史事件和场景为依托，以纪实长图为载体，结合 H5、动图、AI 交互等手段，生动立体地呈现了中国共产党的百年征程，在宏大格局和历史视野中融通线上线下多元场景，对重大主题全链全域传播进行了卓有成效的探索。

新媒体展示

使用手机扫描下方二维码，即可观看本条获奖作品的新媒体展示。

获奖理由

创作者融合了文字、画面、声音、动画、AI 交互等多项网络信息技术，在手机端打造了长 50 余屏，覆盖 300 多个历史事件和场景，包括 5000 多个人物、400 余座建筑的融媒体作品。整部作品制作周期逾 100 天，以一条路串起百年时间线。

为谁辛苦为谁忙

作品信息

作品类型：一等奖·融合报道
刊播单位：央视新闻客户端
报送单位：中国记协新媒体专业委员会
作　　者：闫帅南、李浙、曲羿、乃扎尔·阿力木、刘林、樊浩
编　　辑：王元、李伟
作品时长：3 分 43 秒
刊播平台：央视新闻客户端
首发日期：2021 年 12 月 20 日

作品简介

该作品为时政类融合创新微视频，回顾梳理了习近平总书记这一年的考察足迹。该视频创新时政语态，以情感为内核，整合鲜活的时政现场画面，融合混剪、MV 等多种短视频元素，全景式呈现习近平总书记浓浓的人民情怀。

获奖理由

作品结合时代背景，对习近平总书记的新闻报道进行再加工再传播，帮助大家从新的角度学习体会习近平总书记的所思所想。作品主题宏大、技法朴实、内容精当、画面讲究，运用新的传播平台取得了新的传播效果，是一篇用心用情之作。

新媒体展示

使用手机扫描下方二维码，即可观看本条获奖作品的新媒体展示。

北京时间
接诉即办融合应用

作品信息

作品类型：一等奖·应用创新
刊播单位：北京广播电视台
报送单位：中国记协新媒体专业委员会
作　　者：集体
编　　辑：李雅琪、李泽伦、赵雪伦
刊播平台：北京时间客户端
首发日期：2021 年 4 月 26 日

作品简介

北京时间接诉即办融合应用是北京广播电视台官方新媒体创新产品。2021 年北京时间与北京市 12345 市民热线服务中心打通数据后台，将技术与内容相结合，开创了北京市首家视频接诉媒体项目——北京时间接诉即办融合应用。

新媒体展示

使用手机扫描下方二维码，即可观看本条获奖作品的新媒体展示。

获奖理由

产品很好地体现了技术创新，较好地融合了媒体与政府对应的圈层和数据，从接访到解答，从诉求到宣传，在化解社会矛盾、提升治理能力方面提供了新的解决方案。

中国新闻奖

二等奖

中国宣告
消除千年绝对贫困

作品信息

作品类型：二等奖·消息
刊播单位：新华通讯社
报送单位：新华通讯社
作　　者：王进业、李来房、娄琛
编　　辑：集体
作品字数：901 字
刊播版面：新华社通稿
首发日期：2021 年 2 月 25 日

作品简介

该消息结合总书记重要讲话，从中华民族伟大复兴和人类发展的视角讲述世界人口最多的国家的历史性脱贫壮举，讲述了国家制度优势和巨大投入等内容，既有一线干部群众的事例和引语，也有国外学者的评价。

新媒体展示

使用手机扫描下方二维码，即可观看本条获奖作品的新媒体展示。

获奖理由

一篇不足千字的消息，记录了中国消除绝对贫困的历史时刻和伟大进程。作品主题重大，立意高远，朴实凝练，脉络清晰。

遏制“超时加班”，保护劳动者身心健康

作品信息

作品类型：二等奖 · 消息
刊播单位：工人日报社
报送单位：工人日报社
作　　者：陈晓燕、王维砚、郝赫
编　　辑：郭强、罗娟、徐新星
作品字数：1000 字
刊播版面：2 版
首发日期：2021 年 3 月 10 日

作品简介

作品一是选题好，触及千万劳动者的痛点；二是生动鲜活、节奏紧凑，属于现场新闻；三是观点鲜明，突出了总工会界别委员勇于为职工发声、协商的坚定立场，展现了界别特色；四是层次丰富、有深度，有会场内外信息补充。

获奖理由

该文记录了全国政协总工会界别委员们对超时加班现象的讨论，呼吁“遏制超时加班，保护劳动者身心健康”。文章选题好，生动鲜活，表达有理有据，既肯定拼搏奉献，又指出当以法律为底线，舆论导向正确。

新媒体展示

使用手机扫描下方二维码，即可观看本条获奖作品的新媒体展示。

“AI 蓝军”成为空战“磨刀石”

作品信息

作品类型：二等奖·消息
刊播单位：解放军报社
报送单位：解放军新闻传播中心
作　　者：魏兵、李建文
编　　辑：柳刚、魏兵
作品字数：778 字
刊播版面：1 版
首发日期：2021 年 6 月 12 日

作品简介

为贯彻落实统帅号令，《解放军报》组织编辑记者深入一线调研采访，在“听得见炮声的地方”透视练兵场之变革。在中部战区空军航空兵某旅，记者沉浸式体验采访了人工智能条件下的空战训练，采写出一篇现场感强、硝烟味浓的军事训练报道。

新媒体展示

使用手机扫描下方二维码，即可观看本条获奖作品的新媒体展示。

获奖理由

稿件既有“硬新闻”内核，又有“大文章”视角，是一篇难得的新闻佳作。同时，稿件在“人的智能训练”和“人工智能训练”的统一思辨中，对“领风气之先”者进行了客观判读，亦是一篇理性的军事文稿。

浙江在全国首创
省市县三级医学检查互认共享

作品信息

作品类型：二等奖 · 消息
刊播单位：浙江之声
报送单位：浙江省新闻工作者协会
作　　者：王娴、吴迪
编　　辑：柳刚、魏兵
刊播栏目：FM101.6 浙江之声《领先一路晚高峰》
首发日期：2021 年 12 月 31 日

作品简介

作品具有新闻播发迅速、报道内容深刻、专家点评到位的特点，生动展现了浙江数字化改革的成果，也是浙江高质量发展建设共同富裕示范区的标志性成果，更为全国医疗领域体制机制创新提供了浙江样板。

获奖理由

12 月 31 日“浙医互认”平台正式运行，“检查检验结果实现互认”，老百姓看病不用再费时费钱重复检查。为了这项改革，浙江努力了 16 年，勇于做破冰者。作品全部录音素材接近 10 个小时，最终以 3 分钟的广播报道呈现。

新媒体展示

使用手机扫描下方二维码，即可观看本条获奖作品的新媒体展示。

全球首次实现规模化一氧化碳合成蛋白质

作品信息

作品类型:二等奖·消息
刊播单位:科技日报社
报送单位:科技日报社
作　　者:瞿剑
编　　辑:刘莉、陈瑜、郭科
作品字数:746 字
刊播版面:2 版
首发日期:2021 年 11 月 1 日

作品简介

经多年联合攻关,我国科研人员在全球首次实现从一氧化碳到蛋白质的一步合成,并已形成万吨级工业产能。本文以通俗形象的语言,如“不与人争粮、不与粮争地”,介绍了这一技术突破的重大意义和对国民经济的影响。

新媒体展示

使用手机扫描下方二维码,即可观看本条获奖作品的新媒体展示。

获奖理由

这是一篇拒绝艰涩、可读性强的科技成果报道,以通俗的语言及时报道重大技术突破,语言生动,让公众迅速了解这项技术突破的重大意义。

“世界最大的充电宝”
——丰宁抽水蓄能电站投产发电

作品信息

作品类型：二等奖·消息
刊播单位：承德广播电视台
报送单位：河北省新闻工作者协会
作　　者：王海若、孙小东、杨国辉、吕杰、咸颖
编　　辑：张新星、孙玉成、陈晓波
作品时长：2 分
刊播栏目：承德卫视《承德新闻》
首发日期：2021 年 12 月 31 日

作品简介

丰蓄电站以保障冬奥绿电供应为契机，建成“世界最大的充电宝”，为绿色能源发展做出示范，彰显中国在绿色、可持续发展过程中做出的努力和取得的成就。记者持续关注电站建设过程，多次前往施工现场并记录下关键节点。

获奖理由

作品采用多种电视表现元素，很好地再现了电站投产发电这一重大时刻，并阐明了抽水蓄能的原理及深远意义。画面中适当采用了一些关键节点的资料镜头，看得出记者曾多次深入现场。

新媒体展示

使用手机扫描下方二维码，即可观看本条获奖作品的新媒体展示。

里程碑！全球最大碳市场开市 湖北“十年磨一剑”，“磨”出注册登记系统

作品信息

作品类型：二等奖·消息
刊播单位：湖北日报社
报送单位：湖北省新闻工作者协会
作　　者：胡弦、李斌、张熙
编　　辑：韩炜林、林成文
作品字数：982字
刊播平台：湖北日报客户端
首发日期：2021年7月17日

作品简介

这篇报道以全国碳市场启动为主题，反映出我国践行习近平生态文明思想、走绿色发展之路的坚定决心。稿件以小见大、巧用背景，将消息写出了历史纵深感，既着眼于国家布局，又突出了湖北特色、湖北作为。

新媒体展示

使用手机扫描下方二维码，即可观看本条获奖作品的新媒体展示。

获奖理由

该作品抓住全国碳市场启动这一重要时机，精心策划、采写。报道着眼于绿色发展、低碳发展这一重大主题，融合现场与背景，结构明晰、内容扎实、通俗流畅，是一篇上乘之作。

Countries to Relax Visa Curbs for Media Workers (中美元首会晤给媒体记者带来好消息)

作品信息

作品类型：二等奖 · 消息
刊播单位：中国日报社
报送单位：中国日报社
作　　者：莫竞西
编　　辑：秦继泽
作品字数：351 字
刊播平台：中国日报网
首发日期：2021 年 11 月 17 日

作品简介

一年多以来，海内外各界一直高度关注中美记者签证问题。2021 年 11 月 16 日，中美元首举行视频会晤。当晚，《中国日报》获知独家消息，两国已就记者签证议题达成三项共识，这一消息对双方记者都是重大利好。

获奖理由

该报道是独家消息，短小精悍、时效性强，海内外关注度极高、影响巨大。在中美元首首次会晤的大背景下，放开对双方记者的签证限制被视为“第一个”现实成果，也从一个侧面体现了当前中美两国对等、平视的新常态。

新媒体展示

使用手机扫描下方二维码，即可观看本条获奖作品的新媒体展示。

今天，我们一起送别袁隆平院士 倾尽一城花 送别一个人

作品信息

作品类型：二等奖·消息
刊播单位：湖南广播电视台
报送单位：重庆大学新闻学院
作　　者：黄博、吴方、杨文、杨帆、覃添
编　　辑：尹中、王楠、张冰宇
作品时长：2分
刊播栏目：湖南卫视《湖南新闻联播》
首发日期：2021年5月24日

作品简介

在袁隆平院士追悼仪式举行当天，记者分三路守候在长沙明阳山殡仪馆、湖南杂交水稻研究中心和中南大学湘雅医院等主要悼念场所，真实地记录了全国各地群众自发汇集长沙，“倾尽一城花，只为送一人”的动人场面。

新媒体展示

使用手机扫描下方二维码，即可观看本条获奖作品的新媒体展示。

获奖理由

作品主题鲜明、时效性强、现场感强、情感饱满、制作精良、富有感染力，与广大观众产生了深深的共鸣。作品以花寄情，凸显了在悲痛和感恩中凝聚的奋进力量，既有宏阔视角，又有典型细节，更有情感温度和思想深度。

甘肃白银山地越野赛牧羊人连救六名选手

作品信息

作品类型：二等奖 · 消息
刊播单位：中国青年报社
报送单位：中国青年报社
作　　者：王豪、马富春
编　　辑：李新玲
作品字数：1584 字
刊播平台：中国青年报客户端
首发日期：2021 年 5 月 23 日

作品简介

2021 年 5 月 22 日，甘肃白银黄河石林山地马拉松赛发生重大事故。记者赶往现场，第一时间还原事件经过。本篇独家报道既通过参赛选手的讲述分析了造成事故的人为、天气原因，也将一位牧羊人的善举呈现给受众。

获奖理由

这是一篇时效性、新闻性强的独家稿件，记者深入突发事件现场，在纷杂的事件现场快速甄别、快速采访，用朴实的文字真实还原事件。这篇作品既及时初步呈现了重大恶性突发事件发生的原因，回应了群众关切，又弘扬了最朴素的人性之美。

新媒体展示

使用手机扫描下方二维码，即可观看本条获奖作品的新媒体展示。

我国首条小卫星智能生产线首颗卫星下线

作品信息

作品类型：二等奖·消息
刊播单位：湖北广播电视台
报送单位：湖北省新闻工作者协会
作　　者：夏晓青
编　　辑：余飞
作品时长：4 分
刊播栏目：湖北之声《焦点时刻》
首发日期：2021 年 5 月 14 日

湖北广播电视台
HUBEI MEDIA GROUP

作品简介

稿件从多角度阐明该产线对科技创新、经济发展的拉动作用，用通俗易懂的语言，进一步剖析该产线如何实现卫星生产从“手工”制造到自动化“智”造的转变、在商业航天发展的大国博弈中将发挥怎样的作用等。

新媒体展示

使用手机扫描下方二维码，即可观看本条获奖作品的新媒体展示。

获奖理由

稿件主题重大、结构清晰、制作精良。商业航天是我国从航天大国迈向航天强国的必由之路，是我国经济发展极为重要的增长点。作为商业航天产业链中的重要一环，卫星制造实现批量化生产、“柔性”生产，意义重大。

钟华论丨百年风华：读懂你的样子

——献给中国共产党百年华诞

作品信息

作品类型：二等奖 · 评论
刊播单位：新华通讯社
报送单位：新华通讯社
作　　者：集体
编　　辑：集体
作品字数：7873 字
刊播版面：新华社通稿
首发日期：2021 年 6 月 27 日

作品简介

该评论系统总结了我们党百年奋斗的深刻启示和伟大精神，激发起奋进新征程、再创新辉煌的强大力量，为建党百年营造良好舆论氛围，受到各方充分肯定，引起社会各界广泛共鸣。该评论立意高远，角度新颖，寓情于理，融合传播。

获奖理由

这篇评论践行“四力”要求，以恢宏高远的视野、深入系统的思考、饱含深情的笔墨，深刻揭示百年大党取得辉煌成就的历史逻辑、实践逻辑、思想逻辑，生动展现中国共产党人的初心使命和风骨品格，既发人深省又引人“悦读”。

新媒体展示

使用手机扫描下方二维码，即可观看本条获奖作品的新媒体展示。

如此“满意”失民意，“人民至上”怎落地?!

作品信息

作品类型：二等奖·评论
刊播单位：北京广播电视台
报送单位：北京市新闻工作者协会
作　　者：姚柏言
编　　辑：姚柏言、刘芳
作品时长：11 分
刊播栏目：北京新闻广播《新闻热线》
首发日期：2021 年 12 月 26 日

作品简介

记者在将近两年持续深入翔实的调查基础之上，制作完成这篇广播评论。评论以严谨的逻辑、犀利的语言、鲜活的事实向官僚主义“亮剑”，指出满意不满意关键看民意，“人民至上”在基层落地来不得半点官僚主义。

新媒体展示

使用手机扫描下方二维码，即可观看本条获奖作品的新媒体展示。

获奖理由

这篇评论极具现实意义，紧扣“人民至上”理念和百姓呼声，对官僚主义进行深入剖析和批驳。广播特色突出，现场采访市民的同期录音极具感染力，逻辑严密、论述清晰、语言犀利、视角独特，有深度、有温度、有态度。

不要过度解读甚至误读 储存一定生活必需品

作品信息

作品类型：二等奖 · 评论
刊播单位：经济日报社
报送单位：经济日报社
作　　者：徐涵、冯其予
编　　辑：黄晓芳、乔申颖、张倩
作品字数：429 字
刊播平台：经济日报新闻客户端、经济日报微博账号、经济日报微信公众号、中国经济网、经济日报今日头条官方账号等
首发日期：2021 年 11 月 2 日

作品简介

经济日报社及时关注到“抢购风潮”这一重大舆情，以高度的政治判断力、政治领悟力、政治执行力，迅速做出准确判断，并主动与商务部门沟通，了解真实情况，推出快评。作品有力有效引导了舆论，平息了负面舆情和抢购风潮。

获奖理由

这篇快评关键时刻敢发声、善发声，起到释疑解惑、正本清源的作用，取得了良好的社会效果和传播效果，也体现了媒体编辑记者较高的政治觉悟和良好的新闻素养。这篇快评也体现出融媒体生产能力和质量的提高。

新媒体展示

使用手机扫描下方二维码，即可观看本条获奖作品的新媒体展示。

美国最大的敌人是美国自己
——政治操弄难掩美抗疫不力事实

作品信息

作品类型:二等奖·评论
刊播单位:人民日报社
报送单位:人民日报社
作　　者:集体
编　　辑:马小宁、裴广江
作品字数:1837 字
刊播版面:要闻 3 版
首发日期:2021 年 8 月 1 日

人民日报

作品简介

该文构思注重拓宽视野、把握实质。文章跳出溯源看溯源,逻辑层层递进,论述环环相扣,行文理性自信,有助于牢牢占据道义制高点,化解美国舆论攻势,展现中国处理中美关系问题时的高度负责任立场。

新媒体展示

使用手机扫描下方二维码,即可观看本条获奖作品的新媒体展示。

获奖理由

该文是"钟声"系列文章中的一篇,该系列文章富有斗争精神,讲究斗争艺术,做到了轻言说重话、占领道义制高点,写出了大党大国大报国际评论的风范,切实发挥了配合外交工作大局的作用。

从“蜗牛”获“奖”到“码”上“服务”

作品信息

作品类型：二等奖 · 评论
刊播单位：宜春市广播电视台
报送单位：南京大学新闻传播学院
作　　者：程俊、刘梦冉、曲洁、江波
编　　辑：张敏、张玲、袁刚生
作品时长：6 分
刊播栏目：宜春明月之声新闻综合频率 101.1《周末空间》
首发日期：2021 年 12 月 26 日

作品简介

丰城市有六家单位因在营商环境和重大项目建设中不作为、慢作为、推诿、扯皮，导致企业和群众意见很大，被授予“踢皮球奖”“蜗牛奖”。这一做法在当地引起强烈反响，让企业、群众“码上评”，倒逼工作作风转变。

获奖理由

作品播出后，当地的营商环境得到极大改善，获得宜春市其他单位和地方高度评价，宜春市纪委、宜春市经开区等单位纷纷效仿，分别推出“码上监督”平台和“红黄榜”。作品对于优化营商环境、服务企业群众有着突出而现实的意义。

新媒体展示

使用手机扫描下方二维码，即可观看本条获奖作品的新媒体展示。

复园里“复原”之路的启示

作品信息

作品类型：二等奖 · 评论
刊播单位：福建省广播影视集团
报送单位：福建省广播影视集团
作　　者：林丹、吴俊锋、张晶、李丞、叶育民
编　　辑：王萍、赖晗、许道权
作品时长：16 分
刊播栏目：福建电视台综合频道《新闻启示录》
首发日期：2021 年 9 月 27 日

福建省广播影视集团
FUJIAN MEDIA GROUP

作品简介

本节目从福州一座历史建筑与一条路的激烈矛盾说起，通过这座历史建筑从面临迁建到原地保护，再到活化利用的命运变迁，生动反映了习近平总书记关于文化遗产保护的思想理论在福建的传承与实践。

新媒体展示

使用手机扫描下方二维码，即可观看本条获奖作品的新媒体展示。

获奖理由

本节目挖掘出一个鲜为人知但却极其生动的文化遗产保护故事，向全世界展现了世遗大会主办地——福州在习近平总书记文化遗产保护思想指引下所取得的成绩与进步，以小见大地展示了中国形象，讲好了中国故事。

“双减”政策来了 期待教育回归“初心”

作品信息

作品类型：二等奖 · 评论
刊播单位：宁夏广播电视台
报送单位：宁夏回族自治区新闻工作者协会
作　　者：梁丽、吴明、王静、张燕
编　　辑：张春华、张国英、范成瑜
作品时长：8 分 55 秒
刊播栏目：宁夏新闻广播《宁夏早间新闻》
首发日期：2021 年 12 月 23 日

宁夏广播电视台

作品简介

该评论立意深远、条理清晰，以抽丝剥茧的逻辑性，生动阐述了教育“双减”政策的重大意义。同时，该评论也旗帜鲜明地揭示出“双减”政策真正“落地”的现实举措，引人深思。

获奖理由

教育问题关乎千家万户，能引发公众的共鸣。该作品准确把握相关的教育政策，评论有理有据，音响运用恰到好处，充分彰显了广播评论掷地有声的特色，播出后受到听众和网友的一致好评。

新媒体展示

使用手机扫描下方二维码，即可观看本条获奖作品的新媒体展示。

近九成科学仪器依赖进口，“国货”如何突围

作品信息

作品类型：二等奖·通讯
刊播单位：科技日报社
报送单位：科技日报社
作　　者：张盖伦
编　　辑：许志龙、刘莉、姜靖
作品字数：4522字
刊播版面：5版“深瞳”
首发日期：2021年7月6日

科技日報

作品简介

该通讯聆听一线仪器从业者心声，直击目前我国仪器行业存在的问题。文章总结了部分走在前列的国产仪器企业的“赶超”经验，反映了仪器从业者的诉求和心声，给出了在财政支持、政策支持方面富有建设性的建议。

新媒体展示

使用手机扫描下方二维码，即可观看本条获奖作品的新媒体展示。

获奖理由

这篇通讯聚焦事关我国关键核心技术突破的科学仪器领域，采访扎实、文字生动，用故事和细节反映了国产仪器人的创新与坚持，也指出了国产仪器行业面临的客观困难，给出了富有建设性的意见和建议，引发科技界关注，具有现实意义。

为了跨越时空的团聚

作品信息

作品类型：二等奖·通讯
刊播单位：宁波晚报社
报送单位：中国晚报工作者协会
作　　者：杨静雅
编　　辑：叶飞、任晓云
作品字数：4680 字
刊播版面：A09、A10、A11 版
首发日期：2021 年 12 月 26 日

作品简介

“有几位烈属在亲人牺牲 72 年后，第一次来宁波祭奠亲人，是孙嘉怿帮他们找到了亲人陵墓！”在孙嘉怿的感召下，越来越多的志愿者参与其中。孙嘉怿展现了当代中国年轻人感悟初心使命、传承红色基因的精神风貌。

获奖理由

该作品主题重大。2021 年是中国共产党建党 100 周年，此作品通过孙嘉怿为烈士寻亲的故事，展现了当代中国年轻人传承红色基因、赓续伟大事业的决心与情怀，极具年度重大主题特征，立意高远。

新媒体展示

使用手机扫描下方二维码，即可观看本条获奖作品的新媒体展示。

把卡住脖子的手指一根根掰开

——圣农集团攻克白羽肉鸡种源核心技术的故事

作品信息

作品类型：二等奖·通讯
刊播单位：福建日报社
报送单位：福建省新闻工作者协会
作　　者：张辉、陈志鸿
编　　辑：黄青、张维东、王丹飚
作品字数：3463 字
刊播版面：3 版
首发日期：2021 年 12 月 4 日

作品简介

记者长期关注白羽肉鸡的研发育种进展，深入企业一线进行深度采访。作品通过生动丰富的细节与叙事，在历史回溯中再现育种攻关的艰难历程，刻画出育种工作者不畏艰难、自立自强的形象，展现打好种业翻身仗的底气与决心。

新媒体展示

使用手机扫描下方二维码，即可观看本条获奖作品的新媒体展示。

获奖理由

作品采访深入、信源丰富，多维度呈现白羽肉鸡研发育种的艰难过程和重要意义。文章行文流畅、逻辑清晰，叙事讲求历史纵深感，注重细节刻画，深入浅出，可读性强。标题提炼准确，引人入胜，同时鼓舞士气、振奋人心。

生死五号线

作品信息

作品类型：二等奖 · 通讯
刊播单位：中国青年报社
报送单位：中国青年报社
作　　者：集体
编　　辑：陈卓、李立红、张凌
作品字数：3024 字
刊播版面：01 版
首发日期：2021 年 7 月 22 日

作品简介

2021 年郑州“7 · 20”特大暴雨灾害事故中，地铁 5 号线遭遇涝水灌入，14 名乘客伤亡。为尽快回应社会关切，事故发生当晚，中国青年报社就组织记者采访，联系事件亲历者，刊发《生死五号线》等深度报道，引发广泛关注。

获奖理由

该报道内容翔实、细节感人，在重大突发事件发生后，及时回应社会关切，同时展现了灾难中普通人的互助互救和救援中的感人瞬间。报道符合“时、度、效”的要求，传播效果好、影响力大，发挥了主流媒体的舆论引导作用。

新媒体展示

使用手机扫描下方二维码，即可观看本条获奖作品的新媒体展示。

微镜头·习近平总书记出席第三次“一带一路”建设座谈会
“我就派《山海情》里的那个林占熺去了”

作品信息

作品类型：二等奖·通讯
刊播单位：人民日报社
报送单位：人民日报社
作　　者：杜尚泽
编　　辑：集体
作品字数：1435 字
刊播版面：要闻 1 版
首发日期：2021 年 11 月 21 日

人民日报

作品简介

该稿件从座谈会上总书记讲述的一件往事为切口，在“一带一路”伟大倡议的宏大叙事中铺展开来，体现出“共商共建共享”的中国方略日益深入人心，也映照着中国一步步实现伟大复兴梦想的前行足迹。

新媒体展示

使用手机扫描下方二维码，即可观看本条获奖作品的新媒体展示。

获奖理由

稿件内容丰富厚重，文笔隽永有力，情感细腻充沛，写法新颖鲜活，敏锐捕捉会议现场精彩语录和精彩瞬间，在宏阔的大格局中将温暖的故事娓娓道来，事理交融、以点带面，挖掘内容深意，展现伟人风采，感悟领袖情怀。

民生视角看中国制造
——来自威高集团的样本观察

作品信息

作品类型:二等奖·通讯
刊播单位:大众日报社
报送单位:山东省新闻工作者协会
作　　者:集体
编　　辑:王召群、蒋兴坤、梁旭日
作品字数:3841 字
刊播版面:要闻 1 版
首发日期:2021 年 11 月 21 日

大众日报

作品简介

紧扣新时代“坚持以人民为中心的发展思想”这个主题,《大众日报》选取了威高集团这一企业样本展开深度剖析。主要从事高性能医疗器械制造的威高集团能直观体现出中国制造在改善民生、为国人谋福利方面所取得的巨大进步。

获奖理由

本次采访报道是媒体与企业间的一次良性互动,稿件不再浮于表面,而是道出中国企业的发展初心和责任担当,有效引导鼓励其他企业发扬创新创造精神,承担社会责任,为增进民生福祉贡献力量。

新媒体展示

使用手机扫描下方二维码,即可观看本条获奖作品的新媒体展示。

一个村会计的“账本”

作品信息

作品类型：二等奖 · 通讯
刊播单位：陕西日报社
报送单位：陕西省新闻工作者协会
作　　者：孙鹏、刘居星
编　　辑：张连业、张鑫
作品字数：3404 字
刊播版面：要闻 2 版
首发日期：2021 年 12 月 29 日

陕西日报

作品简介

这篇报道是对乡村历史变迁、党的农村政策落实、人民群众对美好生活的向往逐步实现的生动记录，是三秦大地乃至全国“战贫”“谋振兴”“促进共同富裕”路上的一个极其生动的点位，具有典型意义。

新媒体展示

使用手机扫描下方二维码，即可观看本条获奖作品的新媒体展示。

获奖理由

作品通过一个小山村账本的变化，展现出在习近平新时代中国特色社会主义思想指引下，三秦大地由脱贫到振兴的实践和群众幸福感获得感的提升，以及党组织所发挥的核心引领作用，折射出中国广大农村地区发生的历史性变化。

跨海建大桥
不砍一棵树

作品信息

作品类型:二等奖·通讯
刊播单位:广西日报社
报送单位:广西壮族自治区新闻工作者协会
作　　者:张雷、吴德星、袁琳
编　　辑:苏超光
作品字数:1504 字
刊播版面:要闻 1 版
首发日期:2021 年 12 月 23 日

作品简介

在广西第一跨海大桥——钦州龙门大桥动土动海工程的完工阶段,记者敏锐发现“作业区红树林安然无恙,没有一棵被砍伐”的情况,意识到这是人和自然和谐共生的好题材,遂前往大桥建设工地深入采访,完成本篇稿件。

获奖理由

这篇报道题材新颖、叙事生动,捕捉到的创新性事件难能可贵,是习近平生态文明思想的生动实践的典型。文稿用精彩的见闻、故事、细节叙述,表现了“不可为而为之”的担当和付出,是一篇立意高远、简练耐读的报道。

新媒体展示

使用手机扫描下方二维码,即可观看本条获奖作品的新媒体展示。

主席送毛衣　情暖清江水

——贵州赓续红色血脉　走好新时代长征路

作品信息

作品类型:二等奖·通讯
刊播单位:贵州日报报业集团
报送单位:贵州省新闻工作者协会
作　　者:李卫红、袁燕、熊诚
编　　辑:陈翔、刘皓、付松
作品字数:2974 字
刊播版面:1 版
首发日期:2021 年 6 月 7 日

作品简介

穿越历史云烟,“主席送毛衣”这段鱼水深情的故事,鼓舞着当地干部群众自强不息、牢记党恩、不懈奋斗。2021 年 6 月,贵州日报社采编人员组成采访组,深入剑河县挖掘“毛主席贵州剑河送毛衣”的故事。

新媒体展示

使用手机扫描下方二维码,即可观看本条获奖作品的新媒体展示。

获奖理由

在中国共产党成立百年之际,如何让闪光的历史直抵人心?党的为民初心始终不渝,“主席送毛衣”的精神历久弥新,“主席送毛衣”报道也激励着新闻工作者更加扎实地践行“四力”,传承红色基因,讴歌伟大新时代。

西海固：蓄足动能再出发

作品信息

作品类型：二等奖·通讯
刊播单位：光明日报社
报送单位：光明日报社
作　　者：集体
编　　辑：集体
作品字数：9828 字
刊播版面：要闻 1 版
首发日期：2021 年 10 月 21 日

作品简介

随着我国历史性消除绝对贫困，巩固脱贫成果，同乡村振兴有效衔接，成为全国农村面临的新任务。后脱贫时代，中国农村该怎么走？光明日报社选取宁夏西海固这个典型地区，以“解剖麻雀”的方式，开展深入调研。

获奖理由

我国历史性消除绝对贫困后，巩固脱贫成果，同乡村振兴有效衔接，成为一个现实而紧迫的课题。此文选取脱贫地区如何推进乡村振兴这一主题，直面乡村发展面临的新情况新问题，具有强烈的问题意识和鲜明的时代意义。

新媒体展示

使用手机扫描下方二维码，即可观看本条获奖作品的新媒体展示。

四名领诵员是如何被选上的？看看他们都是谁

作品信息

作品类型：二等奖 · 通讯
刊播单位：北京日报社
报送单位：北京市新闻工作者协会
作　　者：集体
编　　辑：杨萌、杨滨、巩峥
作品字数：2864 字
刊播平台：北京日报客户端
首发日期：2021 年 10 月 21 日

作品简介

作品讲述了建党百年庆祝大会上青少年献词的幕后故事。在 7 月 1 日大会开幕前，这个节目的保密程度高、采访难度大，记者多方突破，提前采访到四名领诵员背后的故事，在新媒体编辑的配合下，完成该稿件。

新媒体展示

使用手机扫描下方二维码，即可观看本条获奖作品的新媒体展示。

获奖理由

准确预判、提前采访、精准发布，在新媒体传播中，这篇稿件的前后方配合程度高，采写细致动人，抓住读者关注点，正面展现了中国青少年的昂扬风貌，弘扬了正能量，获得了非常好的传播效果。

华北制药打赢美国对华反垄断第一案的启示

作品信息

作品类型：二等奖 · 新闻专题
刊播单位：河北广播电视台
报送单位：河北省新闻工作者协会
作　　者：寇霞、关海宁、王智博、刘军、马玉竹、王莺
编　　辑：郭英朝、王蛰龙、李叶昆
作品时长：13 分
刊播栏目：河北经济广播《北方快车》
首发日期：2021 年 11 月 30 日

河北广播电视台
HEBEI RADIO AND TV STATION

作品简介

作品主题重大，论述翔实。记者采访了案件的亲历者、擅长打跨国官司的资深律师、国际贸易领域的专家学者以及行业协会负责人，完整再现了案件的起由、进展和最终结果。

获奖理由

该作品以多方采访的“脚力”还原整个事件，以独特敏锐的“眼力”抓住听众耳朵，以站位高远的“脑力”让“第一案”的启示更深刻，以凝练匠心的“笔力”切实改进文风，是一篇事实与见识贯通、题材与表达并重的力作。

新媒体展示

使用手机扫描下方二维码，即可观看本条获奖作品的新媒体展示。

铝老大“减重”

作品信息

作品类型:二等奖·新闻专题
刊播单位:山东广播电视台
报送单位:山东省新闻工作者协会
作　　者:韩信、原宝国、王兴涛、柴明、王雷涛、张雨
编　　辑:王兴涛、王雷涛、张雨
作品时长:20 分
刊播频道:电视新闻频道
首发日期:2021 年 12 月 30 日

作品简介

作品以世界“铝业老大”如何实现腾笼换鸟、凤凰涅槃为主线,采用调查式手法、纪录式手段,讲述了传统重工业企业面对环保、发展等多重压力,实现产业基础再造,继续引领行业发展的生动故事。

新媒体展示

使用手机扫描下方二维码,即可观看本条获奖作品的新媒体展示。

获奖理由

该经济类新闻专题思路布局大,展现了我国大型实体企业多重压力下的转型升级之路。专题选题精准,要素完整,人物形象丰满感人,故事叙述生动流畅,现场镜头极富冲击力;新闻时效性强,主题鲜明,催人奋进,启迪思考。

云上人家

作品信息

作品类型:二等奖·新闻专题
刊播单位:中央广播电视总台
报送单位:中央广播电视总台
作　　者:集体
编　　辑:集体
作品时长:41 分
刊播频道:新闻频道
首发日期:2021 年 10 月 7 日

中央广播电视总台
CHINA MEDIA GROUP

作品简介

《云上人家》摄制组在大山深处的云南省怒江州福贡县沙瓦村驻守近五年,与当地村民同吃同住,全景式跟踪拍摄,真实、生动地记录了这个位于中国最为贫困的"三区三州"之一的小山寨脱贫攻坚的全过程。

获奖理由

摄制组真实、生动地记录了一个样本村脱贫攻坚的全过程,细致入微地表现了贫困地区群众的奋斗精神和命运变化,故事曲折动人,画面清新优美,是脱贫攻坚题材新闻专题中的佳作。

新媒体展示

使用手机扫描下方二维码,即可观看本条获奖作品的新媒体展示。

铁心向党 请您检阅

作品信息

作品类型：二等奖·新闻专题
刊播单位：中国军网
报送单位：解放军新闻传播中心
作　　者：欧灿、张晓辉、陈列、汪飞、谭琳、朱柏妍、王震
编　　辑：严珊、潘娟芳、尹永生
作品时长：2 分
刊播平台：中国军网
首发日期：2021 年 6 月 30 日

作品简介

作品以习主席检阅军队重要时政活动为牵引，将十八大以来人民军队“阅兵场上雄师列阵，演兵场上劲旅扬威”的精彩瞬间作为素材，展现人民军队在习近平强军思想指引下的战斗豪情。

新媒体展示

使用手机扫描下方二维码，即可观看本条获奖作品的新媒体展示。

获奖理由

该作品主题鲜明，题材具有典型性和代表性，有较大的社会意义。该作品聚焦重大历史节点，紧扣重大主题，运用互联网思维策划制作，剪辑流畅紧凑，富有冲击力、感染力，兼具思想性、鲜活度，融合传播效果突出，影响广泛，是对军事时政宣传内容方法渠道创新的一次有效探索。

记者接力记录:暴雨中遇险的 K599 次列车 99 小时曲折旅程

作品信息

作品类型:二等奖 · 新闻专题
刊播单位:中央广播电视总台
报送单位:中央广播电视总台
作　　者:高岩、彭小毛、蒋琦、白杰戈、郑澍、廖检平
编　　辑:刘黎黎、郭森、傅蕾
作品时长:10 分
刊播栏目:中国之声《新闻晚高峰》
首发日期:2021 年 7 月 24 日

作品简介

2021 年 7 月 20 日,受河南暴雨影响,K599 次列车被困滞留。在台本部的紧急调度下,身处郑州、湖南和广东的记者先后通过不同方式跟踪报道。三路记者克服困难,接力跟进,汇总音响后连夜制作,次日听众便听到这篇扣人心弦的报道。

获奖理由

河南暴雨灾害和 K599 次列车的曲折经历备受人们关注。该报道详细生动地记录了火车遇险过程及乘务人员、乘客的情绪变化,从一个侧面反映出重大灾害事件对社会生活的影响以及普通人在灾害面前所表现出的勇气、坚韧和善良,令人感动,引人深思。

新媒体展示

使用手机扫描下方二维码,即可观看本条获奖作品的新媒体展示。

为有牺牲

作品信息

作品类型：二等奖 · 新闻专题
刊播单位：湖南广播电视台
报送单位：中国人民大学新闻学院
作　　者：集体
编　　辑：集体
作品时长：15 分
刊播栏目：湖南卫视《湖南新闻联播》
首发日期：2021 年 7 月 11 日

作品简介

采访组深度挖掘 711 矿中感天动地、鲜为人知的牺牲故事，以时间为脉络，致敬为建立、捍卫、建设新中国英勇牺牲的革命先烈，致敬为改革开放和社会主义现代化建设英勇献身的革命烈士。

新媒体展示

使用手机扫描下方二维码，即可观看本条获奖作品的新媒体展示。

获奖理由

该作品把英雄事迹与共产党人精神旨归、重大时刻与永恒意义有机结合，将故事线、情感线、思想线交织融汇，既有家国情怀的宏大叙事，又有感人至深的细腻表达，出色地做到了见历史、见人物、见精神。

一支疫苗的诞生

作品信息

作品类型：二等奖 · 新闻专题
刊播单位：北京广播电视台
报送单位：北京市新闻工作者协会
作　　者：李丹、符亚卯、胡乐
编　　辑：符亚卯、胡乐
作品时长：35 分
刊播栏目：北京卫视《为你喝彩》
首发日期：2021 年 1 月 13 日

BRTV
北京广播电视台
BEIJING RADIO & TELEVISION STATION

作品简介

该片完整真实地记录了“克尔来福”灭活疫苗从研发、生产、临床试验到获批附条件上市的全过程，同时也记录了疫苗企业的成长和科研人员的家国情怀，向观众展现了日益崛起的中国科研力量。

获奖理由

该作品聚焦世界性话题，资源独家，直面新冠疫苗研发第一线，首次从科学的角度记录、讲述、分析大众关心的新冠疫苗的伴生问题，不仅答疑解惑，而且安定民心。同时，作品很好地反映了科学家、企业家的奋进精神和国家情怀。

新媒体展示

使用手机扫描下方二维码，即可观看本条获奖作品的新媒体展示。

少年志·青少年强国学习空间站

作品信息

作品类型：二等奖·新闻专题
刊播单位：扬子晚报社
报送单位：江苏省新闻工作者协会
作　　者：王文坚、王璟、王雪瑞、李晨、王颖、范林珍
编　　辑：薛兵
作品时长：15 分
刊播平台：扬子晚报网
首发日期：2021 年 2 月 22 日

作品简介

“少年志·青少年强国学习空间站”多媒体新闻专题贴合当下强调爱国主义教育要聚焦青少年的时代背景，紧扣中国共产党建党 100 周年，结合年度新闻热点，策划推出一系列全媒体新闻采访和主题活动。

新媒体展示

使用手机扫描下方二维码，即可观看本条获奖作品的新媒体展示。

获奖理由

作品贴合当下强调爱国主义教育要聚焦青少年的时代背景，政治站位高；创新引用“空间站”概念，融合了交互式融媒手段，用广大青少年喜闻乐见的方式引导社会主义核心价值观教育，传播效果好，具有很强的示范引领作用。

向党旗报告

作品信息

作品类型：二等奖 · 新闻专题
刊播单位：解放军新闻传播中心广播电视部
报送单位：军委政治工作部宣传局
作　　者：杜娟、孙国强、刘少伟、马滢蕊、孙晨旭、焦飞宇、江帆
编　　辑：集体
作品时长：23 分
刊播栏目：《军事报道》
首发日期：2021 年 4 月 21 日

作品简介

作品全面反映了人民海军近年来转型建设的发展成就，全景展示了五大兵种、一线官兵聚力练兵备战的风采风貌，创造了以军种为主体的综合报道在央视重点栏目、重要时段“单条播出时间长、连续报道头条多”的纪录。

获奖理由

在庆祝建党百年的关键节点，作品抓住根本，全面展示了海军党委坚决贯彻习主席关于海军建设重要指示的坚定态度、人民海军坚决听党指挥的政治品格，以及人民海军成立 70 多年来波澜壮阔的辉煌历程。

新媒体展示

使用手机扫描下方二维码，即可观看本条获奖作品的新媒体展示。

开往春天的高铁

作品信息

作品类型：二等奖 · 新闻纪录片
刊播单位：江西广播电视台
报送单位：江西广播电视台
作　　者：袁进涛、周东、许文兵、余超、陈红光、谭悟、万显祥
编　　辑：敖俊翔、刘志刚、金石明
作品时长：17 分
刊播频道：都市频道
首发日期：2021 年 12 月 31 日

作品简介

作品从赣南脐橙特色农业的新机遇、苏区人民出行方式的迭代升级和时尚服装产业的飞速发展三个维度，生动呈现了赣深高铁为赣南这片曾经为中国革命做出重大贡献的山高路远之地，注入的无限活力和蓬勃生机。

新媒体展示

使用手机扫描下方二维码，即可观看本条获奖作品的新媒体展示。

获奖理由

作品紧扣“苏区 · 湾区”同频共振、协同发展的主线，以高质量跨越式发展成效彰显革命老区的勃勃生机，展现赣南等原中央苏区的奋进风采，视角新颖、主题突出、故事生动。

大河流日夜

作品信息

作品类型：二等奖·新闻纪录片
刊播单位：山东广播电视台
报送单位：山东省新闻工作者协会
作　　者：集体
编　　辑：叶丁华、李志欣、王嚣
作品时长：1 时 58 分
刊播频道：新闻频道
首发日期：2021 年 12 月 31 日

山东广播电视台

作品简介

创作者从 1996 年至 2021 年，历时 25 年扎根黄河滩区跟踪拍摄，记录一个滩区家族四代人物的命运变迁，展示了滩区群众在党和政府领导下，挪出穷窝拔穷根的历程，谱就新时代滩区群众脱贫奔小康的恢宏史诗。

获奖理由

该片题材重大、资料翔实、人物丰满，展示了中国梦最基层、最真实的追逐过程，揭示了人与土地、人与自然关系的历史变迁，是一部有深度、有厚度、有温度的纪录片佳作。

新媒体展示

使用手机扫描下方二维码，即可观看本条获奖作品的新媒体展示。

我为群众办实事之局处长走流程

作品信息

作品类型：二等奖·新闻纪录片
刊播单位：北京广播电视台
报送单位：北京市新闻工作者协会
作　　者：徐滔、邵晶、李潇、刘唬、陈梦圆、刘径驰
编　　辑：张育文、章铎、焦建康
作品时长：34 分
刊播频道：北京卫视
首发日期：2021 年 4 月 27 日

作品简介

作品创新性地找准群众“急难愁盼”，真正收获了城市治理的新思路和新办法。作品生动展示了北京市“首接责任制”的巨大创新意义，通过干部真体验赢得群众真感动，让全媒体的“自主传播”成就主流宣传的重大创新。

新媒体展示

使用手机扫描下方二维码，即可观看本条获奖作品的新媒体展示。

获奖理由

作品直面真问题、寻求真答案，在“真实”二字上下功夫，察实情、办实事、求实效。作品以“遵循本真”为核心要义，创新纪录片主流宣传方式，赢得亿万网友最真实的感动和点赞。

新就业形态劳动者生存实录

作品信息

作品类型：二等奖・系列报道
刊播单位：工人日报社
报送单位：工人日报社
作　　者：集体
编　　辑：集体
作品字数：10 673 字
刊播版面：6 版
首发日期：2021 年 10 月 18 日

作品简介

该系列报道回归新闻叙事，以客观、白描的叙述，呈现新就业形态劳动者权益保障的难点、堵点，同时配以分析性评论文章，对如何加强劳动者权益保障加以评析，提出建议，阐明采编思想。

获奖理由

该系列报道具有较强的针对性、时效性，细微且壮阔地呈现了新就业形态劳动者生存的现状，讲述了发生在我们身边，发生在当代中国劳动者身上的故事，展现了工字特色的主流媒体守望社会、守护每一个劳动者的新闻责任感。

新媒体展示

使用手机扫描下方二维码，即可观看本条获奖作品的新媒体展示。

特困片区脱贫记

作品信息

作品类型：二等奖·系列报道
刊播单位：农民日报社
报送单位：农民日报社
作　　者：集体
编　　辑：余向东、周泉涌、刘念
作品字数：36 299字
刊播版面：5版、6版、7版、8版
首发日期：2021年2月18日

作品简介

记者把镜头对准深贫地区，将笔触聚焦战贫一线，充分展现各级党组织和党员干部带领人民实干苦干、摆脱贫困的生动实践，深情讲述贫困群众自强不息、奋力战贫的感人故事，努力呈现中华儿女共襄盛事、同享荣光的美好图景。

新媒体展示

使用手机扫描下方二维码，即可观看本条获奖作品的新媒体展示。

获奖理由

这组系列报道将新闻性、政论性和文学性融为一体，用大历史观看待脱贫攻坚的奋斗历程，写出了脱贫攻坚的时代主题，视野开阔、文笔生动、人物饱满，兼具新闻报道的新闻性、信息量以及文学作品的可读性和史料价值。

走向冬奥·盘活冰雪经济

作品信息

作品类型：二等奖·系列报道
刊播单位：人民日报社
报送单位：中国体育新闻工作者协会
作　　者：郑铁、季芳、范佳元、李硕、孙龙飞、李洋
编　　辑：集体
作品字数：8096 字
刊播版面：15 版
首发日期：2021 年 11 月 22 日

人民日报

作品简介

作品以小切口反映大变化，采访深入扎实，叙事角度新颖，内容丰富，可读性强。作品注重可视化表达，更好地服务了读者，进一步提升了传播效果。整组报道的角度与深度俱显功力，形式与内容相得益彰，有力引领了冬奥筹办舆论。

获奖理由

作品聚焦北京冬奥会为区域协同发展、生态文明、全民健身、体育产业等带来的综合拉动作用，以大量鲜活素材展现出冰雪经济欣欣向荣的势头，以及体育发展助力美好生活的生动景象。

新媒体展示

使用手机扫描下方二维码，即可观看本条获奖作品的新媒体展示。

庆祝中国共产党成立100周年特别策划·大国重器系列报道

作品信息

作品类型:二等奖·系列报道
刊播单位:科技日报社
报送单位:科技日报社
作　　者:集体
编　　辑:集体
作品字数:9688字
刊播版面:5版
首发日期:2021年5月21日

作品简介

作品回顾一代代科技工作者艰苦奋进、勇攀高峰的创新故事,展现科技领域取得的标志性成就和宝贵经验,鼓励科技工作者从新的历史起点再出发,书写更加恢宏的科技自立自强新篇章。

新媒体展示

使用手机扫描下方二维码,即可观看本条获奖作品的新媒体展示。

获奖理由

作品叙事宏大、观察入微、采写扎实、情感充沛、笔触动人,立足科技,发挥《科技日报》特色,履行职责使命,展示我国科技事业的重大成果,为加快建设科技强国,实现高水平科技自立自强营造了良好的舆论氛围。

建党百年·经济战线风云录

作品信息

作品类型：二等奖·系列报道
刊播单位：经济日报社
报送单位：经济日报社
作　　者：吕立勤、梁剑箫
编　　辑：牛瑾、杜铭、雷雨田
作品字数：47 000 字
刊播版面：要闻 1 版、2 版，综合 3 版
首发日期：2021 年 5 月 30 日

作品简介

该系列报道重温建党百年经济战线的不平凡历程和伟大成就，聚焦百年来中国共产党人的经济探索、斗争实践、辉煌成就和建设经验，探寻党的百年经济战线背后的逻辑一致性和历史必然性。

获奖理由

作品以史为纲，生动展现了我们党在经济领域走过的非凡历程，内容翔实可读、详略得当，史料运用妥帖、准确，打磨精细，从中既可见拨云见日的提炼概括，又可见治学精神和严谨态度，殊为不易。

新媒体展示

使用手机扫描下方二维码，即可观看本条获奖作品的新媒体展示。

黄河之畔的新菌草传奇

作品信息

作品类型：二等奖 · 系列报道
刊播单位：福建省广播影视集团
报送单位：福建省新闻工作者协会
作　　者：郑建武、艾迪、肖鲁怀、游宁剑、
　　　　　廖尚玺、游丁琳、郑少炜、罗亨钦
编　　辑：邓金木、方凯、张杰
作品时长：12 分
刊播栏目：东南卫视《福建卫视新闻》
首发日期：2021 年 11 月 11 日

作品简介

作品生动呈现了林占熺团队运用菌草技术进行黄河流域生态屏障建设，在固沙护河、盐碱地修复、发展菌草经济等方面取得的革命性科研成果，展现了一名人民科学家、共产党人的初心与坚守。

新媒体展示

使用手机扫描下方二维码，即可观看本条获奖作品的新媒体展示。

获奖理由

该系列报道紧追时效与时宜，制作质量优，从记者深入黄河流域的路径和拍摄制作的精心程度，可以看出团队的不懈付出与“四力”本领。

稻乡澎湃

作品信息

作品类型：二等奖·系列报道
刊播单位：大连广播电视台
报送单位：辽宁省新闻工作者协会
作　　者：孙晖、王会军、张田收、刘志成、于庆华
编　　辑：薛颖、张晓蕾
作品时长：1 时 30 分
刊播频道：新闻综合频道
首发日期：2021 年 12 月 27 日

作品简介

作品兼具历史性和现实性、特殊性和普遍性、时代性和乡土性，思想精深、艺术精湛、制作精良，饱含家国情怀，极具风土人情，充分体现了新闻作品的现实意义和历史价值。

获奖理由

《稻乡澎湃》扎根乡土、取材地方，以真实为底色，深刻反映了东北乡村社会对生活的主动觉醒和不同以往的价值追求。作品思想精深、艺术精湛，饱含家国情怀、极具风土人情，充分体现了新闻作品的现实意义和历史价值。

新媒体展示

使用手机扫描下方二维码，即可观看本条获奖作品的新媒体展示。

湾区大未来

作品信息

作品类型：二等奖·系列报道

刊播单位：南方杂志社

报送单位：中国期刊协会

作　　者：温柔、史成雷、叶石界

编　　辑：汪蓉、郭芳

作品字数：26 370 字

刊播版面：2021 年第 18 期

首发日期：2021 年 9 月 10 日

作品简介

作品以大视野小切口展现粤港澳规则衔接、机制对接的生动案例，讲述“生长在港澳，奋斗在湾区”的港澳企业和青年的选择，呈现港澳街坊在横琴、前海居住的美好生活。

新媒体展示

使用手机扫描下方二维码，即可观看本条获奖作品的新媒体展示。

获奖理由

该系列报道主题重大、立意深远，多元视角、以小见大，深入一线、聚焦精准，是一组有思想、有温度、有深度、有传播力的报道大湾区建设的代表作品。

重庆红色故事 50 讲

作品信息

作品类型:二等奖·系列报道
刊播单位:上游新闻
报送单位:重庆市新闻工作者协会
作　　者:张斯瑜、张永波、万书路、蒋媛媛、张晗、杨冰洁、李婉娇
编　　辑:熊雯莉、黄燕星、李凌
作品时长:16 分
刊播平台:上游新闻
首发日期:2021 年 6 月 3 日

作品简介

作品深挖重庆红色资源,创新形式、方法、载体、渠道,以慢工细活保证史料翔实权威,以多重互动探索主旋律宣传新模式,以用户思维策划吸引更多关注,宣传红岩精神、传承红色基因,激发受众爱党爱国热情。

获奖理由

作品史料翔实权威,细节真实动人,更有青春视角解读,让红色故事言之有物,让革命精神入耳入脑入心。作品使用多元形式、多种渠道,线上线下立体传播,让一段段不能忘却的历史重新成为关注的焦点、讨论的热点、传播的爆点。

新媒体展示

使用手机扫描下方二维码,即可观看本条获奖作品的新媒体展示。

除夕，打通百姓回家路

作品信息

作品类型：二等奖·新闻摄影
刊播单位：中国移民管理报社
报送单位：中国新闻摄影学会
作　　者：陈春平
编　　辑：任利勇、夏飞
作品幅数：1幅
刊播版面：要闻1版
首发日期：2021年2月16日

作品简介

春节前夕，新疆伊犁山区连降暴雪，部分边境前沿地区发生雪崩，导致道路被积雪封堵。除夕前夕，伊犁边境管理支队霍尔果斯边境管理大队组织30余名警力，连续奋战，打通了百姓回家路。作者用镜头记录下其中一个珍贵的瞬间。

新媒体展示

使用手机扫描下方二维码，即可观看本条获奖作品的新媒体展示。

获奖理由

作品构图饱满、画面生动、新闻性极强，用定格画面记录下边疆地区“人民警察为人民”的温情一幕。作者在凌晨捕捉到边境民警为了老百姓顺利回家连续奋战的画面，展现出人民警察服务人民的正能量。

我和我远方的家

作品信息

作品类型：二等奖·新闻摄影
刊播单位：工人日报社
报送单位：中国新闻摄影学会
作　　者：杨登峰、王伟伟
编　　辑：吴凡、刘金梦
作品幅数：8 幅
刊播版面：4 版
首发日期：2021 年 2 月 6 日

作品简介

作品使用环境肖像这一新闻摄影表现方式，用幕布投影重塑空间，以"隔空"合影的形式，为在京过年的劳动者们拍摄一张别样"全家福"，让工作岗位上的他们与家人"团聚"。

获奖理由

家是最小国，国是千万家。作品反映了各行业留京劳动者的心声，也服务了国家疫情防控的大局，关注了人们当下变动的生活，也关照了人们一些不变的信念。作品注重细节，完成度较高。

新媒体展示

使用手机扫描下方二维码，即可观看本条获奖作品的新媒体展示。

奋战在抗洪第一线

作品信息

作品类型：二等奖·新闻摄影
刊播单位：光明日报社
报送单位：中国新闻摄影学会
作　　者：季春红
编　　辑：马列、郭俊锋
作品幅数：6 幅
刊播版面：9 版
首发日期：2021 年 8 月 1 日

光明日報

作品简介

2021 年 7 月下旬，河南省多地持续遭遇极端强降雨。作者通过两天的跟踪采访，用无人机和相机拍摄了千余幅照片，记录下人民子弟兵坚守抗洪大堤的动人场景，并结合采访，反映出抗洪形势的严峻性。

新媒体展示

使用手机扫描下方二维码，即可观看本条获奖作品的新媒体展示。

获奖理由

该组作品选题深刻，画面丰富立体，新闻性强。记者用细致入微的观察和决定性的快门瞬间，多角度呈现出新时代人民子弟兵听党话、跟党走、能打仗、打胜仗的精神。作品镜头语言朴实，却不失情感张力。

旁　听

作品信息

作品类型：二等奖·新闻漫画
刊播单位：《讽刺与幽默》杂志社
报送单位：中国新闻漫画研究会
作　　者：宋旭升
编　　辑：岳增敏、肖承森、韩晓艳
作品幅数：1 幅
刊播版面：8 版“漫画生活”
首发日期：2021 年 9 月 3 日

作品简介

很多行业，都有这样的怪象——未能进入课堂的是真正需要被培训的对象，他们往往求知若渴；进入课堂的人却往往并不认真。作品指出，安全生产无小事，安全培训绝不能走过场，而要真的落到实处。

获奖理由

该作品选题具有很强的现实意义，直指安全生产培训的弊端，以简单对比的手法揭示问题。作品对安全生产培训中的形式主义、官僚主义做了辛辣的讽刺和大胆的揭批，引发公众对于安全生产的广泛关注。

新媒体展示

使用手机扫描下方二维码，即可观看本条获奖作品的新媒体展示。

“00 后”就参加中共一大！他却说自己“理想简单”

作品信息

作品类型：二等奖·新闻漫画
刊播单位：中国青年报社
报送单位：中国新闻漫画研究会
作　　者：程璨、胡宁
编　　辑：刘世昕、王素洁
作品幅数：1 幅
刊播平台：中国青年报“守候微光”公众号
首发日期：2021 年 6 月 29 日

中国青年报

作品简介

该作品以青年视角、青年喜闻乐见的漫画方式，讲述严肃的党史故事，从百年前的起点出发，用那时青年的故事感染今日的青年，呈现百年来党领导人民创造的巨大成就，展示党在百年中初心不忘、使命在肩的精神品格。

新媒体展示

使用手机扫描下方二维码，即可观看本条获奖作品的新媒体展示。

获奖理由

作品紧紧围绕“党史学习教育”这一宏大主题，讲述中国共产党百年历史故事，艺术地再现年轻人薪火相传、不忘初心、砥砺奋进的感人故事。作品思想性强、构思精巧、用笔细腻，符合青年读者的口味。

为英雄而歌

作品信息

作品类型：二等奖・副刊作品
刊播单位：人民日报社
报送单位：中国报纸副刊研究会
作　　者：吴绮敏
编　　辑：集体
作品字数：6269 字
刊播版面：20 版
首发日期：2021 年 3 月 29 日

人民日報

作品简介

作品以优美的文笔、生动的故事、深沉的情感，为读者勾勒了以胡德勤为代表的志愿军文工团战士血肉丰满的形象，展现了革命前辈“艰苦就是光荣，坚持就是胜利”的情怀与担当。

获奖理由

作品主题鲜明、厚重而且角度独特，把英雄的形象与英雄的精神生动深刻地记录下来，传播出去，流传开来，是“致敬革命前辈”的担当之作、精彩之作。作品历史记述视野开阔，史料价值与文学价值俱佳。

新媒体展示

使用手机扫描下方二维码，即可观看本条获奖作品的新媒体展示。

山远天高长相忆

作品信息

作品类型：二等奖·副刊作品
刊播单位：解放军报社
报送单位：中国报纸副刊研究会
作　　者：肖嵌文、李荣荣、马腾飞
编　　辑：王志平、李诗鹤
作品字数：3837 字
刊播版面：5 版“军人家庭”
首发日期：2021 年 8 月 8 日

作品简介

作品是捍卫国家主权和领土完整的“卫国戍边英雄”陈红军牺牲后，妻子肖嵌文写下的回忆文章，战友李荣荣、马腾飞参与整理。作品中的许多细节是第一次向读者披露，真实生动、感人至深，也从侧面体现了陈红军对军人职业的热爱。

新媒体展示

使用手机扫描下方二维码，即可观看本条获奖作品的新媒体展示。

获奖理由

作品真实感人、鲜活生动，充分彰显了军人铁骨铮铮、卫国戍边的高大形象。许多细节描写感人至深，体现了军人捍卫国家主权和领土完整的牺牲精神和崇高气节，也从侧面展现了一名边防军人的坚韧顽强和对军人职业的热爱。

你就是那束勇敢的光

作品信息

作品类型：二等奖 · 新闻访谈
刊播单位：河南广播电视台
报送单位：中国广播电视社会组织联合会
作　　者：集体
编　　辑：刘翔、马思远
作品时长：25 分
刊播栏目：《防汛救灾进行时特别节目》
首发日期：2021 年 7 月 26 日

河南广播电视台

作品简介

2021 年 7 月下旬，河南遭遇罕见暴雨天气，部分城区内涝严重。河南广播电视台交通广播启动应急预案，派出多路记者前往汛情严重的地方实地采访。作品传递出面对突发事件时，市民团结一心、众志成城的正能量。

获奖理由

作品关注河南暴雨重大突发事件，立意高、落点小，还原了郑州地铁车厢内乘客互救自救，地铁外政府部门紧急救援等惊心动魄的事件现场，塑造了地铁乘客、医生和救援人员等闪耀着人性光辉的群像。

新媒体展示

使用手机扫描下方二维码，即可观看本条获奖作品的新媒体展示。

追求美好生活
不是“强迫劳动”

作品信息

作品类型：二等奖·新闻访谈
刊播单位：新疆广播电视台
报送单位：中国广播电视社会组织联合会
作　　者：秦拓、刘慧、周光磊、海米提·买买提、马先明(车夫)、阿布都艾尼·麦麦提
编　　辑：赖莉莎、阿迪力·阿合约力
作品时长：15 分
首发日期：2021 年 4 月 7 日

作品简介

作品梳理挖掘《强迫劳动还是追求美好生活——新疆籍工人内地务工情况的调研报告》中的数据、事例，发挥电视优势，用翔实的数据图表、新疆籍员工的真实话语，回击澳方所谓的新疆存在“强迫劳动”的谎言。

新媒体展示

使用手机扫描下方二维码，即可观看本条获奖作品的新媒体展示。

获奖理由

针对美西方国家接连以涉疆议题向中国发难，作品用大量翔实数据、事例和新疆籍员工的亲身经历，有力驳斥了美西方的谎言。作品在多个平台以多种语言播出，在中国与美西方舆论斗争的重要时刻，向世界传递出真实的声音。

权威访谈丨张扬对话王亚平：因热爱而执着，因梦想而坚持

作品信息

作品类型：二等奖 · 新闻访谈
刊播单位：新华通讯社
报送单位：中国广播电视社会组织联合会
作　　者：张扬、杨志刚、刘春晖、马原驰、赵世通、李桢宇、邓驰旻、琚振华
编　　辑：集体
作品时长：12 分
刊播平台：新华社微信公众号、客户端、微博、抖音、B 站等
首发日期：2021 年 10 月 14 日

作品简介

神舟十三号载人飞船于 2021 年 10 月 16 日发射，主创团队紧扣航天员乘组名单宣布这一节点，全网播发新华社记者对航天员王亚平的权威专访。作品主题立意深刻，实现了重大主题的柔性输出，使主旋律挺进青年主战场。

获奖理由

访谈内容观点鲜明，故事动人细腻，全方位展示了王亚平关于“梦想与热爱”的奋斗故事，有效调动了受访者的情绪，也很好地贴合了新媒体传播规律，通过有血有肉的生动细节场景，提高了权威访谈对青年受众的感染力。

新媒体展示

使用手机扫描下方二维码，即可观看本条获奖作品的新媒体展示。

回望百年话初心

——访李大钊之孙李宏塔、陈独秀孙女陈长璞

作品信息

作品类型：二等奖 · 新闻访谈
刊播单位：安徽广播电视台
报送单位：中国广播电视社会组织联合会
作　　者：李娜、陈晨
编　　辑：徐军、周妍
作品时长：27 分
刊播频道：安徽广播电视台综合广播
首发日期：2021 年 7 月 23 日

作品简介

作品紧紧围绕“回望”“百年”“初心”这三个关键词，展现“南陈北李”家族三代中国共产党人的初心使命、家国情怀，既揭示了中国共产党精神谱系的历史源头与起点，又展现了伟大建党精神的核心内涵与历史延续。

新媒体展示

使用手机扫描下方二维码，即可观看本条获奖作品的新媒体展示。

获奖理由

作品不浮于表面，通过扎实的专业采访和前期沟通，从国家、民族、家庭、个人等多个维度感悟伟大建党精神，展现三代中国共产党人的初心使命、家国情怀，既访出了严谨深刻的理性表述，又道出了真挚细腻的个人情感。

同唱生态歌，共护幸福河

作品信息

作品类型：二等奖 · 新闻访谈
刊播单位：山东广播电视台
报送单位：中国广播电视社会组织联合会
作　　者：李静、胡蒙、吕博涵、郭婉莹、翟涌钧、孔毅、赵新生
编　　辑：范维坚、翁平亚、曹进
作品时长：50 分
刊播栏目：《做客山东台》
首发日期：2021 年 12 月 30 日

山东广播电视台

作品简介

作品通过挖掘黄河上中下游五个代表省份守护母亲河的生动实践，展示十八大以来黄河流域生态保护和高质量发展成果，交流探讨保护和发展之道，协同奏响新时代黄河大合唱。

获奖理由

作品聚焦黄河流域生态保护和高质量发展，跟随总书记脚步，在黄河上中下游精选采访点位，兼顾点、线、面。作品内容充实，访谈一气呵成、流畅生动。访谈注重从小切口进入，既有故事，又有感悟，代入感强。

新媒体展示

使用手机扫描下方二维码，即可观看本条获奖作品的新媒体展示。

青山妩媚·万物生长
——《生物多样性公约》第十五次缔约方大会特别直播

作品信息

作品类型:二等奖·新闻直播
刊播单位:四川广播电视台
报送单位:中国广播电视社会组织联合会
作　　者:集体
编　　辑:白如、孙哲、唐胜蓝
作品时长:1 时 30 分
刊播频道:四川新闻广播 FM106.1
首发日期:2021 年 1 月 1 日

作品简介

联合国《生物多样性公约》第十五次缔约方大会第一阶段会议在中国召开,习近平主席宣布,我国首批五个国家公园正式设立。主创团队提前策划,迅速行动,深入各大国家公园腹地,实地探寻生物多样性保护的案例和故事。

新媒体展示

使用手机扫描下方二维码,即可观看本条获奖作品的新媒体展示。

获奖理由

作品展示生物多样性保护的"中国探索""中国方案""中国贡献",点位丰富,现场感强,事例生动,既有听感又有思想。作品突出了声音特色,展示了美丽中国的天籁之声,生动有趣,可听性强,传播效果显著。

《寻访英雄》之《寻找战友》特别直播活动
——一场跨越 70 年的重逢

作品信息

作品类型：二等奖・新闻直播
刊播单位：解放军新闻传播中心
报送单位：中国广播电视社会组织联合会
作　　者：集体
编　　辑：集体
作品时长：3 时
刊播平台：中国军视网
首发日期：2021 年 12 月 10 日

作品简介

为帮助老英雄完成寻找战友的夙愿，中国军视网积极搭建平台，热心为老兵解难。作品所讲述的是中国军视网为老兵成功寻找战友的故事。因人物的特殊性，这一直播活动引起全网关注，成为现象级作品。

获奖理由

通过一个个纪实短片，作品为观众讲述了两位老人在烽火战场上结下的生死情谊。当看到老英雄们颤颤巍巍的手紧紧相握时，观众都被深深地打动，直播效果好。

新媒体展示

使用手机扫描下方二维码，即可观看本条获奖作品的新媒体展示。

庆祝西藏和平解放70周年大会特别报道

作品信息

作品类型：二等奖·新闻直播
刊播单位：西藏广播电视台
报送单位：中国广播电视社会组织联合会
作　　者：集体
编　　辑：集体
作品时长：2时
刊播平台：汉语广播、藏语广播、西藏卫视、藏语卫视及新媒体平台等
首发日期：2021年8月19日

作品简介

作品聚焦宏大主题、彰显主流担当、坚持守正创新、注重融合发力，集中反映70年来特别是党的十八大以来，西藏自治区各项事业取得的全方位进步、历史性成就，充分展现习近平总书记的大国领袖风范。

新媒体展示

使用手机扫描下方二维码，即可观看本条获奖作品的新媒体展示。

获奖理由

作品宣传贯彻了中央第七次西藏工作座谈会精神及习近平总书记视察西藏重要讲话和重要指示，多角度、全方位、立体式展现了70年来西藏发生的巨变，为边疆地区治理和发展统一了思想意志、汲取了奋进的力量。

听，大运河的声音

作品信息

作品类型：二等奖·新闻直播
刊播单位：江苏省广播电视总台（集团）、北京广播电视台
报送单位：中国广播电视社会组织联合会
作　　者：集体
编　　辑：集体
作品时长：1 时 57 分
刊播频道：江苏交通广播网 FM101.1
首发日期：2021 年 6 月 16 日

江苏省广播电视总台(集团)
JiangSu Broadcasting Corporation
BRTV
北京广播电视台
BEIJING RADIO & TELEVISION STATION

作品简介

在扬州中国大运河博物馆正式建成开放之时，该直播带领听众一起穿越时空，了解中国大运河的“前世今生”，从多角度、多层次，讲述中国大运河作为中国唯一的“活态”世界遗产，对其保护传承利用的实践与意义。

获奖理由

作品从大运河博物馆建成切入，站在全流域保护传承利用的高度上，展示千年运河的青春风采。节目结构宏大，富有时间与空间的厚重感和纵深感，现场报道特色鲜明、语言生动，实现了融合传播。

新媒体展示

使用手机扫描下方二维码，即可观看本条获奖作品的新媒体展示。

从头越·数说

作品信息

作品类型:二等奖·新闻编排
刊播单位:中国青年报社
报送单位:中国新闻漫画研究会
作　　者:集体
编　　辑:潘圆、李立红
刊播版面:8 版
首发日期:2021 年 3 月 5 日

中国青年报

作品简介

数说版是中国青年报社在“两会”期间所做的可视化创新版面。2021 年是“两个一百年”奋斗目标的交汇之年,也是中国共产党成立 100 周年,而当年发布的数据显示,中国经济总量已突破 100 万亿元。

新媒体展示

使用手机扫描下方二维码,即可观看本条获奖作品的新媒体展示。

获奖理由

该作品围绕我国 GDP 突破百万亿元这一主题,运用可视化手段,对新闻事件进行数字化解读和全方位呈现。选题匠心独运,主题思想鲜明,版面构思精巧,内容提炼精心,编辑手段和版面语言都运用得十分合理。

2021 年 5 月 23 日《990 早新闻》

作品信息

作品类型：二等奖 · 新闻编排
刊播单位：东方广播中心
报送单位：中国广播电视社会组织联合会
作　　者：何卓莹、李英蕤、葛婧晶
编　　辑：张明霞
作品时长：1 时
刊播频道：FM93.4 上海新闻广播
首发日期：2021 年 5 月 23 日

作品简介

以“科技兴国、人才强国”为主线，节目首先播出“上海科技节开幕、科学家走红毯”的报道，接下来安排“共和国痛别两位院士”的新闻，接着安排播出编辑当日撰写的《晨间快评》，最后播出动态新闻。

获奖理由

作品以“科技兴国、人才强国”为主线来编排，节奏松紧适度，注重可听性。节目编排主题突出、资讯丰富，同时音响制作精心、细节感人，获得了业内人士和听众的好评。根据该作品制作的优质新媒体作品在多个平台上再传播，扩大了影响力。

新媒体展示

使用手机扫描下方二维码，即可观看本条获奖作品的新媒体展示。

2021 年 7 月 1 日 《解放军报》10—11 版

作品信息

作品类型:二等奖·新闻编排
刊播单位:解放军报社
报送单位:中国新闻漫画研究会
作　　者:集体
编　　辑:集体
刊播版面:10—11 版
首发日期:2021 年 7 月 1 日

作品简介

《解放军报》首次采用跨版手绘形式,用手绘图案以时间顺序串联起建党百年历史长河中党和人民军队的数个经典瞬间,在全国当天的报纸版面中独具特色,凸显出建党一百年来全党全军全国各族人民闯关夺隘、风雨兼程的伟大历程。

新媒体展示

使用手机扫描下方二维码,即可观看本条获奖作品的新媒体展示。

获奖理由

该作品以浓墨重彩的表现手法、生动丰富的版面语言、强烈的视觉冲击力,突出反映建党一百年这一宏大主题。作品编排新颖,布局合理,内容与形式相辅相成、相得益彰,达到了和谐统一,显示出编辑的功力和水平。

2021 年 10 月 27 日
《中国日报》6—7 版

作品信息

作品类型：二等奖・新闻编排
刊播单位：中国日报社
报送单位：中国新闻漫画研究会
作　　者：田驰、孙晓晨、Mukesh Mohanan
编　　辑：杨心伟、陈翔峰
刊播版面：6—7 版
首发日期：2021 年 10 月 27 日

作品简介

该版面以通版形式充分展示首次发布的北京冬奥会、冬残奥会金牌正反面图案，使读者可以清晰地感受到源自传统弦纹玉璧的设计灵感和设计细节。版面突出新闻性，突出“五环同心、同心归圆”的设计理念，向世界宣告“中国准备好了！”

获奖理由

此版面显示了先声夺人的冲击力，也较好地彰显了冬奥会倒计时百天的主题。版面既有对称之美，也实现了信息的可视化，再加上主打文章及各方寄语等文本，实现了内容和形式的精美结合。

新媒体展示

使用手机扫描下方二维码，即可观看本条获奖作品的新媒体展示。

做好热点引导和舆论监督 提升主流价值影响力

作品信息

作品类型：二等奖 · 新闻业务研究
刊播单位：《中国记者》杂志社
报送单位：新华通讯社
作　　者：马昌豹
编　　辑：申琰
作品字数：5861 字
刊播版面：2021 年第 4 期
首发日期：2021 年 4 月 8 日

作品简介

当今世界正处于百年未有之大变局，舆论场呈现出热点易发多发善变的显著特征，做好热点引导和舆论监督十分重要。如何报道热点难点问题？本篇论文是学习习近平总书记新闻舆论重要论述的成果，对这一问题做出了解答。

新媒体展示

使用手机扫描下方二维码，即可观看本条获奖作品的新媒体展示。

获奖理由

该文章观点鲜明、概念清晰、论证有力、层次分明，具有一定的理论深度和实践特色，较好地阐释了习近平总书记关于新闻舆论工作的相关重要论述。

“党性和人民性相统一”的认识自觉与责任担当

作品信息

作品类型：二等奖·新闻业务研究
刊播单位：《新闻战线》杂志社
报送单位：江苏省新闻工作者协会
作　　者：双传学
编　　辑：陈利云
作品字数：7507 字
刊播版面：2021 年 8 月(上)
首发日期：2021 年 8 月 1 日

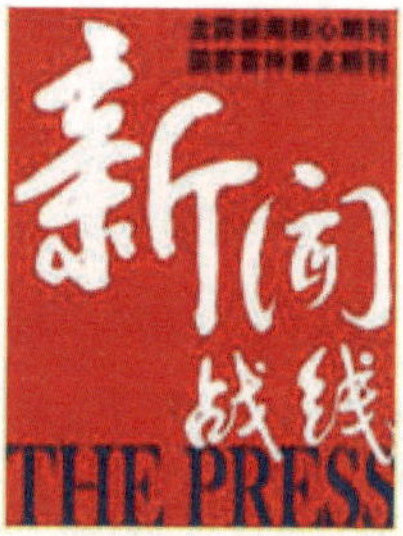

作品简介

党性与人民性相统一，是马克思主义新闻观的一个重要观点。进入新时代，习近平总书记着眼宣传思想工作面临的新形势，再次强调党性与人民性相统一，为宣传思想战线提升工作水平、主流媒体推进融合发展确立了根本遵循和行动指南。

获奖理由

本文深入阐释习近平总书记关于新闻舆论工作“党性”“人民性”重要论述的理论创新意义、现实指导意义，有较强的学术创新性、现实针对性，对提升新闻舆论工作水平、推进媒体深度融合发展具有重要指导意义。

新媒体展示

使用手机扫描下方二维码，即可观看本条获奖作品的新媒体展示。

视频化：广播打造新型主流媒体的重要方向

作品信息

作品类型：二等奖·新闻业务研究
刊播单位：《中国广播影视》杂志社
报送单位：安徽省新闻工作者协会
作　　者：张阿林
编　　辑：无
作品字数：5923 字
刊播版面：2021 年 5 月(下)
首发日期：2021 年 5 月 15 日

作品简介

随着 5G 时代的到来，传统广播电视面临竞争与发展、改革与转型的关键抉择，百年广播迎来融合发展的关键节点，节目视频化成为广播融合发展的重要机会，也成为广播打造新型主流媒体的重要方向。

新媒体展示

使用手机扫描下方二维码，即可观看本条获奖作品的新媒体展示。

获奖理由

“推进媒体深度融合，做强新型主流媒体”是“十四五”规划提出的重大课题。该论文及时回应热点，站位高、思考深、落点实，提出的“以节目视频化为抓手，构建广播新生态”的构想，为传统广播打造新型主流媒体理清了思路、指明了方向。

新媒体时代民族地区新闻舆论工作的新挑战与新要求

作品信息

作品类型：二等奖 · 新闻业务研究
刊播单位：《新闻论坛》杂志社
报送单位：宁夏回族自治区新闻工作者协会
作　　者：李世举、杨丽竹
编　　辑：孟凌霄
作品字数：6389 字
刊播版面：2021 年第 6 期
首发日期：2021 年 12 月 25 日

新闻论坛

作品简介

在新媒体时代，受社会经济发展水平等诸多限制，民族地区新闻舆论工作面临更多的困难与挑战。民族地区应加强与改进新闻舆论工作，通过有效的新闻舆论工作，维护民族团结、国家统一，促进民族地区社会经济的发展。

获奖理由

本文基于民族地区新闻舆论工作面临的现实困难与挑战，探讨如何做好新媒体时代民族地区的新闻舆论工作。文章具有很强的现实针对性，对解决民族地区新闻舆论工作的现实问题具有重要的理论价值和现实意义。

新媒体展示

使用手机扫描下方二维码，即可观看本条获奖作品的新媒体展示。

地方主流媒体构建融通中外话语体系的思考

作品信息

作品类型：二等奖・新闻业务研究
刊播单位：《新闻战线》杂志社
报送单位：河北省新闻工作者协会
作　　者：集体
编　　辑：武艳珍
作品字数：7299 字
刊播版面：2021 年 7 月（上）
首发日期：2021 年 7 月 1 日

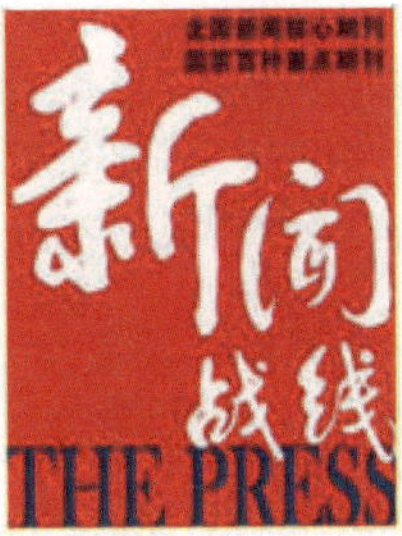

作品简介

本文是行业内较早系统研究地方主流媒体如何加强国际传播能力建设的论文，着重分析了地方媒体如何向世界展现新时代的中国形象，履行好“联接中外、沟通世界”的职责使命以及“展形象”的使命任务。

新媒体展示

使用手机扫描下方二维码，即可观看本条获奖作品的新媒体展示。

获奖理由

该作品是行业内较早系统研究地方主流媒体如何加强国际传播能力建设的论文，观点独到，是一次难得的跨媒体融合创新研究，四省市各大传媒配合转载、推送，业内反响良好。

“在习近平强军思想指引下·我们在战位报告”系列报道

作品信息

作品类型:二等奖·重大主题报道
刊播单位:解放军新闻传播中心
报送单位:解放军新闻传播中心
作　　者:集体
编　　辑:集体
作品字数:6422 字
刊播版面:《解放军报》1 版
首发日期:2020 年 8 月 18 日

作品简介

该系列报道对标“在习近平新时代中国特色社会主义思想指引下”重大主题宣传,以党的十八大以来习主席重大军事实践活动为报道主线,生动讲述广大官兵牢记习主席嘱托勉励、自觉投身强军兴军伟大实践的奋斗故事和昂扬风貌。

获奖理由

这组系列报道选题重大,社会影响广泛,作为《解放军报》拳头产品,为传播习近平强军思想做出了积极贡献。截至 2021 年年底,该系列报道总传播量达到 2.6 亿,其中 50 余篇稿件阅读量突破 100 万,引发军地广泛关注和热烈反响。

新媒体展示

使用手机扫描下方二维码,即可观看本条获奖作品的新媒体展示。

“党史中的经济档案”系列视频

作品信息

作品类型：二等奖 · 重大主题报道
刊播单位：经济日报社
报送单位：经济日报社
作　　者：集体
编　　辑：吕立勤、梁剑箫、覃皓珺
作品字数：17 631 字
刊播平台：中国经济网
首发日期：2021 年 6 月 22 日

作品简介

“依托百年党史、展现百年辉煌，聚焦经济领域、突出经济视角”，作品紧紧围绕中国共产党领导经济建设的伟大实践，选取具有标志性意义的重大事件，全面展现中国共产党百年经济建设的辉煌历程和伟大成就。

新媒体展示

使用手机扫描下方二维码，即可观看本条获奖作品的新媒体展示。

获奖理由

作品主题鲜明、重点突出，锚定一个领域深度挖掘，同时视角独特、经济味浓，充分发挥了经济日报社的专业优势，代表了主流媒体融合发展的积极成果，为建党百年主题宣传增添了靓丽一笔。

我将无我
不负人民

作品信息

作品类型：二等奖 · 重大主题报道
刊播单位：中国纪检监察报社
报送单位：中央纪委国家监委新闻传播中心
作　　者：郝思斯
编　　辑：集体
作品字数：4427 字
刊播版面：要闻 1 版
首发日期：2021 年 11 月 24 日

中國紀檢監察報

作品简介

该报道对习近平总书记“我将无我，不负人民”的论述和故事进行系统梳理、重新挖掘，从人民情怀、担当精神、无私无畏等角度，全面展示习近平总书记以身许党许国的崇高境界。

获奖理由

何谓“我将无我”？如何“不负人民”？习近平总书记的一言一行都对此作出了生动的诠释。作品以讲故事的方式说理，将富有画面感的特写场景、温暖人心的动作细节、生动鲜活的语言对话展示给读者，情理交融，更接地气。

新媒体展示

使用手机扫描下方二维码，即可观看本条获奖作品的新媒体展示。

人民至上

作品信息

作品类型：二等奖・重大主题报道
刊播单位：辽宁日报社
报送单位：辽宁省新闻工作者协会
作　　者：集体
编　　辑：王研
作品字数：5782 字
刊播版面：要闻 1 版
首发日期：2021 年 11 月 24 日

辽宁日报

作品简介

此报道以"根基""血脉""力量""深情"为题，凭借多层次、多角度的立体化报道，满足广大读者对重大主题报道深度、广度和温度的要求，集中描画了十八大以来党团结带领人民群众共创美好生活的宏伟画卷。

新媒体展示

使用手机扫描下方二维码，即可观看本条获奖作品的新媒体展示。

获奖理由

该作品紧扣主题主线，站位高远，充分发挥全媒体优势，生动讲述老故事、深入挖掘新故事，展现出百年大党的梦想与追求、情怀与担当。作品在建党百年重大节点适时推出，凝聚力量、传播强音。

出卷·答卷·阅卷
——时代之问，总书记这样回答

作品信息

作品类型：二等奖·重大主题报道
刊播单位：人民日报社
报送单位：人民日报社
作　　者：集体
编　　辑：集体
作品字数：7357字
刊播平台：人民日报"海客"新闻客户端
首发日期：2021年11月1日

作品简介

这组报道每期均以习近平总书记重要讲话金句入题，深刻又巧妙地提出"时代之问"，具有鲜明的辨识度。报道点线面结合，重要论述与典型案例结合，从"难题、答题、成效"三个维度，梳理十八大以来取得的历史性成就。

获奖理由

在十九届六中全会召开之际，在党作出"两个确立"重大政治判断之时，这组报道紧扣习近平总书记重要论述，聚焦习近平总书记引领新时代中国前行的生动实践，站位高、把握准、内容实、文字活、表达新、传播广。

新媒体展示

使用手机扫描下方二维码，即可观看本条获奖作品的新媒体展示。

百炼成钢·党史上的今天

作品信息

作品类型：二等奖·重大主题报道
刊播单位：湖南广播电视台
报送单位：湖南省新闻工作者协会
作　　者：张华立、龚政文、徐蓉、傅卓、谢伦丁、李建飞、何景昆、龚文彬
编　　辑：唐棠、李银、陈慧
刊播频道：湖南卫视
首发日期：2021 年 1 月 1 日

作品简介

这是一档全国最早推出、持续时间最长的党史节目，贯穿 2021 年全年，霸屏湖南卫视 730 黄金档。节目视觉呈现效果极佳，珍贵史料、历史现场实拍，虚拟现场还原，视觉手法多样。

新媒体展示

使用手机扫描下方二维码，即可观看本条获奖作品的新媒体展示。

获奖理由

节目打破传统线性叙事方式，以“党史上的今天”曾经发生过的重要事件为切入口，以每集几分钟的轻体量，用接地气的方式和语态，正向引导名人流量，让党史故事深入人心，为党史学习教育探索了新路径。

手绘微纪录|大道同行

作品信息

作品类型:二等奖 · 重大主题报道
刊播单位:重庆华龙网集团股份有限公司
报送单位:重庆新闻工作者协会
作　　者:张一叶(张勇)、刘颜、连肖、宋卫、姜音子、楼欣宇、谭苏菲
编　　辑:易华、魏薇、李春雪
刊播平台:华龙网、新重庆客户端
首发日期:2021 年 7 月 26 日

作品简介

作品深挖本土新闻资源,紧扣建党百年的主题,从中国民主党派的角度出发,“换个角度”讲党史,为党史学习教育注入新活力。

获奖理由

作品充分发挥媒体融合优势,表达方式年轻化。作品主题把握牢、选题角度巧、表现形式新、创新亮点多、影响范围大、宣传效果好,是媒体在重大主题报道上的一次有效创新实践。

新媒体展示

使用手机扫描下方二维码,即可观看本条获奖作品的新媒体展示。

找到家乡第一个党支部

作品信息

作品类型：二等奖·重大主题报道
刊播单位：江西广播电视台
报送单位：江西省新闻工作者协会
作　　者：何灵、万芳、吴小俊、陈月珍、康美权、何华英、刘兆春
编　　辑：何灵、王霖、李维
刊播栏目：江西综合新闻广播《江广早班车》
首发日期：2021 年 6 月 17 日

江西广播电视台

作品简介

2020 年年底，受习总书记带领政治局常委参观中共一大旧址新闻的启发，记者萌发了寻找江西省第一个党支部的想法，并在一年间行走数万里，采访了一千多名党史专家和烈士后代，最终找到初心出发地，重温使命，见证发展。

新媒体展示

使用手机扫描下方二维码，即可观看本条获奖作品的新媒体展示。

获奖理由

此报道创意新颖、视角独特、地方特色鲜明，且巧妙打出海报图片、文字、音频等传播"组合拳"，综合广播、网站、移动端、出版等多渠道，实现了可听、可视、可读的多元化、互动性传播。

习近平与福建文化自然遗产

作品信息

作品类型：二等奖·重大主题报道
刊播单位：福建省广播影视集团
报送单位：福建省新闻工作者协会
作　　者：王萍、陈怡、陈景峰、林硕峰、郭建聪、吴维
编　　辑：武永征、余昇、吴怡然
作品时长：25 分
刊播频道：东南卫视
首发日期：2021 年 7 月 29 日

福建省广播影视集团
FUJIAN MEDIA GROUP

作品简介

节目通过一系列精彩故事，清晰梳理出福建数十年“世遗”事业的探索实践与习近平新时代中国特色社会主义思想的内在联系，以福建故事展示“世遗”事业的中国智慧和中国经验，表达了中国推动人类文明交流互鉴的坚定信念。

获奖理由

文物和文化遗产承载着中华民族的基因和血脉，是不可再生、不可替代的中华优秀文明资源，是中华民族的根和魂，是我们在世界文化激荡中站稳脚跟的根基。该片主题与习近平总书记的讲话精神一脉相承，彰显了作品的创作价值和引领价值。

新媒体展示

使用手机扫描下方二维码，即可观看本条获奖作品的新媒体展示。

习近平情系西海固

作品信息

作品类型：二等奖·重大主题报道
刊播单位：《瞭望》周刊社
报送单位：武汉大学新闻与传播学院
作　　者：集体
编　　辑：集体
作品字数：9000 字
刊播版面：治国理政纪事
首发日期：2021 年 8 月 2 日

作品简介

建党百年之际，在中央有关部门和宁夏回族自治区党委政府领导的关心支持下，记者采写了独家长篇通讯《习近平情系西海固》，用大量生动鲜活的细节，首次系统性地披露了习近平总书记关心西海固发展、倡导推动闽宁扶贫协作模式、助力脱贫攻坚的生动历程。

新媒体展示

使用手机扫描下方二维码，即可观看本条获奖作品的新媒体展示。

获奖理由

该作品聚焦习近平总书记关于西海固地区发展的重大部署，主题特别重大；全景式展现了习近平总书记心系人民的爱民情怀和大党大国领袖形象，新闻价值显著。

“中国共产党为什么能”第十四季《人民就是江山》第一集《生死与共》

作品信息

作品类型:二等奖 · 重大主题报道
刊播单位:浙江广播电视集团
报送单位:浙江省新闻工作者协会
作　　者:集体
编　　辑:集体
作品时长:45 分
刊播频道:浙江卫视
首发日期:2021 年 6 月 30 日

浙江廣播電視集團
ZHEJIANG RADIO&TV GROUP

作品简介

为庆祝中国共产党成立 100 周年,节目在全国范围内寻访了 4 个历史时期,共 12 件“红色物件”背后的故事。第一集《生死与共》通过“一面红旗”“树叶训令”“渡江第一船”三样“红色物件”,深入剖析革命战争年代,党和人民的血肉联系是如何建立的。

获奖理由

本季节目除延续“理论深入浅出、案例鲜活感人”的创制思路外,还在户外演播室、红色故事讲述、嘉宾选择等方面进行了积极创新,将“江山就是人民,人民就是江山”的道理讲清楚、讲明白、讲生动。

新媒体展示

使用手机扫描下方二维码,即可观看本条获奖作品的新媒体展示。

“百年奋斗路·百城访初心”庆祝中国共产党成立100周年大型全媒体报道

作品信息

作品类型:二等奖·重大主题报道
刊播单位:全国105家地市党报
报送单位:中国地市报研究会
作　　者:集体
编　　辑:集体
作品字数:4910字
刊播版面:全国105家地市报1版、3版、4版及新媒体平台
首发日期:2021年4月19日

作品简介

“百年奋斗路·百城访初心”报道首次集中展现了全国地市媒体融合发展、联合报道的强大宣传力量,为全国党史学习教育宣传报道提供了一系列鲜活教材和创新案例,形成了气势磅礴的百城红色“大合唱”,奏响了伟大祖国好、各族人民好的时代主旋律。

新媒体展示

使用手机扫描下方二维码,即可观看本条获奖作品的新媒体展示。

获奖理由

作品聚焦中国共产党成立100周年重大主题,在全国范围内精心挑选确定105家地市党报进行同步报道,对探索形成中央媒体与地方媒体协同高效运作的全媒体传播体系具有重大意义。

党的光辉耀天山

作品信息

作品类型：二等奖 · 重大主题报道
刊播单位：新疆日报社
报送单位：新疆维吾尔自治区新闻工作者协会
作　　者：集体
编　　辑：石锋、张英、李菡
作品字数：10 212 字
刊播版面：3 版
首发日期：2021 年 7 月 1 日

作品简介

文章《党的光辉耀天山》生动反映了中国共产党为包括新疆各族人民在内的中国人民谋幸福、为包括新疆各民族在内的中华民族谋复兴的奋斗历程，深刻揭示了没有共产党就没有新中国，更没有新时代中国特色社会主义新疆的内在逻辑。

获奖理由

这篇文章是新疆日报社纪念中国共产党成立 100 周年的扛鼎之作。文章将历史与现实有机衔接，宏观与微观自如切换，说理与叙事、抒情巧妙融合，既大气磅礴、振聋发聩，又春风化雨、直抵人心。

新媒体展示

使用手机扫描下方二维码，即可观看本条获奖作品的新媒体展示。

Inside China: A Discovery Tour
(真实中国:民主自由人权探索之旅)

作品信息

作品类型:二等奖·国际传播
刊播单位:新华社英文客户端
报送单位:中国记协新媒体专业委员会
作　　者:缪晓娟、马云飞、爱华、许咏政、倪四义、班玮、陈瑶、李志晖
编　　辑:集体
作品时长:1 时 1 分
刊播平台:新华社英文客户端
首发日期:2021 年 12 月 27 日

作品简介

2021 年 12 月,新华社面向全球推出英文纪录片《真实中国:民主自由人权探索之旅》。新华社记者和三位美籍专家历时 45 天,抵达 13 个城市 7 个乡镇 10 个村庄,采访了 90 位普通人,生动呈现了全过程人民民主、宗教信仰自由、反恐努力、抗疫成效、各民族文化保护成就和老百姓热气腾腾的日子。

新媒体展示

使用手机扫描下方二维码,即可观看本条获奖作品的新媒体展示。

获奖理由

作品深入中国基层走访调研,借助外眼外脑外嘴,生动讲述了中国全过程人民民主、宗教信仰自由、各民族文化保护等内容,向海外受众特别是西方受众还原真实中国,有力引导国际社会增进对中国制度与中国道路的感知认同,是国际传播中强化正面叙事、主动设置议题、创新报道思路的有益探索。

Why Is the CPC Worthy of Trust?(中国共产党值得信任的秘诀是什么?)

作品信息

作品类型:二等奖·国际传播
刊播单位:中国日报社
报送单位:兰州大学新闻与传播学院
作　　者:张少伟、周星佐、栗思月、罗瑜、史雪凡、张欣然、黄恬恬
编　　辑:柯荣谊、何娜、沈一鸣
作品时长:5 分
刊播平台:中国日报网站
首发日期:2021 年 6 月 25 日

作品简介

中国共产党百年华诞全球瞩目,中国日报社采用解释性视频形式,制作党史故事科普视频 *Why Is the CPC Worthy of Trust?*,灵活运用海外流行范式,多角度阐释中国道路,抨击偏见,取得较好的国际传播实效。

获奖理由

该作品立意高远,旨在向全球受众讲好中共党史,以数据可视化、动画、史实相结合的方式,讲述党的百年奋斗史,视频制作精良、内容丰富、角度新颖。该作品政治方向和舆论导向正确,通过充分调动各种新闻手段和元素,有效降低了海外受众接触、认知、理解中国话语的门槛,传播效果显著。

新媒体展示

使用手机扫描下方二维码,即可观看本条获奖作品的新媒体展示。

南京记忆·世界记忆

作品信息

作品类型:二等奖·国际传播
刊播单位:澳大利亚双语频道等
报送单位:江苏省新闻工作者协会
作　　者:集体
编　　辑:王卫刚、倪恩泉
作品时长:29 分
刊播栏目:《江苏周刊》等
首发日期:2021 年 12 月 14 日

作品简介

2021 年 12 月 13 日是第八个南京大屠杀死难者国家公祭日,专题《南京记忆·世界记忆》从海外公祭独特视角切入,通过华人华侨在海外所见所闻、所做所感,共同推动南京大屠杀惨案真相的传播,倡导珍爱世界和平,践行人类命运共同体理念。

新媒体展示

使用手机扫描下方二维码,即可观看本条获奖作品的新媒体展示。

获奖理由

该专题不仅在澳大利亚双语频道、美国洛城双语广播电台、美国西雅图中文台等海外广播播出,还同步在微讯江苏、我苏网、Radio 江苏、中国侨联、国际日报、泰国风、加拿大共生国际传媒等海内外华文媒体、海外社群推送,受众广泛。

新疆棉花遭遇“明枪”与“暗战”

作品信息

作品类型：二等奖 · 国际传播
刊播单位：南方报业传媒集团
报送单位：广东省新闻工作者协会
作　　者：毛淑杰
编　　辑：姚忆江
作品字数：8590 字
刊播版面：《南方周末》A01—A03
首发日期：2021 年 4 月 1 日

作品简介

2021 年 3 月 24 日，瑞典快时尚品牌 H&M 公司被曝拒用新疆棉花，《南方周末》适时推出五易其稿的立体报道。兰州大学国际关系学院研究新疆安全问题的相关学者，则从学术角度分析了中美竞争背景下，欧美多国如何炮制新疆所谓“强迫劳动”争议问题。

获奖理由

该稿件获得南方周末 App 当月阅读数最高，并被海内外互联网平台广泛转载，其中今日头条将其选为首屏推荐。文章指出，应努力建立产业的中国标准，只有这样才能真正掌握话语权，避免受制于人。

新媒体展示

使用手机扫描下方二维码，即可观看本条获奖作品的新媒体展示。

Staying True to the Original Aspiration
（永葆初心）

作品信息

作品类型：二等奖·国际传播
刊播单位：人民日报社
报送单位：中国记协新媒体专业委员会
作　　者：王恬、余荣华、赵丹彤、朱利、黄晶晶、李博文
编　　辑：王恬
作品时长：10 分
刊播平台：人民日报英文客户端
首发日期：2021 年 6 月 21 日

作品简介

该视频讲述了习近平总书记作为一名共产党员，一路践行初心，无论官位高低，始终把人民放在心中最高位置的故事，展现了以总书记为代表的中国当代共产党人以人民为中心，深受人民爱戴和拥护的生动情景。

新媒体展示

使用手机扫描下方二维码，即可观看本条获奖作品的新媒体展示。

获奖理由

该视频采访了 13 位当年和总书记一同工作的老同志，讲述平实感人、细节生动丰盈、制作精心精良，有助于海外网友更加直观、更加深入地认识了解中国领导人和中国共产党人。

China on the Move
(行进中的中国)

作品信息

作品类型:二等奖·国际传播
刊播单位:上海广播电视台
报送单位:上海市新闻工作者协会
作　　者:敖雪、宣福荣、朱雯佳、王静雯、俞洁、金丹、王芳
编　　辑:王立俊、朱宏、陈亦楠
作品时长:30 分
刊播频道:美国中文电视纽约 63.4 数字频道
首发日期:2021 年 10 月 2 日

RTS
上海广播电视台
RADIO AND TELEVISION SHANGHAI

作品简介

《行进中的中国》是中宣部指导的重大外宣项目,并被纳入国家广电总局“十四五”纪录片重点选题。该片由上海广播电视台纪录片中心与英国雄狮电视制作公司联合摄制,配合全国脱贫攻坚总结表彰大会播出,营造了良好的海内外舆论环境。

获奖理由

《行进中的中国》先后荣获芝加哥独立电影节最佳纪录短片大奖,美国泰利电视奖电视纪录片、电视新闻专题两项银奖,充分反映了国际传媒界对中国打赢脱贫攻坚战的肯定。

新媒体展示

使用手机扫描下方二维码,即可观看本条获奖作品的新媒体展示。

Remaining of One Heart with the People
(始终以百姓心为心)

作品信息

作品类型：二等奖·国际传播
刊播单位：《求是》杂志社
报送单位：《求是》杂志社
作　　者：集体
编　　辑：聂悄语、郝遥
作品字数：6442 字
刊播版面：《求是》英文版 2021 年第 4 期
首发日期：2021 年 9 月 1 日

求是
QStheory.cn

作品简介

中国共产党的百年历史，就是一部践行党的初心使命的历史，就是一部党与人民心连心、同呼吸、共命运的历史。本文从人民情怀、初心如磐、人民立场、价值取向、力量之源和群众路线等几个方面阐释了习近平总书记关于人民的重要思想。

新媒体展示

使用手机扫描下方二维码，即可观看本条获奖作品的新媒体展示。

获奖理由

该作品是为贯彻习近平总书记“全面提升国际传播效能”重要指示而推出的系列理论外宣作品之一，取得了很好的国际传播效果。

In Less than a Century, Chongqing Achieved Bridge Capital of China
（山水重庆，中国桥都！）

作品信息

作品类型：二等奖·国际传播
刊播单位：重庆国际传播中心
报送单位：重庆市新闻工作者协会
作　　者：集体
编　　辑：王义令、吴晓、王婕妤
作品时长：6 分
刊播平台：iChongqing 微博、iChongqing 官方网站、YouTube、Facebook、Twitter
首发日期：2021 年 6 月 21 日

作品简介

在建党百年的主题外宣中，重庆国际传播中心依托重庆独特的地理优势，勾画出“桥都”重庆在百年变迁中的历史剪影，对国际传播中构建以城市为单位的中国话语和中国叙事体系作出了积极尝试。

获奖理由

作品的叙事方式贴近海外受众，以小切口展现重庆从山水阻隔、出行困难到建设成为国际交通枢纽的百年巨变。作品海外总阅读量超过 2.33 亿次，是省级媒体制作的一部展现本地变迁的国际传播精品佳作。

新媒体展示

使用手机扫描下方二维码，即可观看本条获奖作品的新媒体展示。

我们都是追梦人

作品信息

作品类型：二等奖 · 国际传播
刊播单位：芒果 TV
报送单位：湖南省新闻工作者协会
作　　者：蔡怀军、梁德平、杨喜卿、周山、
　　　　　方菲、彭悠悠、唐藩、任旭
编　　辑：刘幕天、马力、陈莹
作品时长：39 分
刊播平台：芒果 TV
首发日期：2021 年 9 月 30 日

作品简介

作品将个体奋斗故事融入国家发展主题，选取十位来自不同行业、不同背景的中国香港青年，记录他们北上创业的故事，展现内地发展给香港青年带来的全新机遇。

新媒体展示

使用手机扫描下方二维码，即可观看本条获奖作品的新媒体展示。

获奖理由

作品以独特视角讲述中国故事，紧扣时代主题，聚焦发展潮流，记录并呈现走在时代浪尖上的弄潮儿们的青春梦想与精神风貌。在粤港澳大湾区建设如火如荼的当下，作品让受众感受到党和国家对每一个心怀梦想和希望的港澳创业者的关心和支持。

建党百年系列报道

作品信息

作品类型：二等奖 · 国际传播
刊播单位：光明日报社
报送单位：光明日报社
作　　者：集体
编　　辑：张业清、谈莉敏、林卫光
作品字数：43 170 字
刊播版面：土耳其《光明报》、捷克《文学报》、捷克《新报》
首发日期：2021 年 7 月 1 日

作品简介

在 7 月 1 日纪念中国共产党成立百年的当天，光明日报社与土耳其《光明报》、捷克《文学报》等合作，以当地语在土耳其和捷克推出建党百年系列报道，全面介绍党的百年奋斗历程和伟大成就。

获奖理由

该系列报道发表时机好、内容好、呈现形式好，“借嘴说话”，符合当地受众阅读习惯和国际传播规律，在两国取得了较好的传播效果，起到了引导两国受众树立正确的“中国观”和“中共观”的良好作用。

新媒体展示

使用手机扫描下方二维码，即可观看本条获奖作品的新媒体展示。

我国南极昆仑站和泰山站气象站“转正”

作品信息

作品类型：二等奖 · 国际传播
刊播单位：中国气象报社
报送单位：中国行业报协会
作　　者：王亮、刘世玺
编　　辑：文科、张格苗
作品字数：998 字
刊播版面：1 版
首发日期：2021 年 12 月 1 日

作品简介

这是一篇记录中国气象科技进展，对外传播中国积极应对气候变化、坚持科技自立自强的南极科考重磅新闻，新闻性强，视角独特，以小见大，抓住中国南极考察站昆仑站和泰山站气象站业务运行这一关键节点，完成重磅消息。

新媒体展示

使用手机扫描下方二维码，即可观看本条获奖作品的新媒体展示。

获奖理由

作品题材重大、新闻价值高，从专业视角和人文视角讲述了南极气象站“转正”背后的故事。作品以文字和视频的方式，通过对建设两站的南极科考队员亲身经历的“白描”，讲述我国气象科技工作者坚持科技自立自强的故事。

在红船边，看见美好中国

作品信息

作品类型：二等奖·典型报道
刊播单位：浙江日报社
报送单位：浙江日报社
作　　者：集体
编　　辑：沈建波
作品字数：5036 字
刊播版面：1 版
首发日期：2021 年 6 月 5 日

浙江日報
ZHEJIANG DAILY
中共浙江省委机关报

作品简介

在世界第一大执政党诞生百年的历史性时刻，回到党的诞生地，从基层视角解读我们党百折不挠的初心使命——消灭阶级差别、实现共同富裕，不仅对党的百年历史总结具有样本意义，而且在世界范围内也具有巨大的时代价值。

获奖理由

报道以小见大、以点带面，讲述了“红船精神”发源地百年来早已换了人间，而今正奋力打造共同富裕先行地的故事。

新媒体展示

使用手机扫描下方二维码，即可观看本条获奖作品的新媒体展示。

11 年前那位感动中国的“春运母亲”，找到了！

作品信息

作品类型：二等奖 · 典型报道
刊播单位：新华通讯社
报送单位：新华通讯社
作　　者：周科、李思佳
编　　辑：强晓玲、刘梦妮、刘小草
作品字数：3953 字
刊播版面：《新华每日电讯》12 版
首发日期：2021 年 2 月 2 日

作品简介

文章跨越 11 年，再次找到 2010 年的“春运母亲”，将其置于中国这些年经济社会发展的大背景中，以一个人、一个家庭 11 年的前后变化，折射出一个时代的巨变，将中国共产党领导人民摆脱绝对贫困的千年伟业展示得淋漓尽致。

新媒体展示

使用手机扫描下方二维码，即可观看本条获奖作品的新媒体展示。

获奖理由

该报道选题切入点巧妙，采访扎实深入，写作用心用情，彰显了新华社人物报道的深厚底蕴，凸显了新华社记者的专业、敬业和职业精神，也为社会注入了正能量。

清澈的爱只为中国

作品信息

作品类型：二等奖·典型报道
刊播单位：中央广播电视总台
报送单位：中央广播电视总台
作　　者：集体
编　　辑：集体
作品时长：1 分 15 秒
刊播栏目：国防军事频道晚间特别节目
首发日期：2021 年 4 月 5 日

作品简介

该报道深入在中印边境边防斗争中牺牲的四位烈士陈红军、陈祥榕、肖思远和王焯冉的家乡，通过独家采访，真实还原四位英雄的成长历程，刻画出新时代戍边军人的光辉形象。

获奖理由

作品主题鲜明、制作精良、角度新颖、饱含深情，全面而深入地讲述了卫国戍边烈士的事迹，彰显了主流媒体讲述新时代英雄模范故事的责任和担当，融媒体传播效果突出，充分发挥了中央媒体在重大报道中的作用。

新媒体展示

使用手机扫描下方二维码，即可观看本条获奖作品的新媒体展示。

时代楷模孙丽美系列报道

作品信息

作品类型：二等奖·典型报道
刊播单位：闽东日报社
报送单位：福建省新闻工作者协会
作　　者：陈映红、吴枋宸、张文奎、叶陈芬
编　　辑：徐章贵、梁辉约、郑成辉
作品字数：7324 字
刊播版面：要闻 1 版
首发日期：2021 年 8 月 7 日

闽东日报

作品简介

该系列报道追记了孙丽美先进事迹，并配发本报评论员文章，有力宣传了在抗台风中不幸殉职的古县村党支部书记孙丽美的榜样力量和精神力量，生动讲述了孙丽美感人至深的十个故事。

新媒体展示

使用手机扫描下方二维码，即可观看本条获奖作品的新媒体展示。

获奖理由

该作品报道及时、时效性强、持续时间长，刊发期间引发社会各界关注，社会影响力大，充分展现了孙丽美同志对党忠诚、无私奉献的精神，为村级组织换届选好人树立了典型，也为后期各媒体广泛宣传报道奠定了基础。

揭露“抽血验子”的黑色利益链

作品信息

作品类型：二等奖·舆论监督报道
刊播单位：福建省广播影视集团
报送单位：福建省新闻工作者协会
作　　者：涂雪婷、彭建增、吴孟春、林信心、王家娣、黄志敏、许瑞添
编　　辑：陈榕、张梦琪、林莹
作品时长：17 分
刊播栏目：福建电视台综合频道《帮帮团》
首发日期：2021 年 12 月 31 日

福建省广播影视集团
FUJIAN MEDIA GROUP

作品简介

记者冒着被感染的风险前往不法分子的地下窝点抽血，成功挖出该团伙勾结诊所、妇产医院检验师及物流公司，非法鉴定胎儿性别的整条利益链，帮助当地卫健委和公安部门摧毁犯罪团伙。

获奖理由

节目拍摄难度大，记者暗访风险高，调查节目环环相扣、客观严谨，发挥了媒体舆论监督揭示真相、维护公平正义、激浊扬清的社会功能。节目播出后，违法人员被依法查处，黑色利益链被斩断，国家法律尊严和社会公共秩序得到了维护。

新媒体展示

使用手机扫描下方二维码，即可观看本条获奖作品的新媒体展示。

900亿“专网通信”骗局：神秘人操刀13家上市公司卷入

作品信息

作品类型：二等奖·舆论监督报道
刊播单位：证券时报社
报送单位：中国行业报协会
作　　者：苏龙飞、于德江
编　　辑：唐国亮
作品字数：4117字
刊播版面：A2、A3版
首发日期：2021年7月30日

作品简介

文章揭露了一个以“专网通信业务”为幌子、资金规模超过900亿元的隐蔽融资性贸易网络的骗局，并首次将资本市场这一系列爆雷案件定性为融资性贸易骗局。

新媒体展示

使用手机扫描下方二维码，即可观看本条获奖作品的新媒体展示。

获奖理由

此报道第一次揭示出A股上市公司参与融资性贸易的广泛性，向市场发出有意义的警示，助力监管部门肃清市场。

敦煌防沙
最后屏障几近失守

作品信息

作品类型：二等奖·舆论监督报道
刊播单位：经济参考报社
报送单位：中国行业报协会
作　　者：王文志、李金红
编　　辑：集体
作品字数：4117 字
刊播版面：4 版
首发日期：2021 年 1 月 20 日

经济参考报
ECONOMIC INFORMATION DAILY

作品简介

文章敢于直面现实问题，揭露了抵御库木塔格沙漠侵袭敦煌的重要屏障阳关林场十余年来持续遭遇大面积砍伐的事实，遵循了习近平主席生态文明建设思想。

获奖理由

稿件主题重大、立意高远，证据充分扎实，写作选材精当，逻辑清晰严密，发挥了舆论监督的威力，对古城敦煌及河西走廊西部生态的保护起到了不可估量的作用。

新媒体展示

使用手机扫描下方二维码，即可观看本条获奖作品的新媒体展示。

“会后探落实 · 四问校外培训”系列报道

作品信息

作品类型:二等奖·舆论监督报道
刊播单位:人民日报社
报送单位:人民日报社
作　　者:赵婀娜、张烁、丁雅诵、吴月
编　　辑:集体
作品字数:6625 字
刊播版面:文化 12 版
首发日期:2021 年 3 月 18 日

人民日报

作品简介

文章针对培训乱象,深入采访家长、教育从业者、管理部门、专家学者等,对公众反应较为强烈的校外培训虚假宣传、制造焦虑、超纲教学、监管缺失等问题,进行了一次全面问诊。报道切中肯綮,引发强烈反响。

新媒体展示

使用手机扫描下方二维码,即可观看本条获奖作品的新媒体展示。

获奖理由

文章不仅是人民日报社历史上,从舆论监督角度对校外培训做的最重要的一组报道,也是总书记在全国“两会”上关心校外培训问题后,中央媒体打响的“第一枪”,发挥了党中央机关报“上连党心,下接民心”的舆论导向作用。

北京一处级干部当外卖小哥，12 小时仅赚 41 元："我觉得很委屈"

作品信息

作品类型：二等奖 · 融合报道
刊播单位：北京日报社
报送单位：中国记协新媒体专业委员会
作　　者：苏越、邵晶、陈梦圆、刘径驰、
　　　　　张育文、焦建康
编　　辑：苏越、王飞雁、张震
作品字数：521 字
刊播平台：北京日报微信公众号
首发日期：2021 年 4 月 28 日

北京日報

作品简介

作品以"12 小时赚 41 元"为新闻点，对短视频新闻《副处长变身外卖小哥累瘫街头》进行二次传播，利用身份的反差、对普通岗位和寻常劳动认知的反差，形成关注点、讨论点、共鸣点。

获奖理由

作品主题鲜明、内涵丰富、导向积极，充分发挥融合报道优势，精准把脉社会关切，敏锐聚焦价值内容，既生动呈现了党员干部深入群众的优良作风，又推动了社会问题的解决。

新媒体展示

使用手机扫描下方二维码，即可观看本条获奖作品的新媒体展示。

三星堆国宝大型蹦迪现场！3000年电音乐队太上头！

作品信息

作品类型：二等奖·融合报道
刊播单位：川观新闻客户端
报送单位：中国记协新媒体专业委员会
作　　者：集体
编　　辑：马艳琳、杨昕
作品字数：683字
刊播平台：川观新闻客户端
首发日期：2021年3月20日

川观新闻
看四川，观天下

作品简介

作品将三星堆文物原创手绘动画与最新发掘现场视频相结合，搭配用四川方言演唱的电音神曲，融入赛博朋克特效，再现了1986年和2021年的三星堆遗址发掘现场。

新媒体展示

使用手机扫描下方二维码，即可观看本条获奖作品的新媒体展示。

获奖理由

作品聚焦三星堆遗址新一轮考古发现，以富有创意的技术应用，将最新的考古现场与新颖的表达方式巧妙结合起来，文风活泼、内容丰富，是新闻性与艺术性兼备的融合产品，也是融合报道语态创新的有益实践。

第四维度丨看“共富的种子”生根发芽

作品信息

作品类型：二等奖·融合报道
刊播单位：浙江日报社
报送单位：中国记协新媒体专业委员会
作　　者：朱霭雯、姚朱婧、杨佐零、孙潇娜、郎豫风、梁臻、陈洁
编　　辑：徐斌、金振东
作品字数：683 字
刊播平台：浙江新闻客户端
首发日期：2021 年 12 月 28 日

浙江日报
ZHEJIANG DAILY
中共浙江省委机关报

作品简介

作品融合了视频、音频、报纸版面、明信片、线上线下活动等多种报道与推广形态，围绕习近平同志到过的具有代表性的浙江五地展开叙述，将视频故事传播到全国各地。

获奖理由

作品运用“第四维度”技术，在影像叙事上创新实践，用一个画面叠加多个小窗口展现多维时空，生动再现了共富种子在之江大地生根发芽、茁壮成长并广泛传播的过程。

新媒体展示

使用手机扫描下方二维码，即可观看本条获奖作品的新媒体展示。

手机里的小康生活

作品信息

作品类型：二等奖 · 融合报道
刊播单位：湖南日报社
报送单位：中国记协新媒体专业委员会
作　　者：集体
编　　辑：刘建光、曾益、陈永刚
刊播平台：新湖南客户端
首发日期：2021 年 9 月 18 日

湖南日报

作品简介

作品让被访对象以用户和采访对象的双重身份深度参与内容生产，在产品素材绝大多数来自用户个人的基础上，创作团队对其进行了深度“处理”和“加工”，最终从多个维度描画了一个平凡又不普通的老百姓的“小康”生活。

新媒体展示

使用手机扫描下方二维码，即可观看本条获奖作品的新媒体展示。

获奖理由

作品以“半条被子”故事的主人公徐解秀之孙朱小红为第一视角，巧妙地将故事融入手机应用中，让受众真切感受到“吃穿不愁、人居环境优美、乡村振兴如火如荼、民族团结繁荣发展”的小康图景。

最后，他说——英雄党员的生命留言

作品信息

作品类型：二等奖・融合报道
刊播单位：中国网
报送单位：中国记协新媒体专业委员会
作　　者：集体
编　　辑：集体
作品字数：6945 字
刊播平台：中国网
首发日期：2021 年 6 月 21 日

作品简介

作品选取建党百年来牺牲的党员英雄人物，融合文字、手绘、照片局部动画、视频、声音故事、音乐、音效等多种形式，让人们听到英雄们感人肺腑的“最后一句话”。

获奖理由

该融媒体互动长卷以建党百年来英勇牺牲的英雄人物的“最后一句话”为切入点，通过用户交互的形式，有效连接主题宣传与用户情感，让用户在互动过程中产生强烈的情感共鸣。

新媒体展示

使用手机扫描下方二维码，即可观看本条获奖作品的新媒体展示。

稻子熟了

作品信息

作品类型：二等奖·融合报道
刊播单位：津云客户端
报送单位：中国记协新媒体专业委员会
作　　者：集体
编　　辑：张倩、史潇潇
刊播平台：津云客户端
首发日期：2021 年 9 月 23 日

作品简介

作品以手绘长图＋H5 互动＋短视频的融合报道形式，呈现了袁隆平院士为杂交水稻事业奉献毕生精力的感人故事。

新媒体展示

使用手机扫描下方二维码，即可观看本条获奖作品的新媒体展示。

获奖理由

作品以袁隆平带领团队致力于耐盐碱水稻研究这一故事为主线，融合 H5、手绘、短视频等交互形式，真实生动地回溯了半个世纪以来，袁隆平为解决粮食问题作出的卓越贡献，回应了时代大主题。

放大音量！听百年最硬核声音

作品信息

作品类型：二等奖·融合报道
刊播单位：科技日报社
报送单位：中国记协新媒体专业委员会
作　　者：何沛苁、赵卫华、李忠明、王婷婷、侯萌
编　　辑：杨凯、张爽
作品时长：2 分
刊播平台：中国科技网
首发日期：2021 年 7 月 1 日

科技日報

作品简介

作品筛选神舟十二号载人飞船、天和核心舱、天问一号探测器发射时的穿云破日声等十余种中国科技创新最硬核的声音，以视频快剪的形式，呈现在党的领导下，将困难当阶梯，勇于攀登的中国科技奋斗史。

获奖理由

作品非常巧妙地融合了视频和音频两种形态，汇集了中国百年科技史上极具代表性的十余个事件、人物的珍贵音频资料，说服力强，让人过耳难忘。

新媒体展示

使用手机扫描下方二维码，即可观看本条获奖作品的新媒体展示。

新华社“全民拍”

作品信息

作品类型：二等奖・应用创新
刊播单位：新华通讯社
报送单位：中国记协新媒体专业委员会
作　　者：陈凯星、贺大为、葛素表、高洁、冯松龄
编　　辑：杨侠、张海磊、马知遥
作品字数：10 000 字
刊播平台：新华社客户端
首发日期：2020 年 12 月 28 日

作品简介

新华社客户端采用大数据系统，创新推出了社会治理交互应用平台“全民拍”，为广大网友参与社会治理提供了便捷途径，成为解决群众急难愁盼问题的重要渠道。

新媒体展示

使用手机扫描下方二维码，即可观看本条获奖作品的新媒体展示。

获奖理由

“全民拍”是新华社采用大数据系统创新推出的社会治理交互应用平台。上线一年多来，“全民拍”收到有效民生求助信息 6 万余条，推动了其中近 1/4 问题的解决，社会效益显著。

春华秋实国聘行动

作品信息

作品类型：二等奖·应用创新
刊播单位：中央广播电视总台
报送单位：中国记协新媒体专业委员会
作　　者：集体
编　　辑：集体
作品字数：40 946 字
刊播平台：央视频客户端
首发日期：2020 年 12 月 14 日

作品简介

央视频发挥总台平台渠道优势，推出“春华秋实国聘行动”大型融媒体招聘活动，汇聚大量名企招聘资源，助力应届高校毕业生就业。

获奖理由

该产品是服务国家就业优先战略的大型融媒体招聘活动，集纳了招聘信息、宣讲直播、就业培训等内容，在疫情期间开创了无接触招聘求职新模式，有效助力大学生就业。

新媒体展示

使用手机扫描下方二维码，即可观看本条获奖作品的新媒体展示。

中国新闻奖

三等奖

昆明到万象：从此山不再高、路不再长

作品信息

作品类型：三等奖·消息
刊播单位：人民铁道报社
报送单位：中国行业报协会
作　　者：王召杰、陆华
编　　辑：姜柯宇
作品字数：872 字
刊播版面：要闻 4 版
首发日期：2021 年 12 月 4 日

作品简介

中老铁路开通之际，《人民铁道》充分发挥行业媒体优势，组织精干力量提前收集背景资料，深入挖掘背后意义，全景式展现了中老铁路开通运营的现场盛况和重大意义。

新媒体展示

使用手机扫描下方二维码，即可观看本条获奖作品的新媒体展示。

获奖理由

作品把握铁路服务国家重大战略、服务经济社会发展的大局大势，聚焦“一带一路”、中老友谊标志性工程中老铁路通车这一节点事件，主题重大、内涵丰富、语言简练、细节生动，有高度、有深度、有气势。

一条"机器鱼"遨游万米深海

作品信息

作品类型：三等奖·消息
刊播单位：余杭晨报社
报送单位：中国县市报研究会
作　　者：孙晨
编　　辑：贾国勇、杨兰、翟连宇
作品字数：970 字
刊播版面：1 版转 2 版
首发日期：2021 年 3 月 5 日

作品简介

之江实验室和浙江大学团队的最新研究成果——一项深海探测机器的发明，登上国际顶级期刊《自然》的封面。记者知悉这一线索后第一时间进行采访，完成此稿。此稿由《余杭晨报》首发，并以其表达通俗易懂、精准形象迅速引发广大读者的共鸣。

获奖理由

该作品的报道对象为我国在深海探索方面的重大成果，这体现了我国在这一领域的领先水平，具有重大新闻价值。报道逻辑清晰严密，很好地展示了这一成果的形成过程、重点难点，呈现了我国科研力量在前沿科学领域的不懈追求与努力。

新媒体展示

使用手机扫描下方二维码，即可观看本条获奖作品的新媒体展示。

三明市昨日颁发全国首张林业碳票
“空气”卖到钱了

作品信息

作品类型：三等奖·消息
刊播单位：福建日报社
报送单位：福建省新闻工作者协会
作　　者：方炜杭、全幸雅、余福
编　　辑：黄培坤、陈亮、周福东
作品字数：920 字
刊播版面：1 版
首发日期：2021 年 5 月 19 日

作品简介

记者长期关注三明市常口村的生态文明实践，在颁发全国首张林业碳票的关键节点，深入采访主要当事人，深入浅出地解读首张碳票诞生的来龙去脉，并第一时间通过报网端全媒体方式刊发。

新媒体展示

使用手机扫描下方二维码，即可观看本条获奖作品的新媒体展示。

获奖理由

作品故事鲜活、逻辑清晰，以碳票为切口，由点及面，层层深入，由此可以窥见我国林业改革纵深发展的时代大背景，时效性强，意义重大。作品标题凝练准确，内容通俗易懂，传播力强。

江苏睢宁有个“速来办”，用过都说好！

作品信息

作品类型：三等奖 · 消息
刊播单位：农民日报社
报送单位：农民日报社
作　　者：王玉琪、孙眉
编　　辑：郑惊鸿、王艳、王刚
作品字数：1110 字
刊播版面：要闻 1 版
首发日期：2021 年 7 月 20 日

农民日报
FARMERS' DAILY

作品简介

江苏省睢宁县打造的“速来办”服务平台，大大提高了群众急难愁盼问题的解决效率。记者发现该线索后，认为这是深入推进党史学习教育、探索新时期提高基层治理能力的创新之举，便采写了该报道，在 1 版头条位置刊发，并配发短评。

获奖理由

报道以鲜活生动的案例反映了在深入开展党史学习教育活动中基层党委政府的实践探索，政治站位高，舆论导向明确，事实叙述清楚，文字简洁生动。作品见报后，被人民网、新华网等几十家新闻网站转载，产生了较好的社会影响。

新媒体展示

使用手机扫描下方二维码，即可观看本条获奖作品的新媒体展示。

歼-20用上了"中国心"

作品信息

作品类型:三等奖·消息
刊播单位:珠海广播电视台
报送单位:广东省新闻工作者协会
作　　者:黄华、黄卫星、陈苏栋、陈彦伶
编　　辑:陈苏栋
作品时长:2分
刊播栏目:FM95.1《湾区大视野》
首发日期:2021年9月28日

珠海廣播電視台
ZHUHAI BROADCAST TELEVISION STATION

作品简介

作为一条短消息,该作品重点突出、现场感强,生动报道了令人振奋的国家重大发展成就。报道的最后安排了歼-20总设计师杨伟院士非常鼓舞人心的一段现场发言,他宣告:继歼-20之后,我国新一代战斗机的研制已经开始。

新媒体展示

使用手机扫描下方二维码,即可观看本条获奖作品的新媒体展示。

获奖理由

作品题材重大,新闻价值高,采写生动,制作精良,新闻现场感强。作为一篇广播短消息,作品内容重点突出、层层递进、取舍精当,叙事简洁有力,新闻感染力极强。

十一世班禅四访“西藏文库”勉励僧众精进修行

作品信息

作品类型：三等奖 · 消息
刊播单位：中国新闻社
报送单位：中国新闻社
作　　者：路梅、贡嘎来松
编　　辑：魏群、王欢
作品字数：972 字
刊播版面：电讯通稿
首发日期：2021 年 10 月 11 日

作品简介

2021 年 10 月，中新社记者独家跟随十一世班禅回藏行程，前往日喀则采访佛事和社会活动。记者将报道侧重点放在十一世班禅勉励僧人学经修行和朝拜印经院上，由此呈现藏传佛教文化在我国受到重视、被妥善保护与传承的情况。

获奖理由

作品在较短篇幅内兼顾历史纵深与新闻现场，通过对人物的言行和环境描写，客观展现藏传佛教保护与传承的良好现状。作品语言精练、用词准确、分寸适度，对相关宗教政策把握稳妥。

新媒体展示

使用手机扫描下方二维码，即可观看本条获奖作品的新媒体展示。

世界性重大考古发现
稻城发现13万年前大型旧石器遗址

作品信息

作品类型：三等奖 · 消息
刊播单位：四川日报社
报送单位：四川省新闻工作者协会
作　　者：吴晓铃
编　　辑：刘钧、戚瑛
作品字数：667字
刊播版面：1版
首发日期：2021年9月28日

作品简介

2021年9月27日，国家文物局举行“考古中国”重大项目进展工作会，宣布在四川稻城发现一处13万年前的大型旧石器遗址——皮洛遗址。在考古团队邀请全国专家赴稻城现场探访之际，记者也从成都前往考古发掘现场实地采访。

新媒体展示

使用手机扫描下方二维码，即可观看本条获奖作品的新媒体展示。

获奖理由

这篇600余字的报道短小精练、时效性强、干货满满，言简意赅地介绍了稻城皮洛遗址考古发掘成果，揭示了此次考古的重大意义：证明了至少早在13万年以前，人类已踏足青藏高原。

35 楼扔下矿泉水瓶被判赔偿 9 万多元

作品信息

作品类型：三等奖 · 消息
刊播单位：羊城晚报社
报送单位：中国晚报工作者协会
作　　者：董柳
编　　辑：袁婧、林丽爱
作品字数：973 字
刊播版面：1 版
首发日期：2021 年 1 月 4 日

作品简介

“民法典实施第一案”是一宗备受社会关注的高空抛物案，对该案的报道宣告了民法典时代的正式到来，呈现了这部与时俱进的法律对人民权利的升级版保护，凸显了新时代我国社会主义法治建设的重大成果，彰显了法治进步。

获奖理由

该消息通过对“民法典实施第一案”的报道，宣告了民法典时代的正式到来，彰显了新时代我国社会主义法治建设的重大成果和里程碑意义，既贯彻了中央精神，又推动了民法典走到群众身边、走进群众心里，具有历史和现实意义。

新媒体展示

使用手机扫描下方二维码，即可观看本条获奖作品的新媒体展示。

“复兴号”在西藏通车引起各族群众欢呼和赞誉 “这是我们新的团结线幸福路”

作品信息

作品类型：三等奖·消息
刊播单位：西藏日报社
报送单位：西藏自治区新闻工作者协会
作　　者：集体
编　　辑：赵瑞阳、周辉、田丽
作品字数：1064 字
刊播版面：1 版
首发日期：2021 年 6 月 26 日

作品简介

作品聚焦川藏铁路拉林段建成通车对推动西藏经济社会高质量发展、促进各民族交往交流交融的重大意义，生动展现西藏各族群众听党话、感党恩、跟党走，为“建设美丽幸福西藏、共圆伟大复兴梦想”贡献力量的精神面貌。

新媒体展示

使用手机扫描下方二维码，即可观看本条获奖作品的新媒体展示。

获奖理由

这篇文章平实、生动，以乘车群众的视角和口吻讲出了对“复兴号”开上西藏的渴望、欢喜，对高原巨变、生活变迁的憧憬、赞扬，充分反映了西藏的巨变、制度的伟大及群众爱国爱党的深情。

海南首例副省长出庭应诉行政案件昨开审

作品信息

作品类型:三等奖·消息
刊播单位:海南日报社
报送单位:海南省新闻工作者协会
作　　者:金昌波
编　　辑:吴卓、陈奕霖、蔡潇
作品字数:696 字
刊播版面:A02 版
首发日期:2021 年 12 月 11 日

海南日報
HAINAN DAILY

作品简介

2021 年 12 月 10 日,海南二中院开庭审理东方绿洲公司诉海南省人民政府行政复议案。该案由省政府负责人亲自出庭应诉,属全省首例。记者多方协商,现场采访主审法官、出庭应诉的王斌副省长及原告代理律师,完成新闻稿件。

获奖理由

作品有三个明显特征:一是独家,时效性强。二是写作扎实,新闻要素齐全,简明扼要。三是效果好,此稿既传递出海南自由贸易港依法行政、建设法治政府的坚定决心,也让民众更真切地体验到"法律面前人人平等"。

新媒体展示

使用手机扫描下方二维码,即可观看本条获奖作品的新媒体展示。

石家庄的“母亲河”重现勃勃生机

作品信息

作品类型：三等奖·消息
刊播单位：石家庄日报社
报送单位：河北省新闻工作者协会
作　　者：李彦水、岳金宏、周剑瑭
编　　辑：崔立卿、尚燕华、祁鹏娜
作品字数：897 字
刊播版面：要闻 2 版
首发日期：2021 年 6 月 26 日

作品简介

2021 年 6 月 25 日，生态修复工程第三期工程完工，这标志着长达 109 公里的滹沱河生态修复工程全面完工。记者敏锐地抓住这个历史性节点，探现场、溯源头、挖背景，形成独家原创作品。

新媒体展示

使用手机扫描下方二维码，即可观看本条获奖作品的新媒体展示。

获奖理由

该作品生动准确地反映了习近平总书记生态文明思想在石家庄的落地生根，呈现了“绿水青山就是金山银山”理论的实践样本，是一篇精品力作。

舍身勇救落水儿童 英雄王红旭感动一座城+联播时评:致敬英雄 一路走好!

作品信息

作品类型:三等奖·消息
刊播单位:重庆电视台
报送单位:重庆市新闻工作者协会
作　　者:卿一学、刘恋、张骏凯、宋念念、罗维
编　　辑:贾俊杰、富治平、侯聪
作品时长:3 分
刊播栏目:重庆卫视《重庆新闻联播》
首发日期:2021 年 6 月 3 日

作品简介

2021 年 6 月 3 日,小学教师王红旭舍身勇救落水儿童的视频在网上迅速传播,引发热议。重庆电视台广泛传播社会正能量,把英雄王红旭奋不顾身、英勇救人的先进事迹全方位、多角度地呈现出来,让更多的受众认识这位英雄。

获奖理由

报道兼顾新闻时效和传播效果,在新闻选题、拍摄技巧、稿件行文、后期包装等方面可圈可点,从人物、故事、细节中以小见大,有思想、有温度、有品质。新闻在全媒体平台播出,起到了引导舆论的良好效果。

新媒体展示

使用手机扫描下方二维码,即可观看本条获奖作品的新媒体展示。

“辣笔小球”犯侵害英雄烈士名誉、荣誉罪 一审被判有期徒刑8个月

作品信息

作品类型：三等奖 · 消息
刊播单位：中国江苏网
报送单位：江苏省新闻工作者协会
作　　者：陆辉、景雯雯、黄泽文
编　　辑：戴军农、叶春燕
作品字数：969 字
刊播平台：中国江苏网
首发日期：2021 年 5 月 31 日

中国江苏网
JSCHINA.COM.CN

作品简介

这篇消息及时、准确报道了侵害英雄烈士名誉、荣誉罪“全国第一案”审判定州这一重大新闻，以媒体力量捍卫法治尊严和英烈荣光。在诋毁抹黑英雄烈士事件屡有发生的背景下，这篇消息更凸显其新闻价值和社会价值。

新媒体展示

使用手机扫描下方二维码，即可观看本条获奖作品的新媒体展示。

获奖理由

作品既有案件脉络，又有法言法语，更有思想深度。5 月 31 日，南京市建邺区人民法院开庭审理此案，中国江苏网在案件宣判后迅速推出文字消息，权威发布，彰显了“英烈名誉不容亵渎”的风向标意义。

苏州姑苏区
全力帮扶民生小店

作品信息

作品类型:三等奖·消息
刊播单位:光明日报社
报送单位:光明日报社
作　　者:苏雁
编　　辑:集体
作品字数:928 字
刊播版面:要闻 1 版
首发日期:2021 年 12 月 26 日

光明日报

作品简介

这是一篇真正践行“四力”要求的精短消息,以小切口反映大主题,在烟火气中观察国是。作品文笔简练、灵动、鲜活,有画面感,同时又有新闻性和现实针对性,是新闻报道与文学创作手法有机融合的一次有益尝试。

获奖理由

整个报道是从基层抓来的一条“活鱼”,从中我们看到的是一片“大海”,即国家在新冠疫情背景下是如何设法保障民生的,是如何激发市场活力的,是如何坚持以人民为中心的发展思想的。

新媒体展示

使用手机扫描下方二维码,即可观看本条获奖作品的新媒体展示。

燃！珍贵“月壤”完成正式交接 存储韶山

作品信息

作品类型：三等奖·消息
刊播单位：湖南红网新媒体集团
报送单位：湖南省新闻工作者协会
作　　者：王嫣、李赛凤、秦楼
编　　辑：楚湟、刘明珠、秦舷
作品字数：479 字
刊播平台：红网
首发日期：2021 年 12 月 25 日

作品简介

从新闻现场，到“月壤”由来、存储地点、背后意义，作品层层深入。采编团队在“月壤”完成正式交接，存储韶山后，快速发稿，并精心制作了视频，把交接现场和毛主席的夙愿进行了巧妙呼应，如同隔空对话，让人激情满怀。

新媒体展示

使用手机扫描下方二维码，即可观看本条获奖作品的新媒体展示。

获奖理由

这一报道用细腻的手法，将中国航天成果与老一辈革命家的航天情怀相互烘托的深刻意义生动呈现出来，大力弘扬了“追逐梦想、勇于探索、协同攻坚、合作共赢”的探月精神，令广大受众为之动容。

零的突破！中国双季早粳稻在江西诞生

作品信息

作品类型：三等奖・消息
刊播单位：江西广播电视台
报送单位：江西省新闻工作者协会
作　　者：李先、汤云柯
编　　辑：何灵、黄茹、刘佳
作品时长：2 分
刊播栏目：江西综合・新闻广播《全省新闻联播》
首发日期：2021 年 7 月 20 日

江西广播电视台

作品简介

“中科发早粳 1 号”新品种在江西省宜春市上高县选育成功，记者敏锐地抓住了“中科发早粳 1 号”新品种亩产成功测产的时间节点，当天发稿，具有鲜明的时效性。中科院专家精辟点题，使稿件主题更加凸显。

获奖理由

国以农为本，农以种为先。作品布局巧妙、脉络清晰、层层递进，文字简练、精准，录音简洁、生动，充分发挥广播特色，是一篇极具权威性、富有层次感、简洁明快、影响广泛的优秀广播短消息。

新媒体展示

使用手机扫描下方二维码，即可观看本条获奖作品的新媒体展示。

鞍钢重组本钢 全球第三大钢铁"航母"踏浪启航

作品信息

作品类型：三等奖·消息
刊播单位：辽宁广播电视集团(台)
报送单位：辽宁省新闻工作者协会
作　　者：陈平、孔祥东、宋宇宁、陈昊、何东泽
编　　辑：赫英立、赵力、杨光
作品时长：3分
刊播栏目：辽宁卫视《第一时间》
首发日期：2021年8月22日

作品简介

记者通过有设计、有层次的采访，对新闻事件的背景、意义进行了充分延展和梳理，并通过对"新鞍钢"竞争力、创新力、控制力、影响力、抗风险能力显著增强的深入剖析，彰显出这一新闻事件的重大意义和深远影响。

新媒体展示

使用手机扫描下方二维码，即可观看本条获奖作品的新媒体展示。

获奖理由

该报道主题重大、采访深入、逻辑清晰，在有限时间内对重大新闻事件的背景、意义、深远影响进行了充分解读和延展，正向舆论引导效果明显，体现了主流媒体在重大新闻事件上的匠心与担当。

货拉拉道歉:每次改进都用生命来换,代价太惨痛!

作品信息

作品类型:三等奖·评论
刊播单位:工人日报社
报送单位:工人日报社
作　　者:龚先生(罗筱晓)
编　　辑:刘文宁、张子谕
作品字数:1287 字
刊播平台:工人日报客户端、中国工会网、工人日报微信公众号、工人日报微博账号
首发日期:2021 年 2 月 24 日

作品简介

文章从“女子跟车搬家途中坠亡”的新闻切入,探讨新兴行业发展过程中消费者与从业者人身安全话题,选题辐射人群范围广,具有鲜明的现实针对意义。文章以融媒体形式刊发,行文简洁通俗又不失深度与力量。

获奖理由

文章坚持正确的政治导向,针对与人民群众息息相关的新兴行业暴露的问题及时发声、大胆发声,逻辑严谨,论据充分,论点鲜明有力,发挥了主流媒体在融媒体时代的舆论监督、舆情引导作用。

新媒体展示

使用手机扫描下方二维码,即可观看本条获奖作品的新媒体展示。

民主制度比较的现实课

作品信息

作品类型:三等奖 · 评论
刊播单位:中国纪检监察报社
报送单位:中央纪委国家监委新闻传播中心
作　　者:兰琳宗
编　　辑:集体
作品字数:1175 字
刊播版面:要闻 1 版
首发日期:2021 年 3 月 21 日

作品简介

评论深入学习习近平总书记关于民主制度的重要论述,讲述中国生命至上抗击疫情、打赢脱贫攻坚战摆脱贫困、“两会”代表委员发扬民主履职尽责等事实,深刻说明中国式民主行得通、很管用,得到了最广大中国人民的衷心拥护。

新媒体展示

使用手机扫描下方二维码,即可观看本条获奖作品的新媒体展示。

获奖理由

该评论深入学习贯彻习近平新时代中国特色社会主义思想,特别是习近平总书记关于民主制度的重要论述,为舆论场上振奋自信自强的精神力量,提升中国人的志气、骨气、底气发挥了积极作用。

以制度力量推动 接诉即办向前一步

作品信息

作品类型：三等奖 · 评论
刊播单位：北京日报社
报送单位：北京市新闻工作者协会
作　　者：胡宇齐
编　　辑：毛颖颖、张砥
作品字数：1736 字
刊播版面：3 版
首发日期：2021 年 6 月 4 日

北京日報

作品简介

在接诉即办工作机制经过两年实践进入立法阶段的重要节点，《北京日报》评论部积极策划推出评论文章，深刻剖析接诉即办的创新意义、价值宗旨，阐释立法的紧要性、必要性，为城市治理体系创新的“北京方案”鼓与呼。

获奖理由

文章站位高、格局大、论述清晰、逻辑扎实、影响力大，展现出相当高的理论高度，彰显了党报的核心功能，发挥了舆论引导的作用，既是对接诉即办工作机制的阶段性总结，也对工作的进一步开展提出了建议。

新媒体展示

使用手机扫描下方二维码，即可观看本条获奖作品的新媒体展示。

爱心厨房
善待也要善治

作品信息

作品类型:三等奖·评论
刊播单位:浙江广播电视集团
报送单位:浙江广播电视集团
作　　者:姜晓丹、季晓青、龚奇、王文炳
编　　辑:周新科、赵奕
作品时长:12 分
刊播栏目:浙江卫视《正午播报》
首发日期:2021 年 12 月 30 日

作品简介

记者改变报道角度,探究"爱心厨房合情不合法"的真相,并记录了它从违法占道到合法搬迁合规运营的全过程,真实反映了民间公益项目发起以及运行中遇到的普遍性问题,探讨了政府应该在其中扮演什么样的角色。

新媒体展示

使用手机扫描下方二维码,即可观看本条获奖作品的新媒体展示。

获奖理由

作品直击"爱心厨房"的尴尬处境——一面是广受赞誉的公益品牌,一面是违章建筑且扰民,从而开掘出善待与善治公益慈善事业的公共议题,既有很浓的"电视味",也有很强的"评论性"。

见证三湘儿女矢志不渝的奋斗
——“矮寨不矮、时代标高”系列评论之一

作品信息

作品类型：三等奖 · 评论
刊播单位：湖南日报社
报送单位：湖南省新闻工作者协会
作　　者：集体
编　　辑：易博文
作品字数：1288 字
刊播版面：1 版
首发日期：2021 年 3 月 18 日

湖南日報

作品简介

在“矮寨不矮、时代标高”大型主题报道活动中，《湖南日报》评论员在湘西进行了为期 6 天的采访，精心策划、反复推敲，撰写了《见证三湘儿女矢志不渝的奋斗》一文。对比其他媒体的相关报道，这篇评论匠心独运、意境深远。

获奖理由

文章发布坚持移动优先策略，全网总点击量破 500 万人次。该文观点铿锵有力，行文流畅，论证充分，条理清晰，唱响了主旋律，真正发挥了党报评论“风向标”“定音鼓”的作用。

新媒体展示

使用手机扫描下方二维码，即可观看本条获奖作品的新媒体展示。

为担当者担当
打破“洗碗效应”怪圈

作品信息

作品类型：三等奖·评论
刊播单位：山东广播电视台
报送单位：山东广播电视台
作　　者：张聪、辛倩、郑茂生
编　　辑：李献刚
作品时长：11 分
刊播栏目：综合广播《新闻焦点》
首发日期：2012 年 12 月 29 日

作品简介

记者敏锐地抓取了菏泽市容错纠错典型新闻事件，广泛采访当事人、纪检十部、专家等，透过现象看本质，对不担当不作为“躺平式”干部的刻画一针见血，同时树立了有担当敢作为干部的正面形象。

新媒体展示

使用手机扫描下方二维码，即可观看本条获奖作品的新媒体展示。

获奖理由

这则广播评论敏锐抓取菏泽市容错纠错典型案例，直面干部中“不洗碗，不会打碗，少洗碗，就少打碗”的躺平倾向，选题精当、采访深入、以事论理，充分发挥了广播评论的特质，引起受众强烈共鸣。

少些“数”缚

作品信息

作品类型：三等奖 · 评论
刊播单位：辽宁日报社
报送单位：辽宁省新闻工作者协会
作　　者：关艳玲
编　　辑：柏岩英、唐成选
作品字数：662 字
刊播版面：1 版
首发日期：2021 年 5 月 13 日

作品简介

《辽宁日报》记者发现基层被频繁“报数”、统计数字所困扰这一现象后，确定这一选题。作品生动形象地反映了基层实际、基层心声，分析了问题产生的原因和后果，呼吁多为基层减负，真正保护、激发基层干劲。

获奖理由

从《辽宁日报》“赶劲儿”的报道中，受众可以感受到中央、省委对于“坚决整治形式主义，减轻基层负担”的决心和力度。报道凝聚了共识，更向基层传递了正能量。稿件在报纸和辽宁日报客户端同时发布，在网络上引发热烈反响。

新媒体展示

使用手机扫描下方二维码，即可观看本条获奖作品的新媒体展示。

复兴之路中国粮

作品信息

作品类型:三等奖·评论
刊播单位:农民日报社
报送单位:农民日报社
作　　者:仲农平(江娜)
编　　辑:施维、白锋哲
作品字数:9384 字
刊播版面:要闻 1 版
首发日期:2021 年 11 月 10 日

作品简介

文章首先从历史脉络入手,其后落到当下,对粮食安全"国之大者"的重要地位进行了充分论述,总结了我国粮食高质量发展之路,对于引导公众正确认识我国粮食安全的意义、推动各地扎实做好粮食生产工作具有积极作用。

新媒体展示

使用手机扫描下方二维码,即可观看本条获奖作品的新媒体展示。

获奖理由

这篇文章抓住我国粮食即将迎来"十八连丰"这一重大宣传契机,以融通古今、纵横八方的笔法,串联起大量关于粮食的历史典故和现实事件,写出了粮食大历史的沧桑厚重之感,令人深受启发。

稻水矛盾，破解何方？

作品信息

作品类型：三等奖·通讯
刊播单位：农民日报社
报送单位：农民日报社
作　　者：胡立刚、冯克、李纯
编　　辑：郑惊鸿、王刚
作品字数：4568 字
刊播版面：要闻 1 版
首发日期：2021 年 10 月 30 日

作品简介

记者敏锐觉察到总书记在宁夏考察时强调要注意解决好稻水矛盾这一重大命题，先后赴上海、安徽、海南等育种基地和推广种植区域，对上海农科院罗利军团队进行深度探访，使得报道的典型意义更为重大和深远。

获奖理由

作品聚焦保粮食安全与生态安全这一重大命题，以一个科研团队矢志研究节水抗旱稻、致力解决稻水矛盾的故事为切入点，体现了较强的政治敏锐性和新闻敏感性，彰显了“三农”主流媒体的责任与担当。

新媒体展示

使用手机扫描下方二维码，即可观看本条获奖作品的新媒体展示。

“风”“光”这边更好

作品信息

作品类型：三等奖·通讯
刊播单位：吉林日报社
报送单位：吉林省新闻工作者协会
作　　者：栾哲、杨悦
编　　辑：周力、李玉鑫、宋方舟
作品字数：2592 字
刊播版面：要闻 1 版转 2 版
首发日期：2021 年 6 月 7 日

作品简介

作品结构严谨、布局合理，从“缘起”“蓝图”“先机”三个层面，梳理了吉林新能源产业发展的脉络，突出点明吉林打造这一重大工程的发展逻辑，充分展示出吉林贯彻新发展理念的决心与信念。

新媒体展示

使用手机扫描下方二维码，即可观看本条获奖作品的新媒体展示。

获奖理由

这是一篇出色的通讯报道，是践行“四力”的好作品。记者结合走基层掌握的鲜活事例，全面展示了吉林省新能源工程的美景。作品点面结合，脉络清晰，结构严谨，行文清新，语言朴实通俗，现场感强，是一篇难得的佳作。

12 本护照上的"20 年"

作品信息

作品类型：三等奖 · 通讯
刊播单位：湖北日报社
报送单位：厦门大学新闻传播学院
作　　者：肖丽琼、黄琼
编　　辑：韩炜林、谢斌、廖志慧
作品字数：2694 字
刊播版面：14 版
首发日期：2021 年 12 月 13 日

作品简介

记者选取护照中 4 个签注背后的故事，围绕"入世"20 年如何深刻改变中国、深刻影响世界的主题来写作，以饱含情感的笔触刻画成文，"管中窥豹"，故事化展现"入世"20 年给中国带来的新变化、中国给世界带来的新机遇。

获奖理由

作品巧妙地将护照、签证与出海故事相结合，反映出 20 年来中国与世界深度融合、共享机遇、共同成长的时代变化。作品角度新颖、故事生动，是一篇以新视角映照大时代、以正能量提振精气神、以小切口展现大背景的精品佳作。

新媒体展示

使用手机扫描下方二维码，即可观看本条获奖作品的新媒体展示。

全国网围养殖第一湖被“记”下“三笔账”后

作品信息

作品类型：三等奖·通讯
刊播单位：常州晚报社
报送单位：江苏省新闻工作者协会
作　　者：沈向阳、赵鹤茂
编　　辑：胡国华、王益芳、李益钧
作品字数：4821 字
刊播版面：2 版转 3 版
首发日期：2021 年 10 月 7 日

常州晚报

作品简介

多年来，江苏长荡湖以“生态”换“生产”的做法造成了严重的环境污染和生态破坏，“三笔账”笔笔惊心动魄。记者抓住这个全国典型进行深入采访，揭示出多重教训，并从教训中得出一定的启示。

新媒体展示

使用手机扫描下方二维码，即可观看本条获奖作品的新媒体展示。

获奖理由

这篇报道不是通常的环保生态从被破坏损害到被保护修复的故事讲述，而是抓住社会主要矛盾发生变化后，一个全国典型的蜕变，具有深刻的反思性。其最大价值之一是对教训的揭示，给全社会带来广泛而深刻的启示。

跳绳八年，跳出两个“零”

作品信息

作品类型：三等奖·通讯
刊播单位：中国教育报社
报送单位：中国行业报协会
作　　者：集体
编　　辑：王强、郭馨泽
作品字数：2515 字
刊播版面：1 版
首发日期：2021 年 4 月 15 日

作品简介

作品聚焦睢宁县庆安镇骑路小学在青少年体质健康方面的坚守与成效，深入探寻了这所村小的育人奥秘。骑路小学的办学经验为中小学特色发展提供了有益借鉴。

获奖理由

作品挖掘了学校的育人举措，探索了特色办学和内涵发展的故事，选点小而准，采访深而实，体现了行业媒体的专业视角，对基础教育阶段抓好青少年体质健康工作的优秀经验起到积极的推广作用。

新媒体展示

使用手机扫描下方二维码，即可观看本条获奖作品的新媒体展示。

603 枚红手印

——全国脱贫攻坚先进个人李洪文和叶家坡村的故事

作品信息

作品类型：三等奖 · 通讯
刊播单位：济南日报社
报送单位：山东省新闻工作者协会
作　　者：李小梦
编　　辑：曹雷、郭锐、张敏
作品字数：2992 字
刊播版面：1 版
首发日期：2021 年 12 月 26 日

作品简介

稿件以李洪文作为“第一书记”派驻叶家坡村六年为大背景，讲述了他直面现实困难，坚持紧抓基层党建、基础设施、特色产业三条主线，攻坚克难，锲而不舍地带领村民破除贫困，打开乡村开放、振兴大门的感人故事。

新媒体展示

使用手机扫描下方二维码，即可观看本条获奖作品的新媒体展示。

获奖理由

稿件彰显了全国脱贫战线上“第一书记”们的精神与担当，采访扎实深入，语言生动具体，向读者呈现了新时代共产党人的为民情怀以及广大群众对党员干部的信赖之情，营造了浓厚的社会舆论氛围，极大地凝聚了正能量。

“世纪工程”背后的牵挂

作品信息

作品类型：三等奖 · 通讯
刊播单位：西藏日报社
报送单位：西藏自治区新闻工作者协会
作　　者：张黎黎、赵书彬
编　　辑：刘文涛、赵瑞阳、苏显丰
作品字数：2385 字
刊播版面：1 版
首发日期：2021 年 12 月 15 日

作品简介

作品从川藏铁路为何是“实现第二个百年奋斗目标进程中的标志性工程”、为何被称为“世纪工程”这一角度切入，深挖其背后凝聚的历代中央领导集体的深切牵挂，展现了西藏人民奋力迈进新征程的信心和决心。

获奖理由

稿件以川藏铁路全线开工建设进入新阶段为切口，向社会彰显了川藏铁路选线开工建设的重大意义和作用，体现出以习近平同志为核心的党中央对西藏经济社会发展和西藏人民的关怀，是以小切口展现大主题的典型代表作品。

新媒体展示

使用手机扫描下方二维码，即可观看本条获奖作品的新媒体展示。

百花潭公园里，为何餐馆林立？

作品信息

作品类型：三等奖·通讯
刊播单位：四川日报社
报送单位：四川省新闻工作者协会
作　　者：郭静雯
编　　辑：姜明、王欢、杨琴
作品字数：4150 字
刊播版面：6 版
首发日期：2021 年 3 月 31 日

四川日报

作品简介

稿件以“文字＋暗访视频”的形式，揭露了成都在打造公园城市过程中引进社会资本后出现的乱象，并对话公园城市专家学者，让他们就“公园城市建设过程中，如何平衡公共利益和经济效益”这一焦点问题建言献策。

新媒体展示

使用手机扫描下方二维码，即可观看本条获奖作品的新媒体展示。

获奖理由

该稿件证据充分扎实，无可辩驳；写作选材精当，逻辑清晰严密，是一篇重磅舆论监督报道，体现了新闻记者的“脚力、眼力、脑力、笔力”，彰显了新闻媒体的责任担当与政治使命，推动了成都公园城市建设及时查缺补漏、落实整改。

一万个馕　九千里路

作品信息

作品类型：三等奖 · 通讯
刊播单位：河南日报社
报送单位：河南省新闻工作者协会
作　　者：方化祎、李昊
编　　辑：李芳
作品字数：774 字
刊播版面：1 版
首发日期：2021 年 7 月 29 日

作品简介

作品采用图、文、视频相结合的方式，记录了少数民族同胞支援灾区人民，共抗汛情的场景，“礼”虽轻情谊却重，用不同民族同胞间手足相亲、守望相助的故事，为抗洪救灾和民族团结营造了良好的舆论氛围。

获奖理由

作品呈现了维吾尔族同胞对汉族受灾民众的深情援助，折射出中华民族共同体意识日益增强的时代主题，朴实生动，稿短情长；涵盖了抗汛救灾、扶危济困、民族团结、对口援疆等社会关注的新闻元素，展现了新闻事件巨大的内在张力。

新媒体展示

使用手机扫描下方二维码，即可观看本条获奖作品的新媒体展示。

The People Who Build Xinjiang
(致敬默默无闻的新疆建设者)

作品信息

作品类型：三等奖·通讯
刊播单位：中国外文局美洲传播中心（北京周报社）
报送单位：中国外文出版发行事业局
作　　者：李芳芳
编　　辑：王海荣
作品字数：1759 字
刊播版面：《北京周报》2021 年第 24 期
首发日期：2021 年 6 月 17 日

作品简介

作品通过实际体验和真实采访，向广大海外受众讲述了新疆人的真实生活和生产情况，将新疆视角和国际传播视角充分融合，将个人经历与新疆发展历程相结合，以一手采访为基础，事实与数字、文章与视频兼备，攻破西方谎言。

新媒体展示

使用手机扫描下方二维码，即可观看本条获奖作品的新媒体展示。

获奖理由

该作品是创作者多年深耕涉疆报道和海外传播领域的创新之作，主题重大，有锐度有温度；叙事时间跨度大，体现了历史厚重感；立意高远，细节感人，充分体现了融媒体报道的理念，引导读者思考什么才是全面、真实的新疆。

一趟跨越 4700 公里的“免费代驾”

作品信息

巴音郭楞日报

作品类型：三等奖 · 通讯
刊播单位：巴音郭楞日报社
报送单位：中国地市报研究会
作　　者：杨柳青
编　　辑：白云、张晶
作品字数：1502 字
刊播版面：9 版
首发日期：2021 年 12 月 24 日

作品简介

记者在库尔勒市走访“结对亲戚”时，得知曼苏尔 · 帕塔尔和同村村民买买提 · 努尔东“免费代驾”，将在新疆意外受伤的江苏籍司机赵序磊的货车开往其江苏沛县老家。记者通过深入采访，以蘸满情感的笔触将其刻画成文。

获奖理由

稿件以事实说话、以情动人，通过大量细节生动呈现了两位维吾尔族大货车司机和赵序磊交往、交流、交融的心路历程及他们的内心世界和精神风貌。新疆棉、长途路，朋友义、民族情，素材典型独特，以小故事折射出大主题。

新媒体展示

使用手机扫描下方二维码，即可观看本条获奖作品的新媒体展示。

今天，阿佤人民再唱新歌

作品信息

作品类型：三等奖·通讯
刊播单位：云南日报社
报送单位：云南省新闻工作者协会
作　　者：李绍明、谢进、崔仁璘
编　　辑：徐保祥
作品字数：1934 字
刊播版面：要闻 1 版转 2 版
首发日期：2021 年 8 月 21 日

云南日报

作品简介

记者深入走访佤山村寨，采访老支书、村干部、村民等，从亲历者的微观角度讲述了佤族人民摆脱贫困、过上好日子的故事，表达了佤族人民世世代代跟着共产党走、把家乡建设得更加美丽富饶的坚定决心。

新媒体展示

使用手机扫描下方二维码，即可观看本条获奖作品的新媒体展示。

获奖理由

报道展现了佤族群众听党话、跟党走、感党恩以及阿瓦山发生翻天覆地变化的生动场景，激发了全省各地巩固拓展脱贫攻坚成果、全面推进乡村振兴的信心与热情，为促进各民族共同富裕、边疆繁荣稳定营造了良好的舆论氛围。

For City's Darkest Day, Justice Is Still to Be Dispensed
(至暗的一天,未至的正义)

作品信息

作品类型:三等奖·通讯
刊播单位:中国日报社
报送单位:中国日报社
作　　者:赵旭
编　　辑:JohnNicholson、张磊、陈婕
作品字数:4053 字
刊播版面:10 版、11 版
首发日期:2021 年 7 月 3 日

作品简介

作品充分运用历史图片带来的厚重感,点明了贯穿富兰克林祖孙三代人生的,不仅是大屠杀引发的记忆创伤,更是重建工作背后坚韧顽强的追求平等精神,也展现了种族大屠杀事件幸存者们对美国政府的普遍性失望。

获奖理由

作品以塔尔萨种族大屠杀 100 周年为题,深挖美国种族问题的根源,深刻揭露“美式民主”的虚幻,以及美国在“人权卫士”的幌子下对少数族裔的歧视和压迫,真实反映了美国社会在种族问题上的深层不平等。

新媒体展示

使用手机扫描下方二维码,即可观看本条获奖作品的新媒体展示。

鳡重现 刀鲚增长 江豚频出
十年禁渔让九江再现江湖美景

作品信息

作品类型：三等奖·通讯
刊播单位：九江日报社
报送单位：江西省新闻工作者协会
作　　者：程静
编　　辑：刘维阳、巢宏伟、王红旗
作品字数：2240 字
刊播版面：要闻 1 版
首发日期：2021 年 6 月 8 日

作品简介

记者深入鄱阳湖水域多方采访，以长江、鄱阳湖珍稀、濒危物种的回归反映出长江“十年禁渔”是党中央“为全局计、为子孙谋”的重要决策，是扭转长江生态环境恶化趋势的关键之策。

新媒体展示

使用手机扫描下方二维码，即可观看本条获奖作品的新媒体展示。

获奖理由

作品以“小切口”反映出国家政策的“大利好”：“十年禁渔”仅一年，长江、鄱阳湖水域生境明显改善，渔业资源有效恢复，多样性水平逐步提升，以九江一域之变化展现总书记所开“良方”的意义和成效。

钢渣厂原址 “沉渣又泛起”

作品信息

作品类型：三等奖 · 通讯
刊播单位：青岛日报社
报送单位：山东省新闻工作者协会
作　　者：张华、于滈、崔武
编　　辑：张羽、杨波、刘岱
作品字数：2248 字
刊播版面：6 版“曝光台”
首发日期：2021 年 1 月 8 日

青岛日报

作品简介

记者爬渣土山、钻铁丝网、乔装打扮混入厂区，多方搜集资料佐证违规行为，通过一系列暗访取证行动调查了钢渣厂旧址施工现场的真实情况，推动了环保措施的落地见效，加强了对产生污染的企业、场地的监控。

获奖理由

报道一针见血，直击问题“要穴”，推动了环保措施的落地见效，为青岛市通过老企业搬迁搬出新产业、新空间、新环境的战略部署贡献了党媒的监督力量，体现了党媒的舆论监督之力、推动工作之效。

新媒体展示

使用手机扫描下方二维码，即可观看本条获奖作品的新媒体展示。

方便群众停车
机关大院“留门儿”

作品信息

作品类型:三等奖 · 通讯
刊播单位:天津海河传媒中心
报送单位:天津市新闻工作者协会
作　　者:雷风雨
编　　辑:王晓阳
作品字数:1123 字
刊播版面:《今晚报》1 版
首发日期:2021 年 5 月 3 日

今晚报

作品简介

记者通过多方采访,深入探寻了机关事业单位向附近居民免费开放停车泊位、机关大院“留门儿”方便群众停车的新闻线索,提出破解群众停车难问题的措施和建议,折射出“民意高于天”的民本情怀。

新媒体展示

使用手机扫描下方二维码,即可观看本条获奖作品的新媒体展示。

获奖理由

这是一篇扎根泥土、反映当今时代主题、传递百姓期盼的走基层报道。在客观描述中,“执政为民”一词虽没有出现,却被深深融入稿件里,体现出“走转改”的精神实质。该作品是一篇弘扬主旋律、表现时代大主题的精品力作。

盐巴女人

作品信息

作品类型：三等奖·通讯
刊播单位：中国妇女报社
报送单位：中国妇女报社
作　　者：张明芳、肖睿
编　　辑：吴瑛、孔一涵、谢威
作品字数：6756 字
刊播版面：4 版“视点”
首发日期：2021 年 11 月 5 日

作品简介

文章以盐贯穿全篇，展现了手工制盐的过程、茶马古道的艰险、采盐女与千年盐田的牵绊与纠葛，也生动地呈现了时代的发展给这片古老的土地带来的希望与改变，同时折射出在时代的冲击下采盐女不可避免的困惑与无奈。

获奖理由

记者深入西藏芒康地区，讲述了老、中、青三代采盐女的生活与故事。文章题材新颖、采访深入、文风平实、细节传情、注重融合传播，将藏族采盐女这一群体带入受众视线，体现了媒体的人文关怀和社会责任。

新媒体展示

使用手机扫描下方二维码，即可观看本条获奖作品的新媒体展示。

啃下多少硬骨头
才能成为“奋斗者”

作品信息

作品类型：三等奖·通讯
刊播单位：中国科学报社
报送单位：中国科技新闻学会
作　　者：陈欢欢
编　　辑：肖洁、王方
作品字数：3335 字
刊播版面：1 版
首发日期：2021 年 1 月 14 日

作品简介

报道通过中科院杨锐团队勇挑重担，在研制特殊材料过程中，敢啃硬骨头、敢打硬仗，用自己的奉献和智慧，登上世界之巅，解决了国家燃眉之急的奋斗故事，生动诠释了什么是原创科研和科学家精神。

新媒体展示

使用手机扫描下方二维码，即可观看本条获奖作品的新媒体展示。

获奖理由

该文采访翔实、细节丰满，生动讲述了“奋斗者”号这一大国重器背后曲折的创新故事，同时也将成果背后隐姓埋名、默默奉献的科研工作者介绍给公众，弘扬了爱国、创新、奉献的科学家精神，坚定了创新自信。

旱　井

作品信息

作品类型:三等奖・新闻专题
刊播单位:山西广播电视台
报送单位:山西省新闻工作者协会
作　　者:蔺建秀、耿辉旺、高本增
编　　辑:耿辉旺
作品时长:36 分
刊播频道:山西电视台经济与科技频道
首发日期:2021 年 7 月 4 日

作品简介

本片真实记录了"百年旱井村"山西省翼城县南岭村决战决胜脱贫攻坚的故事,用镜头记录了南岭村打赢饮水安全脱贫攻坚战的全过程,人物真实质朴、故事生动感人,呈现出脱贫攻坚战的累累硕果。

获奖理由

作品真实记录了"百年旱井村"脱贫攻坚的生动实践,立意高远、主题深刻、手法新颖、挖掘深入、制作精良,用最本真的镜头语言讲述了干部群众上下一心、群策群力、攻坚克难,彻底解决南岭村村民饮水安全问题的故事。

新媒体展示

使用手机扫描下方二维码,即可观看本条获奖作品的新媒体展示。

大熊猫“降级”保护区“上新”

作品信息

作品类型:三等奖·新闻专题
刊播单位:四川广播电视台
报送单位:四川省新闻工作者协会
作　　者:敬思秋、徐小辉、薛怀刚、王娴、范义勇
编　　辑:薛怀刚、王娴、范义勇
作品时长:21 分
刊播栏目:新闻频道《全媒直播间》
首发日期:2021 年 12 月 30 日

作品简介

作品结合 2021 年度大熊猫的两件大事进行深度报道,既有深入的解读,又有新鲜的故事,深入挖掘了大熊猫保护研究过程中鲜为人知的感人故事,以及国家和地方为建设大熊猫国家公园所作的不懈努力。

新媒体展示

使用手机扫描下方二维码,即可观看本条获奖作品的新媒体展示。

获奖理由

作品生动展现了大熊猫保护事业背后的中国智慧、中国担当。大熊猫“降级”、保护区“上新”,其背后都是中国对保护大熊猫、保护生物多样性、促进人与自然和谐发展、践行“绿水青山就是金山银山”理念一以贯之的努力。

有　光

作品信息

作品类型：三等奖·新闻专题
刊播单位：苏州广播电视总台
报送单位：中国社会科学院新闻与传播研究所
作　　者：沈玲、周瑶、孙润伟、陶一鹏、乔伟力、路文欣、霍中杰
编　　辑：孙欣、潘文龙
作品时长：24 分
刊播频道：苏州电视台文化生活频道
首发日期：2021 年 12 月 30 日

作品简介

该片讲述了三名心智障碍者在企业、家庭和社会的帮助下，自尊自立自强的感人故事，成功塑造了一群遭遇不幸却依然阳光乐观的人。人物可信可爱可亲，节目见人见事见精神，生动展现了我国在建设共融社会方面所作的努力。

获奖理由

该片通过深入残障人群工作、生活的现场报道，消除了普通人对心智障碍者的刻板印象，推动当下社会从“助残思维”向“共融思维”发展，探讨在共同富裕背景下，通过残健融合建设共融社会的时代命题。

新媒体展示

使用手机扫描下方二维码，即可观看本条获奖作品的新媒体展示。

格桑花开雪域边陲
——苹果树下的科学梦

作品信息

作品类型：三等奖·新闻专题
刊播单位：西藏广播电视台
报送单位：西藏自治区新闻工作者协会
作　　者：集体
编　　辑：集体
作品时长：10 分
刊播栏目：西藏卫视《午间新闻》
首发日期：2021 年 12 月 7 日

作品简介

记者深入边境一线，走进八所边疆小学，紧抓“富民强边”“科教兴国”“民族团结”三大主题，将科学送给最远方的孩子。节目展示了“富民强边”的丰硕成果和牢记“边境稳定繁荣，祖国欣欣向荣”的边境好少年的风采。

新媒体展示

使用手机扫描下方二维码，即可观看本条获奖作品的新媒体展示。

获奖理由

节目展示了边疆地区人民“争做神圣国土守护者、幸福家园建设者”的坚定信心和朴素情感，用实拍画面和真人讲述向世界展示西藏各民族团结、和谐的面貌，为国内外了解新时代的新西藏打开了一扇窗。

再醒惊天下
——聚焦三星堆新一轮考古发掘成果

作品信息

作品类型：三等奖 · 新闻专题
刊播单位：川观新闻客户端
报送单位：四川省新闻工作者协会
作　　者：集体
编　　辑：孙琪、梁庆、邓童童
作品字数：4090 字
刊播平台：川观新闻客户端
首发日期：2021 年 3 月 20 日

作品简介

该作品为 H5 大型交互融媒体专题，以三星堆青铜神树形象为原型，极富动感与视觉冲击力。该专题在全面介绍三星堆新一轮考古成果的同时，生动地展示了三星堆遗址的文化内涵，呈现了博大精深的中华文明。

获奖理由

该专题匠心独运，令人在赏心悦目的专题阅览体验中形成对古蜀文明的直观感受，将作为中华文明多元一体实证的三星堆以具象的方式呈现出来，用新媒体的力量，助推中国特色、中国风格、中国气派的考古学传播。

新媒体展示

使用手机扫描下方二维码，即可观看本条获奖作品的新媒体展示。

重返陡崖：昔日光头山　今朝绿满坡

作品信息

作品类型：三等奖·新闻专题
刊播单位：巫溪县融媒体中心
报送单位：重庆市新闻工作者协会
作　　者：乔洛阳、王磊、刘大洋、吴启寒、蒋淑琴、刘鑫
编　　辑：伍黎明、刘鹏、田由波
作品时长：10 分
刊播栏目：巫溪综合频道《巫溪新闻》
首发日期：2021 年 6 月 29 日

作品简介

2017—2021 四年间记者的数次探访，见证了巫溪荒山变绿的过程，群山环绕的巫溪宁厂古镇更是成为热门旅游目的地，这不仅让全国观众真实地感受到植树造林恢复生态的不易，更见证了“绿水青山就是金山银山”。

新媒体展示

使用手机扫描下方二维码，即可观看本条获奖作品的新媒体展示。

获奖理由

巫溪“陡崖植树人”们通过不懈努力，在悬崖峭壁间种下了绿色的希望。记者用纪实的手法对这一过程作了全面记录，记录了时代，记录了历史变迁，故事生动，感人至深，引发共鸣。

接力救护　生命至上

作品信息

作品类型：三等奖 · 新闻专题
刊播单位：新疆广播电视台
报送单位：新疆维吾尔自治区新闻工作者协会
作　　者：集体
编　　辑：赖莉莎、邓鸣琴、姜晓丽
作品时长：12 分
刊播栏目：新疆卫视《今日聚焦》
首发日期：2021 年 5 月 11 日

中国新疆广播电视台

作品简介

该片讲述了社会各界接力救助维吾尔族断臂男孩的故事，感人至深。真实质朴的记录，体现了各族干部群众大爱无疆的情怀，生动展现了新疆各族群众生命权、健康权等基本人权得到充分保障的真实状况。

获奖理由

作品扣人心弦，细节真实动人，讲出了一个“人民至上、生命至上”的中国故事。作品放眼国际舆论场，用事实说话，回击美西方反华势力以人权为借口攻击中国治疆方略的杂音，让世界看到了真实的新疆。

新媒体展示

使用手机扫描下方二维码，即可观看本条获奖作品的新媒体展示。

脱贫攻坚中的文化力量

作品信息

作品类型：三等奖 · 新闻专题
刊播单位：掌上兰州客户端
报送单位：甘肃省新闻工作者协会
作　　者：卢伟山、王建、叶满山、赵梓伊
编　　辑：崔雪茜、钟文静、陈若梦
作品时长：16 分
刊播平台：掌上兰州客户端
首发日期：2021 年 4 月 12 日

作品简介

该系列短视频作品从乡村支教、书画市场、民办艺校、草编手工等方面入手，以有温度、有深度、有情怀的扶贫扶智故事，生动讲述了文化助力脱贫致富的基层实践，为巩固拓展脱贫成果以及与乡村振兴有效衔接汇聚了精神力量。

新媒体展示

使用手机扫描下方二维码，即可观看本条获奖作品的新媒体展示。

获奖理由

该系列短视频作品紧扣时代脉搏，前期拍摄扎实深入，后期制作精良，成片风格清新，镜头语言富有感染力，通过创新性表达、视频化呈现、系列式讲述，书写了以文化力量助力打赢脱贫攻坚战的甘肃篇章、中国故事。

俯身“对话”3000 年

作品信息

作品类型:三等奖 · 新闻专题
刊播单位:中国教育电视台
报送单位:中国教育电视协会
作　　者:刘哲铭、施琦
编　　辑:集体
作品时长:9 分
刊播栏目:《教育新闻直播间》
首发日期:2021 年 5 月 6 日

作品简介

本片以两位分别从事考古发掘和文物保护的年轻人为主要拍摄对象,角度新颖、镜头考究。片中饱满的细节,展现了年轻考古人认真、踏实的精神,也让我们对中国考古事业未来的发展充满信心。

获奖理由

该片把镜头对准新一代考古人,通过青年考古人的视角,充分展示我国考古事业后继有人、充满生机的现状,体现出一代代考古人的初心与传承,促使受众特别是青少年,进一步增强历史自觉、坚定文化自信。

新媒体展示

使用手机扫描下方二维码,即可观看本条获奖作品的新媒体展示。

青春正当时
——高原上的女兵班

作品信息

作品类型:三等奖·新闻专题
刊播单位:芒果 TV
报送单位:湖南省新闻工作者协会
作　　者:蔡怀军、梁德平、杨喜卿、周山、吴梦知、周一凡、孙璐
编　　辑:钟山、王彬人、朱宵涵
作品时长:22 分
刊播平台:芒果 TV
首发日期:2021 年 7 月 1 日

作品简介

该系列专题有着独树一帜的青春气息,不仅展现了女兵们在军队中的飒爽英姿,而且关注了她们戎装之下真实、丰富而多元的另一面,用细腻的镜头呈现了她们的信仰与坚守、温暖与柔情,引发受众的共鸣。

新媒体展示

使用手机扫描下方二维码,即可观看本条获奖作品的新媒体展示。

获奖理由

该系列专题以个体见时代、以青春抒深情,不流于说教,不强行灌输,用真实存在于广大青年中的榜样,引导当代年轻人主动学习和领悟党的精神,书写“不负青春、不负韶华、不负时代”的青春宣言。

我在“一大”修房子

作品信息

作品类型：三等奖 · 新闻专题
刊播单位：上海广播电视台
报送单位：上海市新闻工作者协会
作　　者：戴晶磊、李连达、屠佳运、陶余鑫、师玉诚
编　　辑：叶钧、朱世一
作品时长：17 分
刊播栏目：《1/7》
首发日期：2021 年 5 月 10 日

SMG
上海广播电视台
上海文化广播影视集团有限公司
SHANGHAI MEDIA GROUP

作品简介

摄制组在近五个月时间里，独家全程记录下中共一大会址这座红色地标的“焕新之路”。本片以“记者学艺”的体验式报道方式不间断推出新媒体短视频，语态鲜活，将重大题材讲活讲透，使其入耳入心。

获奖理由

该片是对“百年一大”修缮情况的独家全过程记录，采访生动，制作精良。该片十分注重用“人”的视角来观察和感受这一重大保护工程，将对建党百年的纪念与对历史文化遗产的保护紧密结合在一起。

新媒体展示

使用手机扫描下方二维码，即可观看本条获奖作品的新媒体展示。

2021 见证|稻香四季 青青柳河湾

作品信息

作品类型:三等奖·新闻专题
刊播单位:V观阜新客户端
报送单位:辽宁省新闻工作者协会
作　　者:徐曼昕、曹彦、宋力力、潘德强、李红媛
编　　辑:集体
作品时长:3分
刊播平台:V观阜新客户端
首发日期:2021年12月31日

作品简介

该作品创新性地融入双线叙事逻辑,一条线以"梦"的元素贯穿全片,另一条线以"春夏秋冬"四季流转来结构全片。记者用历时一年的跟踪报道,见证了柳河两岸"旱田改水田,稻香说丰年"的生态奇迹。

新媒体展示

使用手机扫描下方二维码,即可观看本条获奖作品的新媒体展示。

获奖理由

该作品唯美与情怀兼具,项目跨度与四季轮转共进,传统媒体的厚重与新媒体的灵动合而为一。结尾以"仓廪实,天下安"结束全片,从粮食安全的角度再次升华全片立意,使之拥有了生态治理和粮食安全的双重价值。

冬天里的春之声

作品信息

作品类型:三等奖 · 新闻专题
刊播单位:天津海河传媒中心
报送单位:天津市新闻工作者协会
作　　者:牛玉、李莹、叶青、王悦民、崔启楠、杨菲、曹希民
编　　辑:杨君、李睿哲、毕煌坦
作品时长:19 分
刊播栏目:新闻频道《新闻这 1 刻》
首发日期:2021 年 12 月 31 日

天津海河传媒中心

作品简介

该节目讲述了“上海四重奏”的回家故事,以及天津茱莉亚学院突破重重阻碍,如期开学的背后故事。节目内容细致全面,逻辑清晰连贯,向世界展示了中国速度和中国力量,也彰显了中国的开放、包容与自信。

获奖理由

该节目制作精良、主题突出、生动真实,在借用外眼“讲好中国故事,传播中国声音”中发挥了主流媒体的作用。节目不仅传播了可信、可爱、可敬的中国形象,而且体现了中国的大国担当,以及开放包容的格局与胸怀。

新媒体展示

使用手机扫描下方二维码,即可观看本条获奖作品的新媒体展示。

昨天，风雪中的背影，震撼了大连

作品信息

作品类型：三等奖·新闻专题
刊播单位：大连新闻传媒集团
报送单位：大连新闻传媒集团
作　　者：集体
编　　辑：集体
作品字数：2676 字
刊播平台：大观新闻
首发日期：2021 年 1 月 7 日

作品简介

该系列报道讲述了大连海洋大学学生志愿者风雪中送防疫物资的故事。白色防护服与大片雪花的交融呈现了艺术的美感，学生志愿者坚实有力的脚步以及充满爱与担当的背影，凝聚成抗疫伟力。

新媒体展示

使用手机扫描下方二维码，即可观看本条获奖作品的新媒体展示。

获奖理由

“移动的雕塑”系列融合报道以小见大、以点聚面，将青年群体的担当作为升华至全社会的抗疫力量。作品有效地挖掘出冰雪中“移动的雕塑”的视觉冲击力，在国内外实现了中国抗疫正能量的传播。

浙世界那么多人

作品信息

作品类型：三等奖·新闻专题
刊播单位：钱江都市频道钱江视频、美丽浙江
报送单位：浙江省新闻工作者协会
作　　者：许瑾、金鹏、赵石、陈黄臻、徐俊、高艳烨、林佳缘
编　　辑：姜建舒、何怀志、陈蕾
作品时长：3 分
刊播平台：钱江都市频道钱江视频、美丽浙江
首发日期：2021 年 12 月 14 日

作品简介

作品创作者注重"我们"意识，记录了浙江普通民众面对疫情的行动和情感表达，肯定了每一个普通人都是这场持久战中的贡献者。社会中各群体成为为抗疫作出贡献的主角，引发受众强烈共鸣。

获奖理由

该作品以疫情防控不同场景下的典型细节为切入点，通过创作者和观众的平行视线，实现了传播上的情绪共鸣。作品用丰富的新闻现场元素、互联网的传播语态，展现了浙江全省上下抗击疫情的精神品格。

新媒体展示

使用手机扫描下方二维码，即可观看本条获奖作品的新媒体展示。

重回长江的麋鹿

作品信息

作品类型：三等奖 · 新闻纪录片
刊播单位：湖北广播电视台
报送单位：湖北广播电视台
作　　者：集体
编　　辑：张昌旭、张其平、郑文平
作品时长：48 分
刊播频道：湖北电视台教育频道
首发日期：2021 年 12 月 30 日

湖北广播电视台
HUBEI MEDIA GROUP

作品简介

摄制组历时四年，沿长江深入湖北湖南江苏等地，跟踪记录一只麋鹿孤儿一波三折回归野生大家庭的过程。该片在国内首次全方位呈现野生麋鹿的隐秘生活和保护成果，用纪录片讲故事的形式，描绘了长江大保护战略的伟大成就。

新媒体展示

使用手机扫描下方二维码，即可观看本条获奖作品的新媒体展示。

获奖理由

该片生动讲述了中国珍稀动物和长江生态保护的成就，视角独特、主题重大、鲜活生动、制作精良。该片充分运用多种传播手段，进一步放大了作品的内在价值和社会意义，是生态文明建设成就报道的一次成功探索。

云端上的足球梦

作品信息

作品类型：三等奖 · 新闻纪录片
刊播单位：中央广播电视总台、四川广播电视台
报送单位：四川省新闻工作者协会
作　　者：集体
编　　辑：集体
作品时长：25 分
刊播频道：中央广播电视总台纪录频道、四川广播电视台四川卫视频道
首发日期：2021 年 7 月 31 日

作品简介

主创团队记录了瓦吾小学孩子们的坚实足迹、闪光梦想，通过对故事的真情讲述，展现贫困地区的人民群众特别是青少年在社会各界的大力帮扶下，通过自身的努力一步步改变生存境遇、迎来希望的成长图景。

获奖理由

该片以小切口表现大主题，通过讲述贫困地区少年的追梦故事，呈现千年一变的山乡、万象更新的中国。作品立意高远，视角独特，视听语言丰富，细节刻画生动鲜活，有深度、有温度，形神兼备，质量上乘。

新媒体展示

使用手机扫描下方二维码，即可观看本条获奖作品的新媒体展示。

打卡山海情

作品信息

作品类型：三等奖 · 新闻纪录片
刊播单位：福建省广播影视集团
报送单位：福建省新闻工作者协会
作　　者：洪炜、邹琦逊、吴晨、唐龙敬、黄昌辉、刘仲雄、覃晓清
编　　辑：方健文、张婷、刘鑫
作品时长：30 分
刊播频道：福建电视台综合频道
首发日期：2021 年 12 月 22 日

福建省广播影视集团
FUJIAN MEDIA GROUP

作品简介

主创团队秉持强烈的使命感和专业记录的情怀，扎根宁夏，以真实的现场抓拍和真诚的情感表达，讲述了闽宁镇第一条美食街的创业故事，展现出福建援宁干部解决问题的果敢担当和宁夏群众迎难而上的乐观精神。

新媒体展示

使用手机扫描下方二维码，即可观看本条获奖作品的新媒体展示。

获奖理由

本片以新闻事件为轴，以人物情感为线，彰显在巩固脱贫攻坚成果、全面推进乡村振兴大背景下，脱贫群众如何进一步致富的宏大主题，立意深远、制作精良，为闽宁两省区乡村振兴留存了极有价值的同步影像。

千年梦想　决胜今朝

作品信息

作品类型：三等奖 · 新闻纪录片
刊播单位：贵州广播电视台
报送单位：贵州省新闻工作者协会
作　　者：邱黔、罗宾、罗阳、常艳、严映萍、周洋、于航
编　　辑：罗宾、于航、周洋
作品时长：46 秒
刊播频道：贵州卫视
首发日期：2021 年 4 月 22 日

贵州广播电视台

作品简介

作品深入贵州省贫困程度最深、最边远的山区，生动呈现发生在基层一线的脱贫故事和生动实践，展现贵州省脱贫攻坚历程。2021 年 4 月作品首播，为贵州省脱贫攻坚总结表彰大会隆重举行营造了良好的舆论氛围。

获奖理由

作品行文有文采，片中有故事、有细节、有生动的群众语言，把贵州省脱贫攻坚放在中国脱贫攻坚的宏大背景下展开叙述，既展示了贵州党群干部上下一心、攻坚克难的精神，也展现了贵州对脱贫攻坚工作的执着和所作的贡献。

新媒体展示

使用手机扫描下方二维码，即可观看本条获奖作品的新媒体展示。

追光：东京之路

作品信息

作品类型：三等奖·新闻纪录片
刊播单位：新华通讯社
报送单位：中国体育新闻工作者协会
作　　者：集体
编　　辑：曹剑杰、高鹏、彭东
作品时长：58 分
刊播平台：新华网
首发日期：2021 年 8 月 10 日

作品简介

作品讲述了七名中国运动员在奥运会因新冠疫情延期的背景下，如何与自己的伤痛、彷徨、懈怠战斗，如何面对责任、荣誉和家庭的故事。作品用独家内容和真挚的情感阐释了奥林匹克精神，传达了积极向上、超越自我的价值追求。

新媒体展示

使用手机扫描下方二维码，即可观看本条获奖作品的新媒体展示。

获奖理由

命运的改变让人措手不及，但体育精神的力量让人一往无前，不问结果。片中的七位运动员代表了中国乃至全世界参加东京奥运会的一万多名运动员，作品展现了他们坚定不移的初心。

家里那“典”事

作品信息

作品类型：三等奖·系列报道
刊播单位：法治日报社
报送单位：法治日报社
作　　者：唐晓芳、于澄、赵芳芳、赵婷婷、胡琪苑、褚雨晗、高兴华、张香平
编　　辑：集体
刊播平台：法治网
首发日期：2021 年 3 月 5 日

作品简介

作品《家里那“典”事》系列融媒体短视频共策划制作 19 集，聚焦天价彩礼、全职太太、离婚冷静期等社会热点话题，在制作过程中充分运用特效动画，有较强的视觉美感和冲击力，实现了新闻性、普法性和趣味性的统一。

获奖理由

作品形式新颖、接地气，传播范围广，宣传效果好，覆盖上亿人群。作品以婚姻家庭生活为横切面，运用动画特效等形式解读民法典法条，制作手法生动，普法性、趣味性强，为宣传普及民法典作出了贡献。

新媒体展示

使用手机扫描下方二维码，即可观看本条获奖作品的新媒体展示。

大道同行
——百年风华谁与共

作品信息

作品类型：三等奖·系列报道
刊播单位：中国新闻网
报送单位：中国新闻社
作　　者：陈陆军、俞岚、宋哲、王世博、程宇、刘轩廷、温孟馨、王潮
编　　辑：周兆军、曹艳培
刊播平台：中国新闻网微信公众号
首发日期：2021 年 12 月 13 日

作品简介

该系列微纪录片共 10 集，每集 10 分钟，依托精练篇幅、生动故事，勾勒出 100 年来中国政治生活发展的轨迹。主创团队先后赴 15 省份，拍摄了 38 位重磅嘉宾，挖掘到此前鲜有披露的手迹、档案，牵引出许多鲜为人知、感人至深的故事。

新媒体展示

使用手机扫描下方二维码，即可观看本条获奖作品的新媒体展示。

获奖理由

该作品角度独特、立意深远，以口述式手法结合史料佐证，呈现历史风云人物的抉择对中国政治时局的影响，兼具时代气息与人文肌理。作为献礼纪录片，该作品既做了大量抢救性拍摄，又创新表达形式，是一部“爆款”融媒产品。

2021 年春季
用工形势一线调查

作品信息

中国劳动保障报社
www.clssn.com

作品类型:三等奖 · 系列报道
刊播单位:中国劳动保障报社
报送单位:中国行业报协会
作　　者:陆文、武唯、杨勤、游翀、苏革
编　　辑:白阳、郭祎
作品字数:8447 字
刊播版面:1 版转 2 版
首发日期:2021 年 3 月 26 日

作品简介

该系列报道以劳务输入重点地区珠三角、劳务输出重点地区中部地区为主要观察点,呈现我国制造业用工的现实需求、地域流动新特点,并结合用工数据予以分析,为制造业用工、“稳就业”提供政策建议。

获奖理由

该系列报道关乎“稳就业”这一重要民生主题,以我国制造业用工为切入点,从不同地区、不同视角、不同方面较为完整地呈现了 2021 年春季制造业的用工情况,具有较高的新闻价值和政策参考价值,社会效果良好。

新媒体展示

使用手机扫描下方二维码,即可观看本条获奖作品的新媒体展示。

身后是我的国

作品信息

作品类型：三等奖 · 系列报道
刊播单位：新京报社
报送单位：北京市新闻工作者协会
作　　者：集体
编　　辑：集体
刊播平台：新京报客户端
首发日期：2021 年 3 月 9 日

新京报
品 质 源 于 责 任

作品简介

《身后是我的国》重大主题报道的采编团队深入公安、戍边部队边防一线，进行深度揭秘式拍摄采访，讲述新时代的好故事。作品充分利用新媒体传播渠道，进行多网、多端、多平台裂变式传播，社会反响强烈。

新媒体展示

使用手机扫描下方二维码，即可观看本条获奖作品的新媒体展示。

获奖理由

记者全程采访拍摄了滞留海外的同胞走出机场，回到祖国怀抱时的情景，并通过留学生在洛杉矶拍摄的视频，真实记录了疫情下，境外中国同胞曲折的回国之路和他们对祖国的真情实感。

璀璨三星堆

作品信息

作品类型：三等奖·系列报道
刊播单位：中国外文局亚太传播中心
报送单位：中国外文出版发行事业局
作　　者：徐豪、王哲、张利娟、陈珂、左琳
编　　辑：集体
作品字数：12 869 字
刊播版面：《中国报道》2021 年第 4 期
首发日期：2021 年 4 月 5 日

APC
中国外文局亚太传播中心
CICG Center for Asia and Pacific

作品简介

作品多维度、多视角讲述了三星堆文明在中华文明中的坐标，生动呈现了三星堆此次新发现的种种细节，浓墨重彩地突出了三星堆的璀璨文物，展示了具有中国特色、中国风格、中国气派的考古学的积极探索与实践。

获奖理由

作品以三星堆“上新”为契机，以中华文明探源工程提出的“文明的定义”和“文明的标准”为指导，以组合报道的形式阐释中华文明多元一体的演进格局，多媒体联动，统筹内外宣场域，向海内外受众主动讲好中华文明的故事。

新媒体展示

使用手机扫描下方二维码，即可观看本条获奖作品的新媒体展示。

快办行动：“快办”在行动

作品信息

作品类型：三等奖·系列报道
刊播单位：丹东广播电视台
报送单位：辽宁省新闻工作者协会
作　　者：石其智、赵晓芳、葛立婕、钟茜、童仕东、李华琴、赵悦
编　　辑：葛立婕、钟茜
刊播栏目：丹东电视台综合广播《新闻追踪》
首发日期：2021 年 12 月 24 日

作品简介

作品在深入社保大厅、企业的基础上，全面报道了“人社服务快办行动”开展以来，丹东人社部门是如何实现企业、群众只进一扇门、只找一个窗就能办成事的，是怎样拓展“快办行动”的再提速空间的。

新媒体展示

使用手机扫描下方二维码，即可观看本条获奖作品的新媒体展示。

获奖理由

百姓“办事不求人”是衡量服务型政府建设成效的一块试金石。作品全面、翔实地对丹东人社部门持续优化政务服务的生动实践进行报道，对打造优质营商环境，推动辽宁全面振兴、全方位振兴具有十分重要的现实意义。

杭州百家小店生存报告

作品信息

作品类型：三等奖·系列报道
刊播单位：钱江晚报社
报送单位：浙江省新闻工作者协会
作　　者：集体
编　　辑：集体
作品字数：6968 字
刊播版面：1 版、2 版、3 版、4 版
首发日期：2021 年 5 月 7 日

作品简介

作品反映疫情下小店的生存状态和蓬勃生命力，展现人们的拼劲韧劲和乐观精神，以独特视角、亲切叙事、有效服务引起强烈共鸣。同时，创作团队还组织线下分享会，策划免费公益广告活动，帮群众办实事解难题。

获奖理由

该系列报道融合了新闻与服务，打通了线上和线下，从社区小店的小窗口反映出经济民生的大主题，是《钱江晚报》关注民生，切实为基层群众办实事解难题的一次生动实践，体现了主流媒体的社会责任和担当。

新媒体展示

使用手机扫描下方二维码，即可观看本条获奖作品的新媒体展示。

告别　赓续

作品信息

作品类型：三等奖 · 系列报道
刊播单位：吉林广播电视台
报送单位：吉林省新闻工作者协会
作　　者：集体
编　　辑：集体
刊播栏目：吉林卫视《吉林新闻联播》
首发日期：2021 年 3 月 9 日

作品简介

该系列报道深入基层一线，在脱贫攻坚任务圆满完成之时真实记录第一书记告别扶贫岗位的新闻现场，展现第一书记与百姓间的真情实感，凸显党和人民群众的血肉联系和鱼水深情。

新媒体展示

使用手机扫描下方二维码，即可观看本条获奖作品的新媒体展示。

获奖理由

该系列报道主题重大、构思巧妙、视角独特、真实鲜活。节目在全国脱贫攻坚总结表彰大会后密集推出，紧扣中央精神要求，回应百姓关切，彰显了主流媒体的价值和责任。

红色号角

作品信息

作品类型：三等奖 · 系列报道
刊播单位：冀时客户端
报送单位：河北省新闻工作者协会
作　　者：集体
编　　辑：集体
刊播平台：冀时客户端
首发日期：2021 年 11 月 8 日

作品简介

《红色号角》是第一部系列讲述我党新闻战线战地记者故事的微视频作品。片中通过记录 20 位战地记者以笔为枪，为民族解放和人民自由冲锋陷阵的故事，讴歌了老一辈新闻工作者无畏生死、赤胆忠心、坚定革命的理想信念。

获奖理由

作品创新采用影视化手法表现建党百年重大主题，通过讲述抗日战争、解放战争时期晋察冀地区战地记者的故事，描绘战争时期中国军民奋勇抗战的壮美画卷，传播主流价值观，增强民族荣誉感。

新媒体展示

使用手机扫描下方二维码，即可观看本条获奖作品的新媒体展示。

党旗下的人民海军

作品信息

作品类型:三等奖·系列报道
刊播单位:解放军新闻传播中心
报送单位:中央军委政治工作部宣传局
作　　者:丁玉宝、聂厚军、孙国强、马滢蕊、刘少伟、孙晨旭
编　　辑:集体
刊播栏目:《军事纪实》
首发日期:2021 年 9 月 27 日

作品简介

该系列报道是为庆祝建党 100 周年而制作的。报道巧借“船”的谐音,从“船”奇、“船”说、“船”承角度,给人民海军这艘“船”注入丰富政治内涵和全新历史标示,探寻人民海军成立、壮大与党的缔造、指引之间的必然逻辑。

新媒体展示

使用手机扫描下方二维码,即可观看本条获奖作品的新媒体展示。

获奖理由

作品系统回顾了人民海军在党的领航下成长壮大的光辉历程,对内,拓展和丰富了党史、军史和海军史,振奋了军心;对外,树立了人民海军能战敢战的形象,是配合国家外交大局应对强敌、发声亮剑的硬核回击。

互联网贩卖“笑气”为何猖獗

作品信息

作品类型：三等奖·系列报道
刊播单位：中国青年报社
报送单位：中国青年报社
作　　者：李超、左智越、江文天
编　　辑：集体
作品字数：6255 字
刊播版面：3 版、8 版
首发日期：2021 年 2 月 2 日

作品简介

2021 年年初，江苏各地出现非法贩售“笑气”的现象。记者暗访报道后，北京、镇江等地公安机关介入调查。此组报道不但呈现了吸食“笑气”对青少年的巨大危害，还揭示了目前打击非法贩卖“笑气”的法律困境。

获奖理由

报道从关爱青少年健康成长、维护青少年利益出发，描述了青少年吸食“笑气”的现状，刊发后产生强烈反响。同时，报道还揭示了打击非法贩卖“笑气”目前存在的法律困境，对社会起到预警作用，彰显了新闻的力量。

新媒体展示

使用手机扫描下方二维码，即可观看本条获奖作品的新媒体展示。

“湘”土新生代

作品信息

作品类型：三等奖·系列报道
刊播单位：湖南日报社
报送单位：湖南省新闻工作者协会
作　　者：集体
编　　辑：金中基、李伟锋
作品字数：6327 字
刊播版面：要闻版
首发日期：2021 年 3 月 19 日

湖南日報

作品简介

湖南日报社记者走向广袤的田野，活灵活现地讲故事、讲创业、讲梦想，颠覆了“面朝黄土背朝天”的传统农民形象，回答了“年轻人还愿不愿意下田种粮”这一新的时代命题，也让人对绚丽多姿的乡村振兴新画卷心生憧憬之情。

新媒体展示

使用手机扫描下方二维码，即可观看本条获奖作品的新媒体展示。

获奖理由

乡村振兴关键在人，特别是有理想、有才干、有闯劲的年轻人。该组报道聚焦新一代农民，通过人物创业故事，生动展现了乡村振兴的蓬勃朝气，给人以启迪与思考。

检察公益诉讼
助力长城保护系列报道

作品信息

作品类型：三等奖·系列报道
刊播单位：检察日报社
报送单位：中国行业报协会
作　　者：柴春元、南茂林、倪建军、肖俊林
编　　辑：集体
作品字数：8303 字
刊播版面：1 版、4 版
首发日期：2021 年 12 月 20 日

作品简介

作品精准定位长城遗址保护工作，由记者实地踏访大量长城段落，深度采访上百名检察官、文保人员和相关当事人，精心打磨后立体推出，让更多的人关注长城保护现状，吸引更多力量投身长城保护工作。

获奖理由

该系列报道选题定位精准，采访深入，体例独到，从标题到正文打磨细致，文风别具一格，图、文、视频并茂，立体推出后获得广泛称赞，社会效果显著。

新媒体展示

使用手机扫描下方二维码，即可观看本条获奖作品的新媒体展示。

关注新疆男孩
广州角膜移植

作品信息

作品类型：三等奖·系列报道
刊播单位：新疆日报社
报送单位：新疆维吾尔自治区新闻工作者协会
作　　者：杨舒涵
编　　辑：集体
作品字数：2553 字
刊播版面：要闻 1 版、要闻 3 版
首发日期：2021 年 10 月 2 日

新疆日报

作品简介

作品体现了中华民族共同体意识。报道小组全程跟踪采访，记录下几近失明的 14 岁维吾尔族少年接受免费眼角膜移植手术、热心人士前往医院探望、社会各界广泛关注的每一个动人瞬间。

新媒体展示

使用手机扫描下方二维码，即可观看本条获奖作品的新媒体展示。

获奖理由

作品主题重大、采访深入、笔触细腻，以一个维吾尔族男孩角膜移植受到全社会关心关注的生动故事，反映了铸牢中华民族共同体意识这一重大主题，体现了中华民族一家亲的大情怀。

为了 400 个孩子的入园

作品信息

作品类型：三等奖·系列报道
刊播单位：南京广播电视台
报送单位：江苏省新闻工作者协会
作　　者：集体
编　　辑：任晓润、周长城、唐璐
刊播栏目：南京新闻综合广播《新闻 E 直播》《新闻正当午》
首发日期：2021 年 5 月 6 日

作品简介

记者历时近一年连续跟踪采访，从村委会开会讨论是否要主动腾出办公楼，到幼儿园改建落成；从当时群众解决入园难问题的诉求，到幼儿园落成后群众的喜悦之情，都作了生动报道，为解决难题发挥了积极有力的舆论引导作用。

获奖理由

节目选题关切重要民生话题，聚焦群众入园难的痛点，不仅结构完整、报道全面，而且饱含情感。节目以扎实的内容、生动的细节、精巧的谋篇布局深化了主题，以丰富的声音元素和生动的广播语言增强了感染力和传播力。

新媒体展示

使用手机扫描下方二维码，即可观看本条获奖作品的新媒体展示。

世界单体最大
水上光伏电站并网发电

作品信息

作品类型：三等奖·新闻摄影
刊播单位：德州 24 小时客户端
报送单位：中国新闻摄影协会
作　　者：周坤、刘振兴
编　　辑：高红岩、郭庆萍
刊播平台：德州 24 小时客户端
首发日期：2021 年 12 月 30 日

作品简介

记者抓住我国落实“双碳”目标这一重大主题，跟踪项目建设半年多时间，60 余次赴项目建设现场采访拍摄，用不同的视角展现了世界单体最大水上光伏电站的建设场景和风采，极具视觉震撼力。

新媒体展示

使用手机扫描下方二维码，即可观看本条获奖作品的新媒体展示。

获奖理由

记者将落实“双碳”目标这一重大主题放在“世界单体最大水上光伏电站并网发电”这一重大新闻上来体现，全方位展现了这座“世界之最”的建设场景和风采。这组新闻图片实现了新闻性与形式感的有机结合。

“诚信奶奶”十年还清 2077 万元债务

作品信息

作品类型：三等奖 · 新闻摄影
刊播单位：丽水日报社
报送单位：中国新闻摄影协会
作　　者：雷宁、陈炜芬
编　　辑：施龙有、蓝东海
刊播版面：要闻 2 版
刊播日期：2021 年 2 月 10 日

麗水日報

作品简介

2011 年，80 岁的企业法人陈金英欠下 2077 万元巨债。10 年来，她还清了债务，还向社会弱势群体捐赠了价值百万元的羽绒服。这组图片新闻于 2021 年 2 月 10 日在《丽水日报》2 版整版刊发后，迅速引起社会各界的广泛关注与赞誉。

获奖理由

由多张图片组成的“诚信奶奶”新闻报道作品，选取社会生活中的基层小人物、小事件，折射出当下社会的大问题，选题具有积极的意义和价值。作品景别丰富、叙事纪实性强、生活气息浓，是一组优秀的新闻图片。

新媒体展示

使用手机扫描下方二维码，即可观看本条获奖作品的新媒体展示。

苏炳添闯入奥运会男子 100 米决赛

作品信息

作品类型：三等奖 · 新闻摄影
刊播单位：中国新闻社
报送单位：中国新闻摄影协会
作　　者：富田
编　　辑：毛建军、崔楠、李慧思
刊播版面：图片电讯通稿
首发日期：2021 年 8 月 1 日

作品简介

东京奥运会上，苏炳添以 9 秒 83 的成绩闯入田径男子 100 米决赛，打破了亚洲纪录。苏炳添的优势在起跑和加速阶段，于是记者选择在跑道大约 50 米到 60 米之间的位置等待。赛道旁的背景板上有奥运五环和"东京 2020"的标志，可交代背景。

新媒体展示

使用手机扫描下方二维码，即可观看本条获奖作品的新媒体展示。

获奖理由

在短短 9 秒 83 中抓拍的照片具有强烈的纪实色彩和较高的新闻价值，蕴含着深刻的民族精神。观者能够从苏炳添矫健的身姿中，看到奥运健儿蓬勃的生命力，更看到中国速度、中国信心、中国奇迹。

120 岁佘山天文台下月启动史上最大规模修缮，上万册天文学古籍资料将被数字化保存

作品信息

作品类型：三等奖 · 新闻摄影
刊播单位：文汇客户端
报送单位：中国新闻摄影协会
作　　者：袁婧
编　　辑：王蔚、王柏玲
刊播平台：文汇客户端
首发日期：2021 年 2 月 4 日

作品简介

2021 年年初，历经百年风雨的上海佘山天文台启动大规模修缮工作，记者得知消息后立刻前往现场。这次拍摄采访由外而内、由浅入深，不仅对这座百年天文台的前世今生作了全方位呈现，而且让读者对大修后的佘山天文台充满期待。

获奖理由

该组图片以预告的方式向受众传达了新闻主体行为即将实施和开展的消息。作品采用相对静态的拍摄手段，着重于对空间环境、物理状态的呈现，镜头使用得当，色彩还原准确，较好传达出待修缮建筑的现状以及历史珍本的保存信息。

新媒体展示

使用手机扫描下方二维码，即可观看本条获奖作品的新媒体展示。

守护生命

作品信息

作品类型：三等奖·新闻摄影
刊播单位：湖南日报社
报送单位：中国新闻摄影协会
作　　者：辜鹏博
编　　辑：刘建光、王立三、马俊达
刊播版面：要闻 3 版
首发日期：2021 年 7 月 27 日

作品简介

2021 年 7 月 26 日，受暴雨和上游来水的影响，河南省卫辉市整个城区内涝严重。记者第一时间跟随蓝天救援队进入灾区，以图片等方式，把震撼人心的救援过程及时记录下来，传递了救援人员大无畏的精神。

新媒体展示

使用手机扫描下方二维码，即可观看本条获奖作品的新媒体展示。

获奖理由

作品以河南水灾为背景，摆脱以往抢险救灾影像激奋动态的表象追求，在看似随意的具象表达中捕捉真实瞬间。画面中，医护人员情绪微显焦虑但状态和缓，怀中婴儿安然入睡，体现出一种与救灾时踏浪呐喊画面迥异的韵味，直抵人心。

最美冬夜

作品信息

作品类型：三等奖·新闻摄影
刊播单位：中国南方电网报社
报送单位：中国新闻摄影协会
作　　者：马华斌
编　　辑：何宇瞳
刊播版面：1 版
首发日期：2021 年 1 月 12 日

中国南方电网

作品简介

2021 年 1 月 8 日，南宁市大明山景区气温下降至零下 4℃。一辆供电抢修车沿着蜿蜒的山路慢慢行进，暖暖的车灯照在路上，供电员工下车进行巡视。作者用相机记录下这个过程并将照片刊发在 2021 年 1 月 12 日《南方电网报》1 版上。

获奖理由

该作品选题精准、主题明确、视觉冲击力强，透过影像能让人感受到人性的温暖。作品通过一树树雾凇衬托出党员突击队队员的人物温情，主体人物的光亮居于画面的黄金分割位置，有力地传递了画面语言。

新媒体展示

使用手机扫描下方二维码，即可观看本条获奖作品的新媒体展示。

人权教师爷

作品信息

作品类型:三等奖·新闻漫画
刊播单位:中国日报社
报送单位:中国新闻摄漫画研究会
作　　者:罗杰
编　　辑:李洋
刊播版面:8 版
首发日期:2021 年 7 月 7 日

CHINADAILY 中国日报

作品简介

美国拥有如此黑暗的黑奴历史,怎么好意思充当"人权教师爷",对别人指指点点?此漫画发表于《中国日报》、中国日报网、中国新闻漫画网、中国日报客户端等平台,取得了良好的传播效果。

新媒体展示

使用手机扫描下方二维码,即可观看本条获奖作品的新媒体展示。

获奖理由

2021 年,一则关于新疆棉花生产的谣言在世界各地流窜。作者巧妙地把新疆棉花现代化生产场景和美西方霸权主义者奴役人民、压榨人民的事实布画在一幅漫画中。该漫画是一幅集新闻性、思想性和艺术性于一体的精品佳作。

十八洞村：走上幸福大道

作品信息

作品类型：三等奖 · 新闻漫画
刊播单位：湖南日报社
报送单位：中国新闻摄漫画研究会
作　　者：刘谦、邹继红
编　　辑：蒙志军、吴希、傅汝萍
刊播版面：T1—T4
首发日期：2021 年 4 月 30 日

作品简介

2021 年年初开始，主创人员深入十八洞村现场采风，经过近 4 个月的绘制、打磨，精心创作了这一“清明上河图式”的大型新闻漫画作品。报纸还搭载 AR 动态扫描技术，静态漫画经新湖南客户端扫描，可呈现出融媒互动的新视界。

获奖理由

这幅漫画将 18 个精准脱贫的小故事以及 200 余个典型人物串联起来，构成一幅完整的脱贫画卷。漫画集思想高度、信息含量、艺术价值于一体，既生动讲述了十八洞村如何蜕变成小康村的故事，也深刻体现了人民领袖的思想伟力。

新媒体展示

使用手机扫描下方二维码，即可观看本条获奖作品的新媒体展示。

Father's Diary
(父亲的日记)

作品信息

作品类型:三等奖·新闻漫画
刊播单位:中央广播电视总台
报送单位:中国新闻摄漫画研究会
作　　者:魏威、苑欣
编　　辑:梅焰、魏威、苑欣
刊播平台:中央广播电视总台
首发日期:2021年11月15日

作品简介

该作品以"父亲的日记"作为联通过去与现在的主线,通过对比20世纪80年代与当今中国老百姓的生活,用简洁的画面与欢快的节奏体现了在中国共产党的领导下,中国人民物质和精神生活发生的翻天覆地的变化。

新媒体展示

使用手机扫描下方二维码,即可观看本条获奖作品的新媒体展示。

获奖理由

作品借助偶然读到的"父亲的日记",从人们日常生活的变化入手,生动、形象地展现了改革开放40多年来百姓生活的巨大变化,在新旧对比中生动诠释了改革开放取得的巨大成就,不失为讲好中国故事的一次成功探索。

走近二里头执钥者

作品信息

作品类型：三等奖・副刊作品
刊播单位：河南日报社
报送单位：中国报纸副刊研究会
作　　者：魏剑、陈茁、张冬云
编　　辑：张冬云
作品字数：6197 字
刊播版面：13 版“中原风”
首发日期：2021 年 12 月 29 日

河南日報

作品简介

该作品从考古人这一全新角度切入，通过生动细节、精彩场景对五代考古人的艰辛历程进行故事化叙述，题材与表达均有创新。该作品是少有的全景式展示二里头遗址 60 多年考古历程的文章，其中诸多感人故事均为独家披露。

获奖理由

《走近二里头执钥者》一文通过讲述中国五代考古人的经历，将厚重的历史、艰深的专业知识融入生动的细节中，再现了中国考古人在二里头 60 多年的考古历程。在中国现代考古学诞生 100 周年之际，这样的文章读来别有韵味。

新媒体展示

使用手机扫描下方二维码，即可观看本条获奖作品的新媒体展示。

我的爸爸是“活界碑”

作品信息

作品类型：三等奖 · 副刊作品
刊播单位：杭州日报报业集团
报送单位：中国报纸副刊研究会
作　　者：林鲁伊、戴维、陈杰
编　　辑：戴维、骆东华、韩斌
作品字数：5521 字
刊播版面：A14 版“倾听 · 人生”
首发日期：2021 年 7 月 13 日

作品简介

《杭州日报》“倾听 · 人生”栏目在“七一授勋”后仅 10 天就以整版篇幅，独家推出 5000 多字的深度报道，以口述实录的方式呈现出一位戍边 57 年的共产党员的人生历程，在扎实的叙事中凸显人物崇高的精神境界。

新媒体展示

使用手机扫描下方二维码，即可观看本条获奖作品的新媒体展示。

获奖理由

《我的爸爸是“活界碑”》聚焦建党百年重大主题，素材扎实，语言真诚感人，让读者在情感受到触动的同时获得思想认识上的共鸣与升华，较好地融合了思想性、新闻性和文学性。

回忆已长成纪念的森林

作品信息

作品类型：三等奖 · 副刊作品
刊播单位：重庆日报社
报送单位：中国报纸副刊研究会
作　　者：郑劲松
编　　辑：兰世秋、李健
作品字数：2952 字
刊播版面："两江潮"
首发日期：2021 年 6 月 2 日

作品简介

这是一篇纪念"杂交水稻之父"袁隆平的特写文章。2021 年 5 月 22 日，"共和国勋章"获得者、中国工程院院士袁隆平因病去世。作为袁隆平的校友，作者以饱含深情的笔墨，含泪撰写了此文。

获奖理由

作者以亲身经历，捕捉"杂交水稻之父"袁隆平的 12 个瞬间，文笔冷静、内敛、克制，标题新颖、引人入境，文字精练优美，读来感人至深，是纪念袁隆平院士不可多得的好作品。

新媒体展示

使用手机扫描下方二维码，即可观看本条获奖作品的新媒体展示。

毛虾捕捞的“罪”与“非罪”

作品信息

作品类型：三等奖・新闻访谈
刊播单位：江苏省广播电视总台(集团)
报送单位：中国广播电视社会组织联合会
作　　者：戴春梅、田果馨、盛建、王健安、王磊、潘越
编　　辑：殷敏利
作品时长：24 分 17 秒
刊播栏目：江苏公共・新闻频道《法治在线》
首发日期：2021 年 1 月 27 日

江苏省广播电视总台(集团)
JiangSu Broadcasting Corporation

作品简介

记者在一次工作交流中从省检察院获知毛虾案线索后意识到，这起案件极具新闻价值，便迅速展开深入采访调查。该案件的审理达到了天理、国法、人情的高度统一，为全国解决此类问题提供了借鉴，具有非常重大的社会意义。

新媒体展示

使用手机扫描下方二维码，即可观看本条获奖作品的新媒体展示。

获奖理由

小案件有大道理，作品所聚焦的案件为全国解决此类问题提供了借鉴，具有标杆性意义。主创人员敏锐捕捉到这起看似普通的非法捕捞案件背后所隐藏的社会问题。作品画面鲜活生动，访谈有深度，思想性与可视性并重。

云小朵"碳"寻记|MR 访谈：天津碳排放权交易量全国名列前茅！咋做到的？

作品信息

作品类型：三等奖·新闻访谈
刊播单位：津云客户端
报送单位：中国广播电视社会组织联合会
作　　者：集体
编　　辑：集体
作品时长：35 分 52 秒
刊播平台：津云客户端微视频道
首发日期：2021 年 12 月 26 日

作品简介

该访谈节目以三维虚拟演播室为结构外壳，运用"AI＋动作捕捉、AR 及 MR"等新媒体技术，使用了包括全息效果、数字化场景在内的 10 余种特效技法，给网友带来更多沉浸、炫酷体验，体现了内容生产上的融合创新和技术变革。

获奖理由

作品以天津市落实习近平总书记实现碳达峰、碳中和重大战略决策为大背景，以"天津碳交易量在全国名列前茅"为切入点，通过多地采访和若干生动案例展现当地推进节能降碳、高质量发展的显著成效。

新媒体展示

使用手机扫描下方二维码，即可观看本条获奖作品的新媒体展示。

对话"陋室画家"位光明：人生的画布 我最喜欢画暖色

作品信息

作品类型：三等奖·新闻访谈
刊播单位：浙江广播电视集团
报送单位：中国广播电视社会组织联合会
作　　者：赵奕、季晓青、杨文馨、王文炳、姜伟
编　　辑：周新科、龚奇、付琳
作品时长：10分
刊播栏目：浙江卫视《今日评说》
首发日期：2021年9月14日

作品简介

白天走街串巷收购废品，晚上坚持在简易出租房画油画，身份的巨大反差，让来自绍兴的位光明开始被网友关注。《今日评说》摄制组于2021年9月初独家专访了这位"陋室画家"，让观众看到了位光明精彩的"艺术人生"。

新媒体展示

使用手机扫描下方二维码，即可观看本条获奖作品的新媒体展示。

获奖理由

作品特别注重挖掘位光明生活中的细节，记录了许多真实可感的场景和接地气、冒热气的对话。作品通过有反差的人物、有细节的访谈、有意境的镜头，真实呈现了"小人物"心中的"大世界"。

王红旭：一面旗帜 一种方向

作品信息

作品类型：三等奖 · 新闻访谈
刊播单位：中国教育电视台
报送单位：中国广播电视社会组织联合会
作　　者：周仁杰、郎天辰、周辉
编　　辑：集体
作品时长：15 分
刊播频道：中国教育电视台、中国教育网络电视台
首发日期：2021 年 7 月 9 日

作品简介

该作品是对“时代楷模”王红旭首个全面系统的全媒体报道。2021 年 6 月 1 日傍晚，重庆市 35 岁的王红旭老师以生命为代价，将两名溺水孩童救起。7 月 9 日晚，该片在新媒体和电视端联合上线，通过高清拍摄及动态还原技术还原事件经过。

获奖理由

该报道使用了新闻现场画面，让我们看到王红旭救人时令人揪心的画面，同时报道又对英雄进行了深度的挖掘。该报道将新闻陈述与访谈结合起来，感人至深，传统媒体与网络媒体同步推送，相得益彰。

新媒体展示

使用手机扫描下方二维码，即可观看本条获奖作品的新媒体展示。

变在将军路

作品信息

作品类型：三等奖·新闻访谈
刊播单位：湖北广播电视台
报送单位：中国广播电视社会组织联合会
作　　者：柳芳、洪燕、李爽、徐嘉珉
编　　辑：杨康、陈伟、刘征
作品时长：33分
刊播频道：湖北之声
首发日期：2021年12月30日

作品简介

记录观察基层之治，主流媒体责无旁贷。2021年，记者多次深入武汉市东西湖区将军路街道将军路社区，通过这个城乡结合部社区的生动变化，深度解读中国完善基层之治的新理念、新探索、新实践。

新媒体展示

使用手机扫描下方二维码，即可观看本条获奖作品的新媒体展示。

获奖理由

作品通过一条小路，探究中国完善基层之治的新理念、新探索、新实践。内容上，以小见大，用群众感同身受的案例展现真实的社会治理变化；结构上，巧妙设计，使访谈具有很强的故事性和悬念感，引人入胜。

美国抗疫
何以“第一”

作品信息

作品类型：三等奖 · 新闻访谈
刊播单位：湖南广播电视台
报送单位：中国广播电视社会组织联合会
作　　者：范林、王飘岩、丁玲、刘梦婷子、龚文彬、陈帅
编　　辑：孙璞、李欢、盛莎
作品时长：18 分
刊播栏目：湖南卫视《新闻当事人》
首发日期：2021 年 8 月 28 日

作品简介

据统计，美国至今仍是累计新冠确诊病例和死亡病例最多的国家。《新闻当事人》记者对话了参与起草报告的国内外多位专家学者，一起透析美国抗疫的真相，深度揭示了面对疫情，美国如此失败的原因。

获奖理由

这部作品深入揭批了美国“为党争不为生命”“制度失灵使疫情难控”“舆论矛头直指中国”等抗疫真相，揭穿了美国媒体发布的全球抗疫排名的虚伪性，客观解析了美国疫情失控背后的制度性和结构性原因。

新媒体展示

使用手机扫描下方二维码，即可观看本条获奖作品的新媒体展示。

对话长江
看见中国

作品信息

作品类型:三等奖·新闻直播
刊播单位:重庆广播电视集团(总台)
报送单位:中国广播电视社会组织联合会
作　　者:集体
编　　辑:卢明亮、洪燕、梁延
作品时长:1 时 26 分
刊播频道:重庆之声
首发日期:2021 年 1 月 5 日

中国·重庆广播电视集团(总台)
China Chongqing Broadcasting Group

作品简介

节目结合长江沿岸区域特点,以长江经济带战略实施为主线,顺江而下,涵盖绿色发展举措、理念与成果以及地方发展特色等多个侧面。节目由四地主持人同屏共话,无缝隙衔接直播,接力式展现长江沿岸绿色生态与经济发展成果。

新媒体展示

使用手机扫描下方二维码,即可观看本条获奖作品的新媒体展示。

获奖理由

节目点面结合,反映出长江经济带五年发展巨变。节目以长江经济带战略实施为主线,充分融合广播、电视和新媒体多种传播手法,实现演播室、短视频、现场连线采访等多种体裁的有效衔接,体现出较强的媒体协同联动性和策划能力。

稻花香里话小康

作品信息

作品类型：三等奖 · 新闻直播
刊播单位：广西广播电视台
报送单位：中国广播电视社会组织联合会
作　　者：阳岌、蒙剑媚、姚莉、彭龙、范凡、
　　　　　蒋文婷、董杰、唐慧婷、刘晓宇
编　　辑：刘璐、赵星宇、黄韶敏
作品时长：58 分
刊播栏目：综合广播《新闻时刻》
首发日期：2021 年 9 月 23 日

广西广播电视台
Guangxi Broadcasting System

作品简介

作品分为三个篇章，《喜迎丰收年》以记者连线的形式，展现全面建成小康社会第一年，农民们的幸福与喜悦；《回望来时路》回顾广西脱贫路上难以忘怀的人和事；《小康再出发》聚焦广西农业农村现代化建设和乡村振兴战略下的美好图景。

获奖理由

作品以农民庆祝丰收节为新闻切入点，聚焦少数民族群众脱贫攻坚、乡村振兴新成果，既关注袁隆平院士在当地培育超级稻的新成果，又沿着习近平总书记的足迹反映基层“三农”新面貌。节目层次分明，选材典型，可听性强。

新媒体展示

使用手机扫描下方二维码，即可观看本条获奖作品的新媒体展示。

2021 年 7 月 1 日《无锡日报》T5—T8 版

作品信息

作品类型：三等奖 · 新闻编排
刊播单位：无锡日报社
报送单位：中国新闻漫画研究会
作　　者：集体
编　　辑：集体
刊播版面：T5—T8 版“初心一脉 船承百年”
首发日期：2021 年 7 月 1 日

無錫日報

作品简介

为庆祝中国共产党成立 100 周年，《无锡日报》推出百年百版特别巨献，其中“初心一脉 船承百年”版在呈现上独树一帜，将新闻插画与重大主题创新相融合，大胆采用四联版长卷设计，运用多种设计形式和手段展示中国共产党的百年传承。

新媒体展示

使用手机扫描下方二维码，即可观看本条获奖作品的新媒体展示。

获奖理由

围绕建党百年主题，该通版别出心裁，紧扣“船”这一主题，把红船精神、渡江战役精神、四千四万精神、中国载人深潜精神等几大精神连成一体，体现了独特的策划理念，彰显了版面语言的表达张力和视觉魅力。

2021 年 12 月 31 日《全省新闻联播》

作品信息

作品类型：三等奖 · 新闻编排
刊播单位：河北广播电视台
报送单位：中国广播电视社会组织联合会
作　　者：集体
编　　辑：牛作交、付建岭
作品时长：28 分 9 秒
刊播频道：综合频率
首发日期：2021 年 12 月 31 日

作品简介

在“2021 年最后一天，即将迈入 2022 冬奥年”这一特殊时间节点，节目以河北省践行总书记嘱托，交出“冬奥会筹办”和“本地发展”两份优异答卷为编排思路，多角度传递出北京冬奥“大考”在即，河北准备好了的强烈信心。

获奖理由

这期精心策划的节目充分发挥广播及时性、现场感、互动性优势，打破编排常规，逻辑清晰、层次分明，在即将迈入 2022“冬奥之年”的重要时间节点，传递出河北迎冬奥“大考”的强烈信心。

新媒体展示

使用手机扫描下方二维码，即可观看本条获奖作品的新媒体展示。

2021 年 8 月 13 日
《经济日报》9 版

作品信息

作品类型：三等奖 · 新闻编排
刊播单位：经济日报社
报送单位：中国新闻漫画研究会
作　　者：乔申颖、王薇薇
编　　辑：王玥、刘辛未、倪梦婷
刊播版面：9 版
首发日期：2021 年 8 月 13 日

作品简介

2021 年夏天，15 头野生亚洲象为全世界网民呈现了一次扣人心弦的“冒险”旅行，并开启了一场关于生物多样性保护、人与自然和谐共生的深刻讨论。8 月 8 日晚，《经济日报》版面编辑与记者迅速深入一线调查采访，之后推出整版调查报道。

新媒体展示

使用手机扫描下方二维码，即可观看本条获奖作品的新媒体展示。

获奖理由

作品文图协调，色调清新自然，版面语言丰富，突出了人与自然和谐共生的生动图景，有力策应了全球瞩目的 2020 年联合国生物多样性大会（第一阶段）的召开，是一个难得的好版面。

2021 年 12 月 11 日
《新华日报》6—7 版

作品信息

作品类型:三等奖 · 新闻编排
刊播单位:新华日报社
报送单位:中国新闻漫画研究会
作　　者:集体
编　　辑:周贤辉、周远东
刊播版面:6—7 版
首发日期:2021 年 12 月 11 日

新华日报

作品简介

该版以跨版形式呈现中国"入世"20 年的江苏答卷,涵盖中国"入世"20 年"大事记"、江苏外向型经济"大数据"、江苏企业"群英谱"、外企老总"心里话"等内容,视角多元、信息量大、有深度。

获奖理由

版面是重要的新闻语言,该版围绕中国"入世"20 年这个重大主题,设计上匠心独运,制作上精心精美,有较强的视觉冲击力和艺术感染力。整个版面新闻性、设计感很强,是内容与形式有机统一的好作品。

新媒体展示

使用手机扫描下方二维码,即可观看本条获奖作品的新媒体展示。

基于用户理念的新型主流媒体全媒体新闻采编流程构建路径研究

作品信息

作品类型：三等奖·新闻业务研究
刊播单位：《中国广播电视学刊》杂志社
报送单位：黑龙江省新闻工作者协会
作　　者：赵刚、孙萌、白云鹏
编　　辑：樊丽萍
作品字数：4494字
刊播版面：2021年11月刊
首发日期：2021年11月1日

作品简介

本文分析了主流媒体构建全媒体新闻采编流程的现实困境，构建了基于用户理念的新型主流媒体全媒体新闻采编流程，从三个维度对新型主流媒体的采编机制、统筹调度机制和组织架构进行了重塑设计。

新媒体展示

使用手机扫描下方二维码，即可观看本条获奖作品的新媒体展示。

获奖理由

文章深入分析了主流媒体构建全媒体新闻采编流程的现实困境，文章所构建的新型主流媒体全媒体新闻采编流程紧密联系新闻工作实际，可操作性较强，具有极强的现实针对性，在理论创新和实践探索方面实现了有机统一。

用主流价值导向
驾驭算法

作品信息

作品类型：三等奖 · 新闻业务研究
刊播单位：经济日报社
报送单位：天津市新闻工作者协会
作　　者：陆小华
作品字数：2612 字
刊播版面：1 版
首发日期：2021 年 10 月 14 日

作品简介

针对算法存在的问题，作者提出：当前，既要把握人工智能的发展趋势，用好算法；也要有效防范算法滥用带来的风险隐患；更要通过加强算法综合治理，以主流价值导向驾驭算法，并提出“三个绝不能”原则。

获奖理由

该文提出“三个绝不能”原则，并从树立正确导向、健全法律法规、提升监管能力、优化协同机制四方面对实施算法综合治理展开论述，提出具有理论和实践价值的建议。该文选题重大、观点正确、论述有力。

新媒体展示

使用手机扫描下方二维码，即可观看本条获奖作品的新媒体展示。

新时期中国对外传播在挑战中的转型探索
——以上海广播电视台外宣纪录片为例

作品信息

作品类型：三等奖 · 新闻业务研究
刊播单位：《新闻记者》杂志社
报送单位：上海市新闻工作者协会
作　　者：陈亦楠
编　　辑：王侠
作品字数：5810 字
刊播版面：论文选增刊
首发日期：2021 年 9 月 1 日

作品简介

作者结合其多年从事国家重大外宣纪录片拍摄制作工作的实战经验，尝试性提出相关应对策略，并探讨对外传播从业者应如何积极适应与调整，化危机为契机，配合我国的国际地位，创新国际传播话语体系，建构起中国与世界的良性互动关系。

新媒体展示

使用手机扫描下方二维码，即可观看本条获奖作品的新媒体展示。

获奖理由

文章兼具理论视野和田野经验，对加强我国的国际传播能力建设颇具启发性和指导性。

广电深化融媒
亟须用好五大策略

作品信息

作品类型：三等奖 · 新闻业务研究
刊播单位：《中国广播电视学刊》杂志社
报送单位：浙江省新闻工作者协会
作　　者：郭华省、裘永刚
编　　辑：常可
作品字数：6500 字
刊播版面：2021 年第 6 期
首发日期：2021 年 6 月 1 日

中国广播电视学刊
CHINA RADIO & TV ACADEMIC JOURNAL

作品简介

文章分析了“借船出海式”融媒体对广电行业的致命冲击，着重指出，广电融媒要拥有自己的自主平台，保护并利用好自己的内容版权优势和人才资源优势，要对社交媒体的数据造假、内容违规说不，并在传播领域保持自信和定力。

获奖理由

文章发表于广电行业深度推进融媒发展的重要节点，以中肯的分析，对传统媒体多年以来的融媒路径依赖发出警示，给已经失去时间优势，又存在明显技术人才短板的广电融媒，提出了五大中肯策略。

新媒体展示

使用手机扫描下方二维码，即可观看本条获奖作品的新媒体展示。

语言、思维、价值观：提高英语对外传播有效性的三个层次

作品信息

作品类型：三等奖 · 新闻业务研究
刊播单位：《国际传播》杂志社
报送单位：中国新闻社
作　　者：杜国东
编　　辑：林凌
作品字数：8658 字
刊播版面：2021 年第 2 期
首发日期：2021 年 4 月 1 日

国际传播 GLOBAL COMMUNICATION

作品简介

此文结合具体实例，总结了对外传播的特殊规律，推动更加贴近实践的务实研究，有利于形成科学有效的对外传播话语体系，提升中国国际话语权。

新媒体展示

使用手机扫描下方二维码，即可观看本条获奖作品的新媒体展示。

获奖理由

此文基于作者长期的对外报道实践，从语言、思维、价值观三个层面深入总结分析英语对外传播取得成功的关键因素，选题新颖、论证充分、逻辑清晰、前瞻性强。

短视频赋能主题主线宣传

——以吉林广播电视台脱贫攻坚短视频系列节目创作为例

作品信息

作品类型:三等奖·新闻业务研究
刊播单位:《中国广播影视》杂志社
报送单位:吉林省新闻工作者协会
作　　者:谢荣、梅雪、邵光涛
编　　辑:唐弋
作品字数:5086 字
刊播版面:2021 年 11 月(下)
首发日期:2021 年 11 月 1 日

作品简介

本文基于吉林广播电视台脱贫攻坚短视频系列节目创作的鲜活实践,深入探析短视频与主题主线宣传创新之间的多元协同、相互加持关系,探讨主流媒体如何运用短视频推动互联网这个“最大变量”释放出“最大正能量”。

获奖理由

本文围绕媒体深度融合背景下短视频如何赋能主题主线宣传创新展开深入探析,立意新,视野宽,观点鲜明,思考系统厚重;紧密结合广电一线的新闻创作实践展开论述,资料翔实,例证充分,深入浅出,前瞻性和实践性强。

新媒体展示

使用手机扫描下方二维码,即可观看本条获奖作品的新媒体展示。

走好全媒体时代群众路线的探索与实践

——以《湖北日报》庆祝建党百年宣传报道为例

作品信息

作品类型：三等奖 · 新闻业务研究
刊播单位：《新闻战线》杂志社
报送单位：湖北省新闻工作者协会
作　　者：陈剑文、王丙全、姜远海
编　　辑：陈利云
作品字数：4971 字
刊播版面：2021 年第 8 期(上)
首发日期：2021 年 8 月 1 日

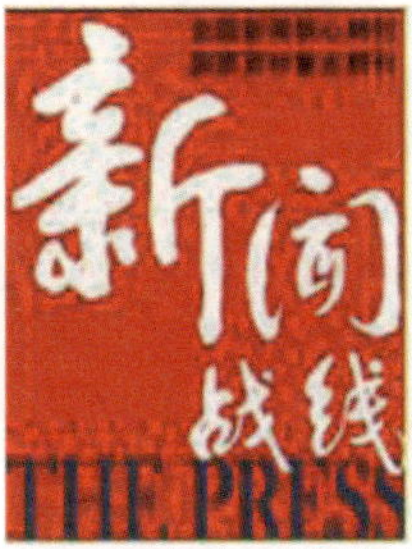

作品简介

本文主要特点有三：一是政治站位高，针对性强。二是理论联系实际，说服力强。三是题材重大，可借鉴性强。论文概括了《湖北日报》在策、采、编、审、发等全流程的经验和做法，对媒体同行有较大的参考借鉴意义。

新媒体展示

使用手机扫描下方二维码，即可观看本条获奖作品的新媒体展示。

获奖理由

本文政治站位高，立论正确、针对性强，论据翔实可靠，论述条理清晰，具有较强的现实意义和可借鉴性。

融入数字经济，拓展传媒产业空间

作品信息

作品类型：三等奖 · 新闻业务研究
刊播单位：《新闻战线》杂志社
报送单位：湖南省新闻工作者协会
作　　者：李鹏飞、刘先根、彭培成
编　　辑：武艳珍
作品字数：5809 字
刊播版面：2021 年 12 月（上）
首发日期：2021 年 12 月 15 日

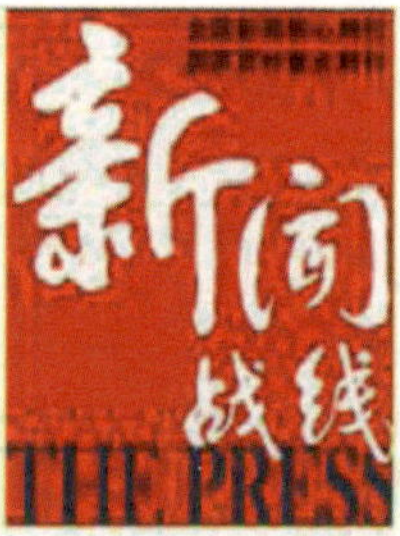

作品简介

作者以长沙晚报社“原创＋科创”融合发展战略为例，从内容创意的内生机制、科技创新的外在驱动、智能治理的核心竞争力、业态融合的“杀手锏”四个方面，探讨传媒产业融入数字经济的发展路径。

获奖理由

该文章具有重要的理论性、现实性、指导性和前瞻性，为数字经济时代传媒产业在内容创意、科技创新等方面的深度融合确定了新坐标，也为传媒产业探索数字新场景、数字新营销、数字新零售等业态锚定了新方位。

新媒体展示

使用手机扫描下方二维码，即可观看本条获奖作品的新媒体展示。

大国担当·中国抗疫全球贡献访谈录

作品信息

作品类型：三等奖·重大主题报道
刊播单位：南方都市报
报送单位：广东省新闻工作者协会
作　　者：戎明昌、王佳、向雪妮、余毅菁、
　　　　　翁安琪、宫纳
编　　辑：张亚莉
作品字数：6731 字
刊播版面：A05 要闻版、A04 特别报道版、
　　　　　A06 特别报道版
首发日期：2021 年 10 月 26 日至 11 月 4 日

作品简介

自 2021 年 10 月 25 日起，《南方都市报》、N 视频推出《大国担当·中国抗疫全球贡献访谈录》，专访联合国、世卫组织等机构以及多个国家的相关权威人士，讲述他们眼中的中国担当，以及中国在全球抗疫中所作的伟大贡献。

新媒体展示

使用手机扫描下方二维码，即可观看本条获奖作品的新媒体展示。

获奖理由

该作品响应重要讲话精神，推出恰逢其时；有力反击西方不实言论，澄清谬误；取得良好反响，引发国际社会关注。该作品既是当前舆论斗争迫切需要的利器，也体现出传统主流媒体在新媒体时代的想象力。

跨越百年的“对话”

作品信息

作品类型：三等奖 · 重大主题报道
刊播单位：安徽广播电视台
报送单位：安徽省新闻工作者协会
作　　者：刘琴琴、陈涛、董添、陈元
编　　辑：丛文、郑再军
作品时长：6 分 11 秒
刊播栏目：安徽经济生活频道《经视 1 时间》
首发日期：2021 年 7 月 7 日

作品简介

2021 年 6 月以来，陆续有市民来到延乔路，敬献鲜花，缅怀先烈。安徽经视记者不分昼夜、连续多日蹲点延乔路，拍摄了 100 多个小时的视频素材，刊播了多条连续性报道，吸引更多人关注延乔路，形成了“延乔路现象”。

获奖理由

这则有热点、有看点、有泪点、有观点的专题报道，用历史映照现实、观照未来，形成了强大的视觉冲击力和舆论引导力，以媒体人的特有方式告慰先烈，实现了红色主题宣传触动人心的效果。

新媒体展示

使用手机扫描下方二维码，即可观看本条获奖作品的新媒体展示。

“追寻先遣连足迹”系列报道

作品信息

作品类型：三等奖 · 重大主题报道
刊播单位：西藏日报社
报送单位：西藏自治区新闻工作者协会
作　　者：米玛、温凯、晓勇、张宇
编　　辑：孙开远、刘欢、罗梦瑶
作品字数：6614 字
刊播版面：高原要闻 2 版、3 版
首发日期：2021 年 8 月 24 日至 11 月 8 日

作品简介

在建党 100 周年、西藏和平解放 70 周年之际，采访组沿着先遣连的足迹，深入西藏阿里羌塘腹地。整个采访历时两个多月，行程上万公里，记者们把对进藏先遣连的崇敬之情凝聚成一篇篇饱含深情、温度深度兼具的新闻作品。

新媒体展示

使用手机扫描下方二维码，即可观看本条获奖作品的新媒体展示。

获奖理由

该系列报道主题鲜明、基调昂扬，既缅怀历史、崇尚英雄、讴歌时代，也展现西藏阿里新时代的新面貌，同时也是一次党报新闻工作者践行“四力”、学史力行的鲜活实践。

中国共产党的“十万个为什么”

作品信息

作品类型:三等奖 · 重大主题报道
刊播单位:中国新闻社
报送单位:中国新闻社
作　　者:集体
编　　辑:张红、郭金超、王欢
作品字数:4119 字
刊播平台:中国新闻网
首发日期:2021 年 2 月 18 日

作品简介

该系列报道是中新社在 2021 年党史学习教育中推出的重磅产品,探索了新闻报道如何与党史的再宣传再阐释再传播相结合,在实践中形成了一系列兼具主题宣传、史论阐释、对外传播多重功能的新闻文本。

获奖理由

该系列报道从新闻的角度切入,在设问中铺开一个个充满人情味的故事,进一步探索了党史故事的当代意义,以世界维度的观照达到有效讲述中国共产党故事的目标,是重大主题报道中的高质量、高效能新闻作品。

新媒体展示

使用手机扫描下方二维码,即可观看本条获奖作品的新媒体展示。

说不尽的
祁连山·红色篇

作品信息

作品类型：三等奖·重大主题报道
刊播单位：青海广播电视台
报送单位：青海省新闻工作者协会
作　　者：周贤安、陈新云、许璇、任龙祥、
董亚洁、祁海峰
编　　辑：单祥蓉
作品时长：8 分 56 秒
刊播栏目：青海卫视《青海新闻联播》
首发日期：2021 年 11 月 16 日

青海廣播電視臺
QingHai Radio and Televison Station

作品简介

《说不尽的祁连山·红色篇》创新“走”的方式，重走英雄路；用“活”拍摄手段，以融媒体方式来表达；深“挖”红色资源，钩沉历史人物故事。节目以“走基层”的报道方式，追寻散落在祁连山的红色印迹，讴歌伟大的建党精神。

新媒体展示

使用手机扫描下方二维码，即可观看本条获奖作品的新媒体展示。

获奖理由

该节目推出时正值建党百年重要宣传阶段，节目从百年党史的大视角，回望总结历史，政治站位高、新闻价值大，丰富了党史学习教育内容，充分展现了主流媒体的担当和作为。

中国最美公路

作品信息

作品类型:三等奖 · 重大主题报道
刊播单位:《中国国家地理》杂志社
报送单位:中国期刊协会
作　　者:李栓科、王杰、范晓、陈旭、胡泊、刘巍、范若雁
编　　辑:郭晓冬、陈婷婷、冯亚楠
作品字数:80,000 字
刊播版面:2021 年 11 月增刊特辑
首发日期:2021 年 12 月 5 日

作品简介

《中国国家地理》杂志社编辑、制作的《中国最美公路》报道特辑,既兼顾了公路穿越地域的类型多样的地貌,又涉及了区域经济发展、民族特色、多元社会文化、交通价值、科技价值等多个方面。

获奖理由

要做好以"中国"为标题的报道,从来都不容易。一个国家,如何表达? 这组报道提供了精彩答案:其一,从小切口进入,建立专业与科学的结构。其二,由点及面,内涵丰富而饱满。其三,以美为起点,以大众为归依。

新媒体展示

使用手机扫描下方二维码,即可观看本条获奖作品的新媒体展示。

“身边的奇迹 · 中国共产党为什么能”思享会：美丽高岭“绿”动奇迹

作品信息

作品类型：三等奖 · 重大主题报道
刊播单位：长城网
报送单位：河北省新闻工作者协会
作　　者：集体
作品时长：19 分 10 秒
刊播平台：长城网
首发日期：2021 年 7 月 26 日

作品简介

该作品聚焦塞罕坝生态文明建设成就，邀请专家学者、塞罕坝二代务林人和当地群众，共同回顾奋斗故事，探究荒漠变林海的奇迹根源，讲述党带领人民为美好生活不懈奋斗的“史”，阐释党治国理政的“道”。

新媒体展示

使用手机扫描下方二维码，即可观看本条获奖作品的新媒体展示。

获奖理由

该作品集网络访谈、现场评论、深度采访等于一体，从“身边的中国奇迹”入手，生动可感地展现了中国共产党带领人民创造的历史伟业，印证了“中国共产党为什么能”，极具生命力、说服力、影响力。

百年同心路·与委员同访

作品信息

作品类型：三等奖·重大主题报道
刊播单位：人民政协报社
报送单位：人民政协报社
作　　者：集体
编　　辑：集体
作品字数：6450 字
刊播平台：人民政协报微信公众号
首发日期：2021 年 5 月 6 日

作品简介

在该系列报道中，记者和政协委员一起打卡红色基地，探访红色足迹，感悟红色精神，追寻百年大党的初心和使命，挖掘红色精神的丰富内涵和时代价值，进一步弘扬、传播了“永远跟党走”的主旋律和社会正能量。

获奖理由

该系列报道既能让媒体人在采访中学好百年党史、传承红色基因、凝聚奋进力量，切实做到学史明理、学史增信、学史崇德、学史力行，也能努力推动党史学习教育务求实效，进一步讲好党的故事、革命的故事、英雄的故事。

新媒体展示

使用手机扫描下方二维码，即可观看本条获奖作品的新媒体展示。

“我比任何时候更懂你”

作品信息

作品类型：三等奖·重大主题报道
刊播单位：现代快报社
报送单位：江苏省新闻工作者协会
作　　者：集体
编　　辑：郑春平、韩飞周游、张瑜
作品时长：2 分 31 秒
刊播平台：现代快报网
首发日期：2021 年 7 月 25 日

作品简介

现代快报社联合全国 30 所高校、30 个“青青讲述人”团队，结合 30 个重要历史节点，制作了 30 集短视频和 H5 等新媒体产品，让大学生走到“台前”，讲述我党波澜壮阔的发展历程和新时代中国特色社会主义的伟大成就。

新媒体展示

使用手机扫描下方二维码，即可观看本条获奖作品的新媒体展示。

获奖理由

该作品注重思想领航、突出时代表达，在读懂“原声金句”中构筑燃情全网的红色时空，在读懂“历史事件”中书写百年大党的恢宏气度，在读懂“第一人称”中激发薪火相传的澎湃动能。

红军桥上看巨变

作品信息

作品类型：三等奖·重大主题报道
刊播单位：多彩贵州网
报送单位：贵州省新闻工作者协会
作　　者：集体
编　　辑：王幸韬、卿杨、张亮
作品字数：3914 字
刊播平台：多彩贵州网
首发日期：2021 年 6 月 29 日

作品简介

两万五千里长征中，贵州是红军活动时间最长、活动范围最广的省，红色基因在干部群众中薪火相传。多彩贵州网推出的系列报道《红军桥上看巨变》，以桥为线索，探访长征故事，以人为脉络，讲述两岸变化。

获奖理由

该作品深入实地，采访扎实，谋篇布局合理，结构清晰，文字优美；篇内逻辑性强，从篇目一到篇目三层层递进；设计精良，兼顾电脑端和移动端双端浏览体验，是用媒体融合报道方式开展重大主题报道的一次有益尝试。

新媒体展示

使用手机扫描下方二维码，即可观看本条获奖作品的新媒体展示。

中国共产党与中国农民

作品信息

作品类型：三等奖·重大主题报道
刊播单位：农民日报社
报送单位：农民日报社
作　　者：仲农平（何兰生、江娜、施维、冯克）
编　　辑：白锋哲、李竟涵、孟德才
作品字数：37,004 字
刊播版面：1 版
首发日期：2021 年 6 月 21 日

作品简介

署名“仲农平”的《中国共产党与中国农民》一文，全景再现了中国共产党带领中国农民、依靠中国农民实现数次大转折的波澜历程，全面梳理了百年来中国共产党与中国农民携手同行、共创辉煌的伟大成就和宝贵经验。

新媒体展示

使用手机扫描下方二维码，即可观看本条获奖作品的新媒体展示。

获奖理由

作品立足大时代，既有国家话语的宏大叙事，又有民生百态的细微展现；写活大历史，用讲故事的手法娓娓道来，真实且细腻；写透大智慧，兼具深厚的思想性和理论性；写出大情怀，文章字里行间充满了人文关怀和情感力量。

实现“双碳”目标，探寻企业新发展之路

作品信息

作品类型：三等奖 · 重大主题报道
刊播单位：工人日报社
报送单位：西北大学新闻传播学院
作　　者：邹倜然、王力中、陈华、黄洪涛、赖志凯、王鑫、方大丰
编　　辑：王群、丁军杰
作品字数：6882 字
刊播版面：6 版“企业新闻”
首发日期：2021 年 11 月 30 日

作品简介

工人日报社多位记者经过长时间深入采访，以客观而翔实的报道总结了多个行业及企业“双碳”实践的典型经验和做法，同时又根据来自一线的详细调研，对其中存在的问题，给出具有指导意义的解决方案。

获奖理由

本组报道对于主流媒体如何提升重大经济主题报道的质量，如何做好专业经济报道的鲜活性表达，具有一定的指导意义，也让看似宏观、专业的主题报道变得更接地气、更具可读性，让读者感受到真实和生动的力量。

新媒体展示

使用手机扫描下方二维码，即可观看本条获奖作品的新媒体展示。

“一校一策”“一地一策”“一生一策”
确保实现“应考尽考” 陕西17万考生今日考研

作品信息

作品类型:三等奖 · 重大主题报道
刊播单位:陕西日报社
报送单位:陕西省新闻工作者协会
作　　者:吕扬
编　　辑:肖倩
作品字数:684 字
刊播版面:4 版
首发日期:2021 年 12 月 25 日

作品简介

2021 年年底,西安疫情多点发生后,硕士研究生招生考试能否顺利进行成为全社会最为关注的热点。记者联系了省招办以及最早爆发疫情的长安大学,同时联系了西安市外的几个考点,详细了解他们保障研考顺利进行的各种措施,在研考当天刊发了此篇报道。

新媒体展示

使用手机扫描下方二维码,即可观看本条获奖作品的新媒体展示。

获奖理由

本文以精练的语言描写了陕西相关部门同心协力,根据不断变化的疫情科学及时调整组考工作,志愿者冒着严寒保障考试的情景,振奋了全社会打赢疫情防控攻坚战的信心,充分体现了主流媒体的传播力、引导力、影响力、公信力。

薪火 · 红色金融 (1921—1949)

作品信息

作品类型：三等奖 · 重大主题报道
刊播单位：第一财经网站
报送单位：上海市新闻工作者协会
作　　者：集体
编　　辑：林洁琛、应民吾
作品字数：6198 字
刊播平台：第一财经网站
首发日期：2021 年 6 月 21 日

作品简介

第一财经以党的红色金融为主题落脚点，以红色金融路线为脉络，将 1921 年至 1949 年分为四个时期，分别对应红色金融的萌芽、建立、发展与成熟期，展现当时的经济社会状况及红色金融在此过程中承担的功能和作用。

获奖理由

作品通过全方位、立体式传播，打造了一个真正具有媒体融合形态的传播新样板。作品以独特的金融视角，探寻红色记忆；以丰富的表现形式，带给受众更生动的体验，高质量完成了建党百年重大主题宣传报道。

新媒体展示

使用手机扫描下方二维码，即可观看本条获奖作品的新媒体展示。

“红色云展厅”系列融合报道

作品信息

作品类型：三等奖 · 重大主题报道
刊播单位：人民网
报送单位：复旦大学新闻学院
作　　者：集体
编　　辑：集体
刊播平台：人民网
首发日期：2021 年 6 月 15 日

人民网
people.cn

作品简介

为庆祝中国共产党成立 100 周年，人民网组织覆盖全国 31 个省市自治区的 100 家红色场馆，发起“红色云展厅”系列融合报道及应用创新，深度挖掘具有新闻性的内容，同时进行数字化加工，联合全国 25 家地方媒体共同创作、展播、推广。

新媒体展示

使用手机扫描下方二维码，即可观看本条获奖作品的新媒体展示。

获奖理由

该系列报道准备周密、策划周全，运用全媒体报道手段，在主旋律报道方面实现了全新的突破。同时，该系列报道在社会面以及高校等特定领域取得了良好的传播效果，是一组质量较高的庆祝中国共产党成立 100 周年的报道。

“中国共产党江苏如皋县委印”被认定为一级文物

作品信息

作品类型：三等奖・重大主题报道
刊播单位：江苏省广播电视总台(集团)
报送单位：南京大学新闻传播学院
作　　者：郑伟、郭锴峰、沈灿、陈维
编　　辑：李折、陆树鑫、刘康
作品时长：4 分
刊播栏目：江苏公共・新闻频道《新闻 360》
首发日期：2021 年 6 月 30 日

江苏省广播电视总台(集团)
JiangSu Broadcasting Corporation

作品简介

作品以印章被评为一级文物为新闻点切入，回顾历史讲故事，进而呈现了中共早期地方基层组织成长和发展的风云历程，反映了中国共产党人一切为了人民，不怕牺牲，接续奋斗，“革命理想高于天”的坚定信念和坚强意志。

获奖理由

作品故事性强、信息量大、信源丰富，采访对象包括党史办专家、博物馆专家和档案馆专家，拍摄物证包括印章实物、《申报》对如皋县委书记被捕的报道、早年如皋县委旧址、文物鉴定书等，形成了完整的证据链。

新媒体展示

使用手机扫描下方二维码，即可观看本条获奖作品的新媒体展示。

“戴口罩”入法，下月起施行！福建出台全国首个专项法规

作品信息

作品类型：三等奖・重大新闻报道
刊播单位：福建日报社
报送单位：福建省新闻工作者协会
作　　者：郑昭、刘国军、吴倩、柳依昕
编　　辑：吴倩、柳依昕
作品字数：818 字
刊播平台：新福建客户端、福建日报微信公众号
首发日期：2021 年 1 月 21 日

作品简介

福建省在 2021 年度立法计划中增加对餐饮服务人员佩戴口罩的立法项目，这成为全国首个针对该行业戴口罩的专项法规。记者从立法之初就主动跟进，掌握法规审议和表决的动态。作品准确、精练地对公众关心的问题作出了权威解读。

新媒体展示

使用手机扫描下方二维码，即可观看本条获奖作品的新媒体展示。

获奖理由

该法规是全国首个对餐饮服务从业人员佩戴口罩进行规范的专项法规。本篇报道新闻效果突出，社会反响强烈，引发网友们的热议与转发，具有很强的传播力和影响力。

在习近平新时代中国特色社会主义思想指引下·金秋时节话良种

作品信息

作品类型:三等奖·重大主题报道
刊播单位:山东广播电视台
报送单位:山东省新闻工作者协会
作　　者:宋京伟、姜洋、姚晓慧、吴汉阳、伊力、邓杰
编　　辑:姚晓慧、刘仁超
作品时长:17 分
刊播栏目:山东卫视《山东新闻联播》
首发日期:2021 年 10 月 21 日

作品简介

山东广播电视台多路记者蹲点跟拍两个多月,足迹遍及山东、安徽、新疆等地。他们扎根乡野、脚踩泥土,将镜头对准科研工作者、普通农民,用新闻工作者的“脚力、眼力、脑力、笔力”记录“打好种业翻身仗”的历史进程。

获奖理由

报道深入浅出、故事曲折动人、细节入木三分,山东广播电视台通过一组蹲点报道反映了山东“打好种业翻身仗”的责任与担当。

新媒体展示

使用手机扫描下方二维码,即可观看本条获奖作品的新媒体展示。

“一图读懂”疫情防控

作品信息

作品类型：三等奖·重大主题报道
刊播单位：北京日报社
报送单位：北京市新闻工作者协会
作　　者：集体
编　　辑：集体
刊播平台：北京日报客户端
首发日期：2021 年 1 月 3 日

北京日報

作品简介

相比 2020 年，2021 年全国疫情形势相对平稳，但多地散发病例和局部聚集性疫情不断。在这种情况下，北京日报客户端调整思路，在及时准确通报权威信息的基础上，加大了梳理与整合的力度，“一图读懂”系列逐渐成为王牌栏目。

新媒体展示

使用手机扫描下方二维码，即可观看本条获奖作品的新媒体展示。

获奖理由

“‘一图读懂’疫情防控”为北京日报客户端在 2021 年重点打造的系列作品，该系列作品以其权威、准确、及时、直观、内容丰富等特点，帮助北京日报客户端在疫情报道方面走在了全国媒体的最前列。

百年厦大
向总书记报告

作品信息

作品类型：三等奖 · 重大主题报道
刊播单位：人民网、厦门广播电视集团
报送单位：厦门大学新闻传播学院
作　　者：陈星星、郑红、谢婷、陈倩、张耀地、林婕
编　　辑：集体
作品时长：2 分 37 秒
刊播平台：人民网、厦门广电网
首发日期：2021 年 4 月 14 日

作品简介

2021 年 4 月 6 日，习近平总书记致信祝贺厦门大学建校 100 周年。为回应总书记关切，人民网、厦门广电集团和厦门大学新闻传播学院深度融合、创意策划、联合制作了短视频《百年厦大向总书记报告》。

获奖理由

聚焦核心：从习近平总书记的一封贺信切入；集成创新：以人物故事、珍贵史料结合优美文案剪辑制作而成；深度融合：是央媒、地方媒体和高校发挥合力，联合策划推出重大主题报道的创新和尝试；跨屏传播：打造全效传播格局。

新媒体展示

使用手机扫描下方二维码，即可观看本条获奖作品的新媒体展示。

“松花江上·百年印记”主题宣传报道

作品信息

作品类型:三等奖·重大主题报道
刊播单位:黑龙江日报报业集团
报送单位:黑龙江省新闻工作者协会
作　　者:连占海、张长虹、王玮、姜斌、孙佳薇、付宇、张澍
编　　辑:林青、车轮、郭涛
作品字数:7720 字
刊播平台:龙头新闻客户端
首发日期:2021 年 1 月 1 日

作品简介

该主题宣传报道,以建党百年光辉历程为故事主线,以松花江流域为空间主线,回眸党领导下的黑龙江人民走过的光辉岁月,展现在党的领导下,特别是党的十八大以来松花江两岸及流域发生的历史巨变和伟大成就。

新媒体展示

使用手机扫描下方二维码,即可观看本条获奖作品的新媒体展示。

获奖理由

作为献礼建党百年的大型策划活动,“松花江上·百年印记”主题宣传报道立意新颖,设计宏大,全程任务完成得十分出色。这个系列报道从纸媒走向网络平台,呈现出形式多样、图文并茂的特点,是媒体融合大型主题报道的范例。

“象”往云南

作品信息

作品类型：三等奖 · 国际传播
刊播单位：云南广播电视台
报送单位：云南省新闻工作者协会
作　　者：冯茵、李晓风、王珂、张磊
编　　辑：冯天、朱正波、杨闻浚
作品时长：6 分
刊播平台：云南卫视
首发日期：2021 年 10 月 12 日

中国 · 云南广播电视台

作品简介

本片记录了 16 头野生亚洲象走出栖息地——云南西双版纳，历经 17 个月 1300 公里，跨越大半个云南，北渡南归的全过程。全片生动还原了这段象群的科学之旅、探索之旅、保护之旅，诠释了求解人与自然和谐共生的云南智慧和云南方案。

获奖理由

全片以“润物细无声”的方式，在一个重量级会议上，向全世界外宾展现了一个可信可爱可敬的中国形象。这个对外传播作品是“讲好中国故事”的典型范例，是一篇不可多得的佳作。

新媒体展示

使用手机扫描下方二维码，即可观看本条获奖作品的新媒体展示。

惊人发现！美国2008年已人工合成SARS样冠状病毒

作品信息

作品类型：三等奖·国际传播
刊播单位：科技日报社
报送单位：科技日报社
作　　者：张佳星
编　　辑：刘莉、谈琳
作品字数：2131字
刊播平台：科技日报微信公众号
首发日期：2021年8月5日

科技日報

作品简介

在中国—世卫组织新冠病毒溯源联合研究报告已经得出科学、权威结论的情况下，美国等国家仍提出进一步调查的无理要求。文章基于事实，提出了应对美相关研究机构要求进一步调查的策略。

新媒体展示

使用手机扫描下方二维码，即可观看本条获奖作品的新媒体展示。

获奖理由

这是一篇主动发现有力证据并进行舆论引导的典型作品。与被动回应式的舆论引导不同，该文章发表后呈现出的舆论引导力格外强劲。文章充分体现出科技日报报道团队在科学探究方面的专业能力。

从“一个都不能少”到“一个都没少”
——《马燕日记》和“马燕们”传奇的背后

作品信息

作品类型：三等奖 · 国际传播
刊播单位：宁夏日报社
报送单位：宁夏回族自治区新闻工作者协会
作　　者：杜晓星
编　　辑：龚其云、苏峰、李刚
作品字数：4220 字
刊播版面：1 版
首发日期：2021 年 6 月 13 日

作品简介

2020 年 6 月初，笔者见到了马燕母亲，探访了马燕在预旺镇张家树村的老家，还走访了她曾经就读的中小学，忆往昔，看今朝，感悟更多“马燕们”命运转折背后的大时代原因。

获奖理由

重温昔日马燕与贫困艰难抗争的悲情故事，追踪今日马燕和“马燕们”的幸福时光，两相对比，向世界讲述一个苦尽甘来的中国故事，是一次极为成功的国际传播实践。

新媒体展示

使用手机扫描下方二维码，即可观看本条获奖作品的新媒体展示。

全国首例！获救雪豹“凌蛰”佩戴卫星项圈后放归

作品信息

作品类型：三等奖 · 国际传播

刊播单位：欧洲新闻交换联盟(ENEX)、英国天空新闻台(Sky News)、门源县融媒体中心

报送单位：青海省新闻工作者协会

作　　者：集体

编　　辑：孙成诚

作品时长：3 分

刊播栏目：央视《新闻直播间》《朝闻天下》《今日环球》《正点财经》、央视新闻客户端等

首发日期：2021 年 3 月 19 日

作品简介

这既是青海省第一个为雪豹佩戴卫星项圈的项目，也是我国首个雪豹救助放归与科研监测相结合的案例，为我国雪豹个体行为学等研究提供了丰富资料。记者拍摄细致到位，采访全面客观，记录了雪豹从获救助到放归的全过程。

新媒体展示

使用手机扫描下方二维码，即可观看本条获奖作品的新媒体展示。

获奖理由

该作品紧扣习近平总书记视察青海时提出的“三个最大”省情定位和青海率先打造全国乃至国际生态文明高地的战略目标，生动反映了青海省在推进生态文明建设进程中取得的显著成效。

世界看崇礼：一起向未来！

作品信息

作品类型：三等奖·国际传播
刊播单位：长城新媒体
报送单位：中国记协新媒体专业委员会
作　　者：张梦琳、刘志成、乔可、李全
编　　辑：曹朝阳、胥文燕
作品时长：8 分
刊播平台：冀云客户端
首发日期：2021 年 12 月 24 日

长城新媒体

作品简介

2022 年北京冬奥会举办前夕，张家口崇礼赛区冬奥各场馆即将竣工之际，长城新媒体的记者深入实地取景拍摄，介绍张家口冬奥场馆建设的最新情况，展现崇礼赛区各场馆设计理念、先进功能和先进元素，及时回应国际关注。

获奖理由

作品体现了绿色办奥、科技办奥的中国实践。报道采用 3D 建模、手绘创作、虚拟视频和真人交互等技术手段，创新性、时效性强，回应了世界对北京冬奥会筹备工作的关注，在北京冬奥会的国际舆论传播方面发挥了作用。

新媒体展示

使用手机扫描下方二维码，即可观看本条获奖作品的新媒体展示。

New Discoveries at Sanxingdui Ruins Shed Light on Chinese Civilization (三星堆遗址新发现揭示中华文明多元一体)

作品信息

作品类型：三等奖 · 国际传播
刊播单位：新华通讯社
报送单位：四川大学文学与新闻学院
作　　者：惠小勇、钟群、童芳、杨华、沈伯韩、李贺、尹恒
编　　辑：李来房、李建敏、长远
作品时长：1 分
刊播平台：新华社英文客户端
首发日期：2021 年 3 月 20 日

作品简介

作品站在宏大深广的角度报道三星堆，讲清了其在中华文明多元一体格局中的重要地位，及其与中原文明、长江中下游文明的密切关系，不仅展现了中华文明早期相互交融的辉煌，更突出了中华文明的源远流长、博大精深。

新媒体展示

使用手机扫描下方二维码，即可观看本条获奖作品的新媒体展示。

获奖理由

该作品以三星堆新近考古动态为切入口，利用融媒体手段和独家资料，全景立体呈现了其历史考古现场，多维解释了其文明探索的重要意义，同时也凸显了新闻报道在构建人类命运共同体的文明对话中的积极效用。

亚克西！
新疆棉花朵朵开

作品信息

作品类型：三等奖·国际传播
刊播单位：中国蓝新闻客户端
报送单位：中国广播电视社会组织联合会
作　　者：周新科、李阳、王欣怡、汤嘉旸、胡正涛、叶京取、姜伟、王晟彬
编　　辑：孙宇、蒋铢、姜晓丹
作品时长：35 分
刊播平台：中国蓝新闻客户端
首发日期：2021 年 10 月 16 日

作品简介

大美新疆不容抹黑，中国民意不可欺不可违。为有力回击谎言，浙江卫视新闻中心在新疆棉花采摘季，用最直观的融媒体直播的形式展示现代科技助力新疆棉花丰收的场景，向全世界展示新疆棉农的幸福生活。

获奖理由

节目真实记录了新疆棉田的丰收景象，呈现了数字化机械采棉机带来的现代化棉花生产新气象，各方连线让发声更多维、更立体，向全世界展示了广大新疆棉农的真实生活，在国际上传播了中国声音，是一次有成效的国际传播。

新媒体展示

使用手机扫描下方二维码，即可观看本条获奖作品的新媒体展示。

飞向月球(国际版)

作品信息

作品类型:三等奖·国际传播
刊播单位:法国 Canal+集团、瑞典 SVT 电视台、德国 ProSiebenSat1 集团
报送单位:中国国防科技工业新闻工作者协会
作　　者:闫东、张啸
作品时长:49 分
刊播频道:法国 Canal+集团的 Planete+频道、德国 ProSiebenSat1 集团的 Kabel 1 Doku 频道、瑞典 SVT 电视台
首发日期:2021 年 3 月 14 日

作品简介

《飞向月球(国际版)》是在 5 集版纪录片《飞向月球》的素材基础上进行改编,制作成的 1 集 60 分钟的版本,记录了嫦娥四号探测器发射、落月等重要的历史时刻,体现了中国智慧以及中国在国际航天领域的新高度。

新媒体展示

使用手机扫描下方二维码,即可观看本条获奖作品的新媒体展示。

获奖理由

《飞向月球(国际版)》突出国际视角,强化国际传播,聚焦中国探月重大进展,反映人类探月历程。该节目制作了 8 个不同语言版本,在亚洲、欧洲同步播出,面向世界讲好中国故事、传播中华文化,产生了广泛影响。

我们住在“熊猫村”

作品信息

作品类型：三等奖·国际传播
刊播单位：封面新闻客户端
报送单位：四川省新闻工作者协会
作　　者：集体
编　　辑：集体
作品时长：16 分
刊播平台：封面新闻客户端
首发日期：2021 年 12 月 21 日

作品简介

大熊猫、生态建设、藏族文化，都是国际社会关注关心的话题。《我们住在“熊猫村”》以国际性大 IP——大熊猫、国际化传播方式——讲故事、跨国界跨文化的通用性传播载体——短视频，向海内外受众讲述中国绿色发展的好故事。

获奖理由

该报道精确捕捉到外国网友的关注热点，实现了“中国故事，国际表达”。该报道在海内外传播，以“润物细无声”的方式讲述了习近平生态文明思想在最基层的落地情况，生动诠释了讲好中国故事的要义。

新媒体展示

使用手机扫描下方二维码，即可观看本条获奖作品的新媒体展示。

从“天净沙”到“维多利亚”
——爱德华一家在婺源

作品信息

作品类型：特别奖·国际传播
刊播单位：江西日报社
报送单位：江西省新闻工作者协会
作　　者：朱彦、齐美煜
编　　辑：朱力、杨学文、黄孝昱
作品字数：1956 字
刊播版面：7 版
首发日期：2021 年 12 月 31 日

江西日報

作品简介

稿件从爱德华夫妇身份的三个转变着笔，通过他们在江西婺源安家、创业，亲自见证中国乡村振兴的经历，让世界真切看到中国乡村的颜值和内涵，真实感受中国乡村的巨大变化。

新媒体展示

使用手机扫描下方二维码，即可观看本条获奖作品的新媒体展示。

获奖理由

稿件很好地设置了国际传播议题，境外媒体持积极态度，对该报道进行了刊发转载和突出处理，成为国内省级党报国际传播的有力背书，实现了以内宣辐射带动外宣，整体提升中国国际传播的可信度、好感度的效果。

2021 年 4 月 6 日《中国日报》要闻 2 版

作品信息

作品类型：三等奖・国际传播
刊播单位：中国日报社
报送单位：中国新闻漫画研究会
作　　者：王珊珊、Mukesh Mohanan、田驰
编　　辑：纪海生、王林艳
刊播版面：要闻 2 版
首发日期：2021 年 4 月 6 日

作品简介

版面的主体部分以盛开的花朵为主视觉元素，呈现不同地区近年来经济增长情况、经济总量百强城市全国分布情况等信息。版面其他部分，利用图表、图形等细节元素，展示经济总量最高省市的不同产业贡献率、社会保险覆盖率等信息。

获奖理由

版面主视觉以盛开的花朵为意象，形象生动、寓意美好，兼具美感和视觉冲击力。版面辅以各种图表图形，布局合理、条理清晰、设计精美，内容与形式达到完美统一。

新媒体展示

使用手机扫描下方二维码，即可观看本条获奖作品的新媒体展示。

Along the Yangtze River (家住长江边)

作品信息

作品类型：三等奖 · 国际传播
刊播单位：英国天空新闻台、韩国阿里郎电视台、澳大利亚华厦传媒集团
报送单位：安徽省新闻工作者协会
作　　者：魏卓新、周吉、李孟君、姜敏、菲利普、王丽华、袁海群
编　　辑：蒋自斌、陈梅
作品时长：25 分
刊播平台：China Hour、英国天空新闻台
首发日期：2021 年 12 月 16 日

作品简介

中国到底是怎样禁渔的？老百姓是怎样看待禁渔的？禁渔与长江大保护之间到底有什么关系？带着如此多的疑问，本片摄制组邀请法国自媒体人菲利普一起奔赴长江沿岸，创作电视专题片 *Along the Yangtze River*（《家住长江边》）。

新媒体展示

使用手机扫描下方二维码，即可观看本条获奖作品的新媒体展示。

获奖理由

聚焦主题有深度：作品外宣主题突出，以创新的手法，展现了中国在推进长江大保护过程中的智慧与格局；内容讲述有力度：作品叙事如行云流水，影像风格时尚年轻；外宣渠道有广度：不仅“走出去”，而且“走进去”。

百年现代考古学·河南当惊世界殊

作品信息

作品类型：三等奖·国际传播
刊播单位：大河网
报送单位：河南省新闻工作者协会
作　　者：刘雅鸣、魏剑、陈茁、王曦辉、
　　　　　张培君、赵汉青、娄恒
编　　辑：赵汉青
作品字数：3625 字
刊播平台：大河网
首发日期：2021 年 10 月 23 日

作品简介

从 2021 年 10 月 23 日起，大河网每日选取《河南日报》等权威媒体刊发的中文报道进行编译和发布，并采用贴近海外受众、贴近国际关切的叙事方式，以文字、图片、海报、动画、短视频等融媒体传播形态，对河南的 14 个考古遗址进行推介。

获奖理由

该系列作品既立意高远又接地气，通过“考古”这一自带流量的话题，向世界全方位展现河南百年考古历程与成就，充分彰显了河南作为文物大省、考古强省的独特文化魅力。

新媒体展示

使用手机扫描下方二维码，即可观看本条获奖作品的新媒体展示。

守护湿地“三宝”

作品信息

作品类型:三等奖·国际传播
刊播单位:澳大利亚双语频道
制作单位:辽宁广播电视台
报送单位:辽宁省新闻工作者协会
作　　者:陈曦、刘险峰、唐佳菲、邸玉玲、谢乾、邓德龙
编　　辑:赵彤湫、魏立谦、孔祥玉
作品时长:11 分 49 秒
刊播栏目:澳大利亚双语频道《中国故事》
首发日期:2021 年 12 月 4 日

作品简介

报道通过讲述盘锦湿地上,人们守护丹顶鹤、黑嘴鸥、斑海豹及其家园的故事,展示了平凡人的坚守和对生态的保护,反映出新时代的中国为保护湿地生物多样性所做的不懈努力以及在世界范围内对野生动物保护所做的巨大贡献。

新媒体展示

使用手机扫描下方二维码,即可观看本条获奖作品的新媒体展示。

获奖理由

作品体现了中国为生物多样性所做的巨大贡献。故事的讲述有细节、有冲突,结尾处点出“黑嘴鸥及其繁殖地的保护”案例成功入选联合国生物多样性 100+全球典型案例,突出了中国湿地保护在世界范围内的影响。

粉雪奇遇

作品信息

作品类型：三等奖·国际传播
刊播单位：法国高山电视台
制作单位：中国吉林网
报送单位：吉林省新闻工作者协会
作　　者：佟德军、李扬、杨波
编　　辑：佟艳玲、牛思家、刘赜瑞
作品时长：90 分
刊播平台：法国高山电视台
首发日期：2021 年 12 月 23 日

作品简介

《粉雪奇遇》共两集，每集 45 分钟。该片以文化为核心，以粉雪为媒介，以友谊为桥梁，邀请中法两国滑雪运动达人分别前往对方国家的粉雪胜地——中国吉林省与法国萨瓦省，探索长白山和阿尔卑斯山“同纬度粉雪”的独特魅力。

获奖理由

该纪录片在坚持国家站位、国际视野的基础上，立足吉林冰雪特色和优长，采用国际合作拍摄制作并传播的方式，邀请有影响力的中外探险家共同参与，增加了节目的可信度和影响力，极大地提升了吉林省在旅游外宣中的国际美誉度。

新媒体展示

使用手机扫描下方二维码，即可观看本条获奖作品的新媒体展示。

北京中轴线的智慧

作品信息

作品类型：三等奖·国际传播
刊播单位：加拿大华语广播网
制作单位：北京广播电视台
报送单位：北京市新闻工作者协会
作　　者：集体
编　　辑：刘智嘉、戴蔚然
作品时长：39 分
刊播栏目：《全景中国》
首发日期：2021 年 7 月 5 日

作品简介

为助力申遗，向世界讲述北京中轴线的故事，《北京中轴线的智慧》从策划之初就以国际传播为方向，抓住"智慧"这一关键词，由南至北深度梳理北京中轴线上的各个申遗点。

新媒体展示

使用手机扫描下方二维码，即可观看本条获奖作品的新媒体展示。

获奖理由

报道主题鲜明，围绕"智慧"这个关键词，通过多元视角挖掘北京中轴线的文化价值，以及对人类文化遗产的保护意义。选题角度新颖，通过广播和短视频等形式，为国内外受众了解北京中轴线提供了准确、生动的报道。

雪が燃え上がる冬の中国ワンダーランド（冰雪点燃中国的冬季仙境）

作品信息

作品类型：三等奖・国际传播
刊播单位：日本共同通讯社
报送单位：黑龙江省新闻工作者协会
作　　者：姜雪松、韩世宏
编　　辑：王贺临
作品字数：644 字
刊播平台：共同社通稿
首发日期：2021 年 3 月 12 日

作品简介

记者精心选取冰城哈尔滨驰名中外的冰雪文化这一主题，以国际化视角、海外受众乐见的表述方式，展现冰雪文化之都独特的底蕴传承、人文气质和魅力，深度透视冰雪文化在当下赋能城市发展、产业振兴的重要意义及其为城市所增添的新活力。

获奖理由

该国际传播作品不仅有面向全球的英文报道，也有重点指向的小语种报道。作品小切口大主题，立意高远，生动耐读，充分展示了中国最北省会哈尔滨独特的城市形象，大大提升了哈尔滨在海外的美誉度和国际影响力。

新媒体展示

使用手机扫描下方二维码，即可观看本条获奖作品的新媒体展示。

中国—东盟青年主播创造营短视频系列

作品信息

作品类型：三等奖·国际传播
刊播单位：广西广播电视台
报送单位：广西壮族自治区新闻工作者协会
作　　者：刘凯、张夏、樊婷婷、罗嫕、王遴
编　　辑：集体
刊播平台：广西广播电视台影视频道官方微博
首发日期：2021年9月13日

广西广播电视台
GUANGXI RADIO AND TELEVISION

作品简介

中国—东盟青年主播创造营活动紧扣中国和东盟建立对话关系30周年这一主题，主播们深入南宁、桂林、北海、柳州四个城市，用镜头捕捉中国在乡村振兴、民族团结、生态环保等方面的成果与经验，并拍摄制作了系列短视频。

新媒体展示

使用手机扫描下方二维码，即可观看本条获奖作品的新媒体展示。

获奖理由

作品从青年之间的友好交往切入，生动展示了中国—东盟合作30年在务实合作、民间友好交往等方面取得的丰硕成果，创意新颖、立意高远、制作精良，是对外文化传播的佳作。

新疆番茄不惧贸易逆流

作品信息

作品类型：三等奖·国际传播
刊播单位：吉尔吉斯斯坦国家广电总公司
制作单位：中国新疆广播电视台
报送单位：新疆维吾尔自治区新闻工作者协会
作　　者：集体
编　　辑：集体
作品时长：12 分 47 秒
刊播栏目：吉尔吉斯斯坦国家广电总公司电视第一公共频道《今日中国》
首发日期：2021 年 12 月 27 日

中国新疆广播电视台

作品简介

作品调查深入，在 4 个多月的时间里，记者深入田间，了解国际市场对新疆番茄制品的需求与评价。作品用事实说话，展现出新疆番茄产业的韧性与活力。作品视野广阔，展示出企业发展国内市场的前景与信心。

获奖理由

作品逻辑清晰，观点鲜明，叙事有理有据，评论有力有效。作品以涉疆国际舆论斗争为背景，在关键时刻敢于发声、敢于亮剑，站稳立场、表明观点，以强有力的事实，在国际舆论场中形成最大公约数，画出最大同心圆。

新媒体展示

使用手机扫描下方二维码，即可观看本条获奖作品的新媒体展示。

脉动泰山

作品信息

作品类型：三等奖·国际传播
刊播单位：中央广播电视总台
报送单位：山东省新闻工作者协会
作　　者：邵波、姜维枫、甄广、李敏、祁亚、李东、谢承坤
编　　辑：林范盛、张鸷、尹飞
作品时长：53 分
刊播栏目：中文国际频道《人类的记忆——中国的世界遗产》
首发日期：2021 年 7 月 20 日

作品简介

纪录片《脉动泰山》是中宣部中华优秀传统文化传承发展工程“十四五”重点项目——“国家文化记忆和传承”的子项目。该片精准再现了泰山数亿年来朝气勃发之自然史与数千年来国家礼制建构之人文史。

新媒体展示

使用手机扫描下方二维码，即可观看本条获奖作品的新媒体展示。

获奖理由

节目以恢宏的气势、充沛的感情、精美的画面、开阔的胸襟、细腻可感的人文视角，展示中国为世界遗产保护、传承与利用，推动构建人类命运共同体所作的努力，传达中华民族自强不息的奋斗精神和对国泰民安的美好期盼。

当《诗经》遇上交响乐

作品信息

作品类型:三等奖·国际传播
刊播单位:加拿大华语广播网
制作单位:天津海河传媒中心
报送单位:天津市新闻工作者协会
作　　者:翟婧秋、陶微微
编　　辑:黑丹、周萌、崔昕昕
作品时长:17 分
刊播栏目:《全景中国》
首发日期:2021 年 12 月 29 日

天津海河传媒中心

作品简介

2021 年 5 月 17 日,天津茱莉亚学院的常驻教师、作曲家尼科洛·安森的作品《乐子之无知》进行了世界首演。乐曲将《诗经·国风》中的《黍离》《简兮》《隰有苌楚》的词演唱出来,用音乐完美演绎了一场“中西对话”。

获奖理由

该作品人物典型,主人公热爱音乐、热爱中国文化,他将 2500 多年前的《诗经》,其十几年来对中国音乐、文化的学习,凝聚在 20 分钟的音乐作品中。报道叙事生动,以真情实感打动人心,以小见大。

新媒体展示

使用手机扫描下方二维码,即可观看本条获奖作品的新媒体展示。

林海深处的驯鹿青年

作品信息

作品类型：三等奖·国际传播
刊播单位：加拿大华语广播网
制作单位：内蒙古电视台
报送单位：内蒙古自治区新闻工作者协会
作　　者：董云静、靳可
编　　辑：王浩、宝音
作品时长：10 分
刊播栏目：《全景中国》
首发日期：2021 年 12 月 23 日

作品简介

该作品展现了居住在大兴安岭林海深处的鄂温克青年猎民的新生活。作品运用广播纪实手法，以大量优质音频展现了敖鲁古雅鄂温克民族乡脱贫致富奔小康的巨大变化和新时代猎民的幸福生活。

新媒体展示

使用手机扫描下方二维码，即可观看本条获奖作品的新媒体展示。

获奖理由

该作品是作者利用声音元素，以纪实报道的形式，精心剪辑制作而成的。作品题材重大，反映了敖鲁古雅鄂温克民族乡脱贫致富奔小康的巨大变化，真切感人，为听众徐徐展开一幅人与自然和谐相处的美好画卷，可听性强。

悬崖上的种树人

作品信息

作品类型：三等奖·典型报道
刊播单位：陕西日报社
报送单位：南京大学新闻传播学院
作　　者：秦骥、张斌峰
编　　辑：秦骥、肖杨
作品字数：3394 字
刊播版面：7 版
首发日期：2021 年 10 月 10 日

作品简介

为深入挖掘王永红背后的故事，记者数次远赴宜川县，冒着危险到植树现场进行拍摄，并广泛采访当地群众和林业部门负责人，了解到众多独家的鲜活故事，前后历时 3 个多月，反复打磨修改，最终完成稿件采写。

获奖理由

记者的现场观察和朴实叙述，让"践行生态文明思想的先进典型"具体化为创造奇迹的普通人，让"黄河流域生态保护"的宏观政策体现为悬崖种树的传奇故事。

新媒体展示

使用手机扫描下方二维码，即可观看本条获奖作品的新媒体展示。

吉林，兴于粮，岂止于粮！

作品信息

作品类型：三等奖·典型报道
刊播单位：农民日报社
报送单位：农民日报社
作　　者：集体
编　　辑：郑惊鸿、卢静、王文珺
作品字数：9181 字
刊播版面：要闻 1 版
首发日期：2021 年 11 月 3 日

农民日报
FARMERS' DAILY

作品简介

本文以吉林省农业发展困境为切口，再现了吉林运用政策、资金、科技等举措把粮食优势转化为产业优势，进而实现“兴粮、强县、富民”目标的历程，展现了吉林贯彻落实习近平总书记指示要求的新做法、新经验、新成效。

新媒体展示

使用手机扫描下方二维码，即可观看本条获奖作品的新媒体展示。

获奖理由

本文虽是一篇聚焦三农产业的财经类报道，但文章采写生动、文笔精到，饱含深情、铿锵有力，既有传统通讯报道的磅礴厚重，又有新媒体表达的灵巧生动，是一篇兼具理论高度、实践深度和情感温度的典型报道。

“海底森林”守护者黄晖：一抹朝晖照珊瑚

作品信息

作品类型：三等奖 · 典型报道
刊播单位：三亚传媒影视集团有限公司
报送单位：海南省新闻工作者协会
作　　者：卢巨波、郭艳菊、王鑫、刘盈盈、姜晓莹、黄珍、李少云
编　　辑：陈太贤、梁丽春、王红卫
作品字数：6041 字
刊播版面：《三亚日报》T1、T2、T3 版
首发日期：2021 年 11 月 8 日至 11 月 16 日

三亚传媒影视集团有限公司
Sanya Media and Television Group Co., Ltd.

作品简介

记者耗时近半个月时间，多次走访，不断深入，用细腻的笔触记录下黄晖从江西“山沟沟”玩水的小丫头到南海“海底森林”守护者，从与珊瑚结缘到二十年如一日保护和开展珊瑚礁生态修复研究的经过和心路历程。

获奖理由

该作品成功做到了化繁为简，对珊瑚礁生态修复的描述深入浅出、通俗易懂，有较强的传播力与影响力，生动再现了“海底森林”守护者们艰苦奋斗、精益求精、锲而不舍的工作作风和代代传承的执着坚守精神。

新媒体展示

使用手机扫描下方二维码，即可观看本条获奖作品的新媒体展示。

以生命担使命
以忠诚铸警魂

作品信息

作品类型：三等奖 · 典型报道
刊播单位：梧州日报社
报送单位：广西壮族自治区新闻工作者协会
作　　者：陈雨燕、曾亮
编　　辑：肖苗生、梁铮鸣
作品字数：4081 字
刊播版面：要闻 1 版
首发日期：2021 年 8 月 11 日

作品简介

梧州日报社以高度的新闻敏感，派出记者用近一周的时间深入采访匡伯彪的战友同事、帮扶群众，深度挖掘匡伯彪扎根梧州期间的工作业绩与感人事迹，以文字通讯的形式真实生动地还原了匡伯彪实干担当、心系群众的英雄形象。

新媒体展示

使用手机扫描下方二维码，即可观看本条获奖作品的新媒体展示。

获奖理由

稿件见人见事、生动可感，彰显了匡伯彪同志身为党员，永不过时的忘我精神、奉献精神、奋斗精神，展现了新时代人民警察以实际行动践行对党忠诚、服务人民、执法公正、纪律严明的丰满形象，传递了社会正能量。

山里来信了！

作品信息

作品类型：三等奖 · 典型报道
刊播单位：成都日报社
报送单位：四川大学文学与新闻学院
作　　者：集体
编　　辑：凌晨
作品字数：1460 字
刊播平台：成都日报锦观新闻微信公众号
首发日期：2021 年 6 月 2 日

作品简介

2021 年 5 月 30 日，被誉为中国邮政“马班邮路”忠诚信使的王顺友因病逝世，“马班邮路”上的山歌不再响起。成都日报锦观新闻微信公众号用沉浸式 H5 再现了王顺友这一生走过的路，表达了对王顺友深深的怀念与敬意。

获奖理由

作品通过融媒体报道及时而生动的呈现，向典型人物致敬。其贴近当代受众的体验方式凸显了新媒体社交传播弘扬时代楷模的功能。该作品是对典型报道的有益尝试与有效创新，体现了党报新媒体的业务探索与社会责任感。

新媒体展示

使用手机扫描下方二维码，即可观看本条获奖作品的新媒体展示。

最潮中国观 看我圳少年

作品信息

作品类型：三等奖·典型报道
刊播单位：N 视频客户端
报送单位：中国传媒大学新闻传播学部
作　　者：戎明昌、陶然、付可、陈庆军、
郭锐川、刘洋子、胡可、郑煜晓
编　　辑：集体
刊播平台：N 视频客户端
首发日期：2021 年 6 月 25 日

作品简介

为庆祝中国共产党成立 100 周年，南方都市报 N 视频客户端持续推出“最潮中国观 看我圳少年”系列融媒报道。该报道广泛发动青少年群体，运用清新活泼的话语方式，用短视频等丰富形式向党“表白”。

新媒体展示

使用手机扫描下方二维码，即可观看本条获奖作品的新媒体展示。

获奖理由

立足庆祝建党百年的重要节点，该系列报道以深圳青少年的视角切入时代命题，将深圳的“城市价值观”融入系列融媒报道中。该系列报道通过青春澎湃的深圳少年，展现深圳“少年锐气”的精神特质，成为新时代中国特色社会主义伟大实践的生动记录。

“让乡亲们吃上甜水，此生无憾”

作品信息

作品类型：三等奖 · 典型报道
刊播单位：新疆日报社
报送单位：新疆维吾尔自治区新闻工作者协会
作　　者：韩沁言、热依达
编　　辑：石锋、冯永芳、李菡
作品字数：3791 字
刊播版面：5 版
首发日期：2021 年 2 月 26 日

作品简介

伽师县是新疆最后一个整县水质不达标的地区，伽师县水利局局长刘虎身患重病，仍奋战在伽师县城乡饮水安全工程一线。在慕士塔格峰冰川雪水带着伽师人祖祖辈辈的企盼，流入千家万户之时，他的生命却将走到尽头。

获奖理由

作品主题重大、意义深远、挖掘深入、笔触感人。记者深入践行“四力”，稿件写作直抵人心。文章用大量的细节、饱满的情感、生动的笔触，把一个共产党人的博大胸怀和无私奉献精神淋漓尽致地刻画出来。

新媒体展示

使用手机扫描下方二维码，即可观看本条获奖作品的新媒体展示。

阿卜杜拉文明志愿服务队英雄城里浇灌民族团结之花
守望相助紧紧相拥 构筑共有精神家园
6名少数民族同胞昨同时递交入党申请书

作品信息

作品类型:三等奖·典型报道
刊播单位:江西日报社
报送单位:江西省新闻工作者协会
作　　者:宋思嘉
编　　辑:集体
作品字数:871字
刊播版面:要闻3版
首发日期:2021年1月5日

作品简介

在获悉阿卜杜拉文明志愿服务队中6名少数民族同胞将递交入党申请书后,记者立即深入一线蹲点采访,在思想精深、内容精致上下功夫,当天完成这篇独家典型报道。

新媒体展示

使用手机扫描下方二维码,即可观看本条获奖作品的新媒体展示。

获奖理由

作品题材重大,聚焦主题主线,有力地唱响了主旋律,传播了正能量,充分契合了时代精神和时代要求。同时,作品采访深入、内容充实、语言生动,具备“短、新、实”的特点。

罪恶的“手术刀”

作品信息

作品类型：三等奖·舆论监督报道
刊播单位：河南广播电视台
报送单位：河南省新闻工作者协会
作　　者：卢慎勇、张斌、刘志峰、陈鹏、施俊丽、魏华
编　　辑：张斌、刘志峰、杨亮
作品时长：29分
刊播栏目：都市频道《都市报道》
首发日期：2021年10月11日

作品简介

本期节目聚焦地下黑市的“非法肾移植”活动，记者通过前期缜密调查，采访受害者，搜集不法团体的违法事实、证据，斩断了这条地下黑产业链。

获奖理由

节目横跨五省，拍摄难度大，证据扎实。记者克服重重困难，将镜头对准“非法肾移植”这一地下黑产业链，题材重大，推动了国家相关法律条例的修订和完善，履行了新闻媒体的责任和使命。

新媒体展示

使用手机扫描下方二维码，即可观看本条获奖作品的新媒体展示。

奇葩的收费站

作品信息

作品类型：三等奖·舆论监督报道
刊播单位：内蒙古广播电视台
报送单位：内蒙古自治区新闻工作者协会
作　　者：王虎全、雷蒙、刘小飞、张维琴、乌勒
编　　辑：张维琴
作品时长：30 分
刊播栏目：经济生活频道《百姓热线》
首发日期：2021 年 12 月 11 日

作品简介

赤峰市克什克腾旗一家文旅公司在国道 303 上设站收费十多年，当地各相关部门见怪不怪，甚至为其违法行为辩护。主持人雷蒙以实地体验方式展现了这家公司违法违纪的全过程。现场真实生动，惊奇不断，发人深省。

新媒体展示

使用手机扫描下方二维码，即可观看本条获奖作品的新媒体展示。

获奖理由

节目紧扣优化营商环境这一重大主题，策划周密、调查翔实、现场鲜活、语言精练，针对优化营商环境过程中如何破除思想观念障碍的精准点评发人深省。

不做折腾"植物人"的"木头人"

作品信息

作品类型：三等奖·舆论监督报道
刊播单位：上海广播电视台
报送单位：复旦大学新闻学院
作　　者：汪宁、周仲洋
编　　辑：范嘉春、何周导
作品时长：5分
刊播栏目：FM93.4上海新闻广播《990早新闻》
首发日期：2021年10月21日

SMG

作品简介

针对上海人民广播电台《民生一网通》节目中报道的"杨浦区一名植物人病患被要求亲自前往指定医院评残办证"一事，记者采访了当事人、市民以及残联等机构工作人员，播发了录音报道，呼吁相关部门出台更为人性化的方案。

获奖理由

作品选题精当，抓住了老百姓生活中的一个典型事例，对行政执法中的机械行为给予了充分报道。记者采访了相关各方，信源丰富、立论扎实，取得了良好的报道效果，是一篇优秀的以小见大的新闻报道。

新媒体展示

使用手机扫描下方二维码，即可观看本条获奖作品的新媒体展示。

每斤十几万元乃至数十万元，谁是“天价岩茶”幕后推手？

作品信息

作品类型：三等奖 · 舆论监督报道
刊播单位：新华通讯社
报送单位：厦门大学新闻传播学院
作　　者：郑良、张逸之、吴剑锋
编　　辑：邹声文、刘江、陈玉明
作品字数：2596 字
刊播版面：新华社通稿
首发日期：2021 年 2 月 18 日

作品简介

这是新华社独家调查、揭露“天价岩茶”乱象及其背后“四风”问题的舆论监督稿件，在传统媒体和移动端产生“镇版刷屏”之效，直接推动中央和地方整治乱象，起到了建设性监督作用。

新媒体展示

使用手机扫描下方二维码，即可观看本条获奖作品的新媒体展示。

获奖理由

新华社的这篇报道敏锐捕捉到“天价岩茶”这一社会热点。记者通过独立调查，掌握了扎实的证据素材，通过生动的表达，剖析现象、揭露本质，揭开了“天价岩茶”乱象及其背后的“四风”问题，引起中央及地方高度重视，体现了媒体的担当、新闻的力量。

让新业态劳动者权益“不落空”

作品信息

作品类型：三等奖·舆论监督报道
刊播单位：工人日报社
报送单位：工人日报社
作　　者：卢越、刘旭、兰德华
编　　辑：兰海燕、张伟杰、卢越
作品字数：8189 字
刊播版面：6 版“法治新闻”
首发日期：2021 年 9 月 9 日

作品简介

本组报道共 7 篇，从新就业形态劳动者面临的现实问题入手，聚焦灵活工时、薪酬体系、劳动安全、职业发展前景、劳动关系认定、权益申诉等多个领域，采访了众多新就业形态劳动者，深入报道他们面临的权益保障问题。

获奖理由

该系列报道聚焦当下新就业形态劳动者最关心关注的权益保障问题，具有强烈的当下性、新闻性。记者深入采访众多新就业形态劳动者，报道案例丰富、鲜活，具有典型意义。整组系列报道客观平衡，在法治框架内探寻解决问题之道。

新媒体展示

使用手机扫描下方二维码，即可观看本条获奖作品的新媒体展示。

“店招用了‘青花椒’竟成被告”系列报道

作品信息

作品类型：三等奖·舆论监督报道
刊播单位：华西都市报社
报送单位：四川省新闻工作者协会
作　　者：集体
编　　辑：集体
作品字数：6043字
刊播版面：A5版、A5版、A6版
首发日期：2021年12月24日至12月29日

作品简介

2021年，“逍遥镇胡辣汤”“潼关肉夹馍”等“碰瓷式维权”案频发，公众批评声不绝于耳。该作品以典型事例揭批“碰瓷式”维权乱象，引发全社会关注。

新媒体展示

使用手机扫描下方二维码，即可观看本条获奖作品的新媒体展示。

获奖理由

该舆论监督报道事实确凿、观点鲜明，引发了全社会对商标合理使用的广泛关注，推动了相关法律法规的不断完善，彰显了媒体舆论监督的重要价值。调查报道扎实充分，有力维护了群众的合法权益。

聚仙饭店坍塌事故，调查出了什么问题？

作品信息

作品类型：三等奖·舆论监督报道
刊播单位：中央广播电视总台
报送单位：中央广播电视总台
作　　者：集体
编　　辑：集体
作品时长：27 分
刊播栏目：新闻频道《新闻 1+1》
首发日期：2021 年 8 月 16 日

CMG
中央广播电视总台
CHINA MEDIA GROUP

作品简介

2021 年 8 月 16 日，聚仙饭店“8·29”重大坍塌事故调查报告公布。围绕该事故报告披露的一系列调查结果，《新闻 1+1》带观众重回事故现场，发出记者观察报道，并连线专家，第一时间对该调查报告进行解读。

获奖理由

作品紧跟新闻热点，选题有硬度，操作有速度，立意有高度，表达有深度。该作品体现了栏目的水平，也体现了主流媒体名牌栏目的传播力、影响力、公信力。节目的价值不仅在于对事故调查报告的深入分析上，而且为处理类似问题提供了更深入的思考和解决路径。

新媒体展示

使用手机扫描下方二维码，即可观看本条获奖作品的新媒体展示。

上饶市信州区沙溪镇白石村百亩田撂荒
——高标准农田竟种不了田

作品信息

作品类型：三等奖·舆论监督报道
刊播单位：江西日报社
报送单位：江西省新闻工作者协会
作　　者：余红举
编　　辑：李新科、兰春玉
作品字数：2282 字
刊播版面：9 版
首发日期：2021 年 1 月 14 日

作品简介

在国家投巨资进行高标准农田建设，以进一步稳定粮食生产的大背景下，记者接到群众关于高标准农田撂荒的投诉，敏锐捕捉到这一重大的舆论监督线索，随即深入一线调查采访。

新媒体展示

使用手机扫描下方二维码，即可观看本条获奖作品的新媒体展示。

获奖理由

稿件抓住了当下中央强调的粮食生产这一重中之重工作，以及群众关注的粮食安全热点问题，促使江西多个部门针对曝光的问题迅速行动，并督促问题整改落实到位，是一篇有力度、有深度、有影响的舆论监督报道。

七获省部级科技奖的“大国工匠”，却评不上正高职称

作品信息

作品类型：三等奖 · 舆论监督报道
刊播单位：新华通讯社
报送单位：吉林大学新闻与传播学院
作　　者：于力、白涌泉
编　　辑：方立新、易艳刚、刘婧宇
作品字数：2806 字
刊播版面：《新华每日电讯》12 版
首发日期：2021 年 4 月 23 日

作品简介

该报道以点带面，通过“大国工匠”鹿新弟一个人的遭遇折射基层一些部门在执行中央相关政策时依然存在“梗阻”的现象，为不认真不彻底落实中央政策的部门敲响警钟。

获奖理由

该报道立场态度正确，事实准确，事件过程清晰完整，并最终促成问题圆满解决，激发了新时代高技能工人的信心和热情，起到了防微杜渐、维护社会正能量的积极作用。

新媒体展示

使用手机扫描下方二维码，即可观看本条获奖作品的新媒体展示。

BBC in Xinjiang: Facts Don't Matter
China Daily Visual Investigation
(起底:打脸 BBC 新疆报道,够了! 假新闻)

作品信息

作品类型:三等奖 · 融合报道
刊播单位:中国日报社
报送单位:中国记协新媒体专业委员会
作　　者:王浩、柯荣谊、孟哲、徐潘依如、黄恬恬、张少伟
编　　辑:集体
作品字数:912 字
作品时长:6 分
刊播平台:中国日报网站
首发日期:2021 年 1 月 10 日

作品简介

2021 年 1 月 10 日,全球主流社交媒体同时上线《起底:打脸 BBC 新疆报道,够了! 假新闻》,以铁的事实揭穿了 BBC 的虚假报道,开启了以事实核查为基石的国际传播先例,在海内外引发巨大反响。

新媒体展示

使用手机扫描下方二维码,即可观看本条获奖作品的新媒体展示。

获奖理由

该作品逻辑清晰,用事实说话,较有说服力,通过全球主流社交媒体的广泛传播,产生显著国际影响力,达到了溯本清源、以正视听的效果。

有“棚”自远方来

作品信息

作品类型：三等奖 · 融合报道
刊播单位：大众日报社
报送单位：中国记协新媒体专业委员会
作　　者：曲涛、杨新会、傅群堂
编　　辑：集体
作品字数：5553 字
作品时长：23 分
刊播平台：大众日报客户端
首发日期：2021 年 12 月 30 日

作品简介

制作团队攻关奋战两个月，反复雕琢，反复修改调试，生动再现了山东援藏干部助力西藏发展大棚蔬菜的艰辛历程。

获奖理由

该作品讲述了山东援藏干部为西藏引入蔬菜种植技术，使高原蔬菜告别“老三样”的故事，将个体生活与脱贫攻坚宏大主题相结合，角度和题材较为独特。作品将动漫与视频相结合，有效运用新媒体传播方式，增强了主题报道的生动性，拓展了作品的社交传播空间。

新媒体展示

使用手机扫描下方二维码，即可观看本条获奖作品的新媒体展示。

你的眼睛

作品信息

作品类型：三等奖 · 融合报道
刊播单位：新江苏客户端
报送单位：中国江苏网
作　　者：集体
编　　辑：戴军农
作品字数：881 字
刊播平台：新江苏客户端
首发日期：2021 年 12 月 28 日

新江苏
新视野 新未来

作品简介

中国江苏网派出多路记者深入贵州山区，采访学生、家长、老师及教育局负责人，直观感受公益行动带给孩子的积极影响。

新媒体展示

使用手机扫描下方二维码，即可观看本条获奖作品的新媒体展示。

获奖理由

作品透过孩子们纯真的眼睛看山乡巨变，视角独特、形式新颖、叙事流畅、制作精良、代入感强、互动性强，以小见大地展现了脱贫攻坚和乡村振兴的时代大主题。

雪山下有个“熊猫村”

作品信息

作品类型：三等奖·融合报道
刊播单位：封面新闻客户端
报送单位：中国记协新媒体专业委员会
作　　者：杨涛、李佳雨、杜江茜、王亚敏、白冰雪、陆峰、文娇
编　　辑：集体
作品字数：2954 字
刊播平台：封面新闻客户端
首发日期：2021 年 12 月 30 日

作品简介

作品以四川硗碛四季景观为 H5 设计主线、动物穿梭村落与自然之间为故事动线、藏族人文景观为主要画面内容，全景式展现大熊猫国家公园内一个与大自然和谐共处的藏族村落，是一件兼具新闻价值与国风美感的融媒体产品。

获奖理由

作品以深入扎实的采访和长期记录的珍贵影像资料为依托，生动呈现了中国生态文明的建设成就。作品集多媒体手段、丰富的知识和精美的视听语言于一体，交互性强、体验感好，实现了内容与形式的有机统一。

新媒体展示

使用手机扫描下方二维码，即可观看本条获奖作品的新媒体展示。

50年了，看中国交出的答卷！

作品信息

作品类型：三等奖·融合报道
刊播单位：人民网
报送单位：中国记协新媒体专业委员会
作　　者：王海林、孟祥麟、李娜、李根、刘云、刘凡、朱玥颖
编　　辑：集体
作品时长：3分3秒
刊播平台：人民网
首发日期：2021年10月25日

人民网 people.cn

作品简介

视频从塞罕坝机械林场护林防火瞭望员刘军等人的故事切入，从环保、扶贫等视角呈现50年来中国的发展变化以及为联合国事业所作的贡献，以联合国秘书长古特雷斯等重量级采访对象为依托，凸显中国对世界的贡献。

新媒体展示

使用手机扫描下方二维码，即可观看本条获奖作品的新媒体展示。

获奖理由

视频立意高远、新闻价值大，用“小切口”讲好“大故事”，采访制作扎实，脚本设计和画面承转设置精巧，多媒体技巧运用成熟，在丰富内容和简洁画面之间达成平衡，取得了较好的传播效果。

答卷人

作品信息

作品类型：三等奖·融合报道
刊播单位：新华网、前线客户端
报送单位：中国记协新媒体专业委员会
作　　者：杨威、许娟、马铁群、董博臣、冯烨、冯旭、张桢
编　　辑：集体
作品字数：3503 字
刊播平台：新华网、前线客户端
首发日期：2021 年 12 月 28 日

作品简介

《答卷人》新媒体作品围绕 29 名“七一勋章”获得者进行策划创作，请理论家写新媒体文章，请美术家进行绘本创作，综合运用多媒体手段，制作了 1 个 H5 作品、1 个长视频、5 个短视频和 29 个绘本作品，全网浏览量超 10 亿。

获奖理由

该作品是先进人物群像融合报道的精良之作，其中最吸睛的是精美的绘本作品。绘本的每幅画面都是专业画作，人物生动传神，故事要言不烦。动画视频则强化了“答卷人”最感人的品格特质，起到画龙点睛之功，取得了良好的传播效果。

新媒体展示

使用手机扫描下方二维码，即可观看本条获奖作品的新媒体展示。

C 位是怎样炼成的

作品信息

作品类型:三等奖·融合报道
刊播单位:新华通讯社
报送单位:中国记协新媒体专业委员会
作　　者:集体
编　　辑:集体
作品时长:38 分 46 秒
刊播平台:新华社客户端
首发日期:2021 年 10 月 1 日

作品简介

作品围绕建党百年和新中国成立 72 周年,创造性地将空中视角下的上海—嘉兴—瑞金—遵义—延安—西柏坡—北京连接成的“C”字轨迹与“中国 C 位”意象打通,形象而又深刻地展现了中国共产党百年来的光辉历程。

新媒体展示

使用手机扫描下方二维码,即可观看本条获奖作品的新媒体展示。

获奖理由

作品首次将卫星“手段”与政论题材融合在一起,主题重大、形式新颖、角度独特,通过大量实地采访、拍摄,挖掘故事细节,并综合运用了无人机航拍、卫星遥感、三维建模等技术,制作精良,具有较强的视觉冲击力和感染力。

那些值得铭记的“第一”

作品信息

作品类型：三等奖·融合报道
刊播单位：农民日报社
报送单位：中国记协新媒体专业委员会
作　　者：江娜、杜兰萍、崔鹏家
编　　辑：施维、冯克、王可依
作品字数：4396 字
刊播平台：农民日报微信公众号
首发日期：2021 年 7 月 12 日

作品简介

作品提炼了中国共产党与中国农民在百年历史中最值得书写和铭记的十大“第一”、十大事件、十大法律法规，以动态音频结合互动长图的形式，为百年历史征程梳理了脉络、标注了高点。

获奖理由

作品将宏观历史和微观现实事件相结合，采用互动长图、音频解读等多媒体手段，深入浅出地总结了百年来党领导中国人民不懈奋进的伟大成就和宝贵经验，主题鲜明、重点突出，是重大主题融合报道的新尝试、新探索。

新媒体展示

使用手机扫描下方二维码，即可观看本条获奖作品的新媒体展示。

郑州“7·20”特大暴雨灾害救援

作品信息

作品类型:三等奖·融合报道
刊播单位:央视新闻客户端
报送单位:中国记协新媒体专业委员会
作　　者:集体
编　　辑:集体
作品时长:49 时 15 分
刊播平台:央视新闻客户端
首发日期:2021 年 7 月 20 日

作品简介

2021 年 7 月 20 日,河南郑州遭遇特大暴雨灾害。央视新闻率先以慢直播的方式关注灾情,随后开启近 50 小时不间断直播,先后接入超百场移动直播及连线,以全景式呈现满足网友信息刚需。

新媒体展示

使用手机扫描下方二维码,即可观看本条获奖作品的新媒体展示。

获奖理由

作为聚焦突发事件的融合报道,这类报道可用素材有限,对编辑加工要求更高,受外部局限更大。采访过程中,一线记者的勇气和付出,既体现出新闻工作者的职责使命和责任担当,也是新闻奖评选的题中应有之义。

共产党员了不起
——地下超级工程

作品信息

作品类型:三等奖·融合报道
刊播单位:河南广播电视台
报送单位:中国记协新媒体专业委员会
作　　者:集体
编　　辑:张斌、刘志峰、杨亮
作品时长:5 分 23 秒
刊播平台:大象新闻客户端
首发日期:2021 年 7 月 1 日

作品简介

作品开篇从动画角度切入地道战,又用硬核知识点,解析共产党带领群众用锄头铁锹挖地道的智慧所在,节奏明快;下半幅则讲述了新中国突破一道道技术障碍和垄断,自主研发地下掘进神器盾构机的故事。

获奖理由

作品视觉元素丰富,设计精良,采用手绘漫画、三维建模等手段,选取人们耳熟能详的抗日影片《地道战》中的片段,结合多段人物采访完成报道。作品主题突出,融媒特征鲜明,趣味性较强。

新媒体展示

使用手机扫描下方二维码,即可观看本条获奖作品的新媒体展示。

那碗甜水

作品信息

作品类型：三等奖 · 融合报道
刊播单位：石榴云客户端
报送单位：中国记协新媒体专业委员会
作　　者：梁伟、王晶晶、贾永娇、缪蓉、
　　　　　金佐坤、乔怡、董瀚文、李桢楠
编　　辑：银璐、晁瑾、赵卫斌
刊播平台：石榴云客户端
首发日期：2021 年 11 月 19 日

作品简介

作品以水为主线，通过音视频、手绘等手段，展现“全国脱贫攻坚楷模”刘虎在脱贫攻坚战场上的感人事迹，将刘虎改水中多个感人瞬间进行集中展示，文、图、视频和音频共同发力，烘托气氛，泪点频现。

新媒体展示

使用手机扫描下方二维码，即可观看本条获奖作品的新媒体展示。

获奖理由

作品最大的特点是手绘细节突出，情感丰富，凸显了主人公刘虎迎难而上的决心，展现了这个先进典型最可贵的品格。音频、新闻照片、短视频的运用和嵌入也让产品形态更加多元，阅读体验感更好。

一条红线穿百年

作品信息

作品类型：三等奖 · 融合报道
刊播单位：长江云客户端
报送单位：中国记协新媒体专业委员会
作　　者：曹曦晴、谢莎、李玲莉、陈安然、刘惠婷、柴之琪、成雨静、张微
编　　辑：宋维权、郑彦、陈霄莹
作品字数：525 字
刊播平台：长江云客户端
首发日期：2021 年 7 月 1 日

湖北广电

作品简介

作品通过“红线”这一创意形式生动地展示百年党史，以 1921 年至 2021 年为时间轴，以船为意象，邀请用户一同“启航”，通过从“红船”到“复兴号”巨轮的演进过程，精准呈现中国共产党的发展历程。

获奖理由

这是一件创意上佳的建党百年报道融媒精品。作品 Flash 技术运用精妙，整体质感突出，一条奋勇向前的红线将手绘、动画、音频、海报、文字等元素有机融合，虽是简单勾勒却达到一图胜千言的表达效果。原声音频的嵌入也升华了主题。

新媒体展示

使用手机扫描下方二维码，即可观看本条获奖作品的新媒体展示。

点亮事实孤儿的未来

作品信息

作品类型：三等奖 · 应用创新
刊播单位：中国青年报社
报送单位：中国记协新媒体专业委员会
作　　者：李超、王聪聪、王骏扬、陈明、马群、左智越
编　　辑：王聪聪
刊播平台：中国青年报客户端
首发日期：2021 年 2 月 26 日

作品简介

作品以江苏各级团组织为事实孤儿建造的“梦想小屋”为窗口，记录孩子们的变化和成长。作品在 H5 上用一张地图的形式集合 Vlog、VR、深度报道等，呈现了事实孤儿的生活状况，同时还设计了“点亮心愿”的交互页面，大大增强了作品的应用性。

新媒体展示

使用手机扫描下方二维码，即可观看本条获奖作品的新媒体展示。

获奖理由

作品以 H5 形式集合 Vlog、VR、深度报道、网民交互、慈善公募链接等，令人耳目一新。作为“新闻＋公益服务”的创新作品，该作品实用性、服务性强，产生了良好的社会效益。

湘农荟

作品信息

作品类型：三等奖 · 应用创新
刊播单位：时刻新闻客户端
报送单位：中国记协新媒体专业委员会
作　　者：集体
编　　辑：李茜
刊播平台：时刻新闻客户端
首发日期：2020 年 3 月 13 日

作品简介

依托智慧大数据系统、云直播等技术，平台通过“信息发布”，实现各地农产品的供需匹配；通过“宣传联动”，提升农产品的品牌影响力；通过“平台联动”，汇聚亿万流量和关注；通过“直播带货”，打通各地农产品的销售渠道。

获奖理由

平台在乡村振兴助农帮扶方面发挥了重要作用，提供了实用性服务，满足了供需交互要求，实现了信息共享。平台通过“信息发布＋宣传联动＋平台联动＋直播带货”的方式，打造了一个媒体创新助农、助推乡村振兴的样本。

新媒体展示

使用手机扫描下方二维码，即可观看本条获奖作品的新媒体展示。

今年清明节，请帮家乡的烈士寻亲

作品信息

作品类型：三等奖·应用创新
刊播单位：人民日报社
报送单位：中国记协新媒体专业委员会
作　　者：余荣华、赵明琪、朱利、李建广、郑琪、林渊、刘珂君、李忱阳
编　　辑：集体
刊播平台：人民日报客户端
首发日期：2021年4月4日

人民日报

作品简介

作品依托网络平台，借助AI技术，打造“新闻+服务”特色产品，在做好缅怀英烈主题宣传的同时，号召各地网友共同行动，为100位不同时代牺牲的烈士寻亲。

新媒体展示

使用手机扫描下方二维码，即可观看本条获奖作品的新媒体展示。

获奖理由

作品采用AI技术修复烈士老照片，精心设计了为烈士擦拭墓碑、献花等动作来增强互动，并将网友与同籍贯烈士相关联，激发网友的责任感，目前已成功为61位烈士找到亲属，取得较好的社会效果。

图书在版编目(CIP)数据

第 32 届中国新闻奖获奖作品新媒体展示手册/殷陆君,曾祥敏主编.--北京:中国传媒大学出版社,2023.6 (2023.9 重印)

(新时代中国优秀新闻作品案例库)

ISBN 978-7-5657-3430-4

Ⅰ.①第… Ⅱ.①殷… ②曾… Ⅲ.新闻—作品集—中国—当代 Ⅳ.①I253

中国版本图书馆 CIP 数据核字(2023)第 110652 号

第 32 届中国新闻奖获奖作品新媒体展示手册

DI-32JIE ZHONGGUO XINWENJIANG HUOJIANG ZUOPIN XINMEITI ZHANSHI SHOUCE

主　　编 殷陆君　曾祥敏
策划编辑 工雁来
责任编辑 王雁来
封面设计 郭　琳
责任印制 李志鹏

出版发行 中国传媒大学出版社
社　　址 北京市朝阳区定福庄东街 1 号　**邮　编** 100024
电　　话 86-10-65450528　65450532　**传　真** 65779405
网　　址 http://cucp.cuc.edu.cn
经　　销 全国新华书店

印　　刷 北京中科印刷有限公司
开　　本 889mm×1194mm　1/32
印　　张 12.625
字　　数 590 千字
版　　次 2023 年 6 月第 1 版
印　　次 2023 年 9 月第 2 次印刷

书　　号 ISBN 978-7-5657-3430-4/I·3430　**定　价** 85.00 元

本社法律顾问:北京嘉润律师事务所　郭建平